意林轻文库 绘梦古风系列 041

雁妃传奇（三）逆战

YanFei ChuanQi San NiZhan

西西东东\著

北方妇女儿童出版社

·长春·

图书在版编目（CIP）数据

赝妃传奇 . 3, 逆战 / 西西东东著 . -- 长春 : 北方妇女儿童出版社 , 2018.3

（意林·轻文库 . 绘梦古风系列）

ISBN 978-7-5585-2170-6

Ⅰ . ①赝… Ⅱ . ①西… Ⅲ . ①长篇小说－中国－当代

Ⅳ . ① I247.5

中国版本图书馆 CIP 数据核字 (2018) 第 028796 号

赝妃传奇（三）逆战

YANFEI CHUANQI(SAN)NIZHAN

著　者	西西东东
出 版 人	刘　刚
总 策 划	安　雅　张　星
特约策划	师晓晖
责任编辑	吴　强　王　婷　孟健伊
图书统筹	鹿鸣昔
特约编辑	崔馨予
绘　图	天　吟
书籍装帧	胡静梅
美术编辑	刘　静
作家经纪	卢晓凤
开　本	700mm　000mm　1/16
字　数	300千字
印　张	14
版　次	2018年3月第1版
印　次	2018年3月第1次印刷
印　刷	北京市兆成印刷有限责任公司
出　版	北方妇女儿童出版社
发　行	北方妇女儿童出版社
地　址	长春市人民大街4646号 邮编：130021
电　话	0431-85678573
定　价	30.00

目录

第十一章 真假余情

（一）归岛

从东昭到白子洲，其实只有七日的路程。上次莲玥带着他们在海上航行半个月，其实是因为并未被告知详细且正确的路线。船上的族人们几乎都是迫不及待地回去，因此回程又快了许多，第五日的清晨已经能看到白子洲上等待他们回去的密密麻麻的人群。

船离海岸只剩数十里时，岸上的族人们便在摇旗呐喊欢迎他们归来了。白伶、白芷乐不可支，也在船上不停朝他们挥手。

这样的场景，三年前白穆第一次来到的时候经历过一次。

只是那时她心灰意冷，并不明白他们为何这样高兴，也看不出那些开怀的笑容里饱含了怎样的情意。如今再次亲身经历，却觉得眼眶温热，那些朝他们招手的族人，仿佛雨后的阳光，让人心中溢满希望。

随着船只的停泊，族人们却渐渐安静下来，有些人还在默默抹泪。

慕白的伤，想必所有人都知道了。

白浮屠一人当前，一见船只停住，甲板放下，便一个跃步，几乎是飞奔了过去，见到慕白与白穆便红了眼圈："我的娘欸，老娘几十年没红过眼了！"

说着她便上前拍了拍慕白的肩膀，大声道："没关系！就是一只手臂而已嘛，少了一只咱还能做独臂大侠！多霸气的名号！"

白伶、白芷本也是红着眼欲要落泪，一听白浮屠的话，便"扑哧"笑了。

"我的乖女儿哟，没事了没事了，回家了。"白浮屠转而搂住白穆，轻轻拍打她的背。

在她看来，男子就得粗着养、蛮着养，耐折腾。女子嘛，自然是要精心地捧在手里哄着惯着才好。

白穆反手抱住她，随即跪下，白浮屠一愣。

"娘，"白穆声色平静，仰起的脸庞在朝阳下熠熠生辉，"此番女儿出行一趟，方知从前是如何不懂事，让娘花了那么多心思，是女儿不孝。"

她在出岛前还想着要向白浮屠坦白和商少君的事情，以免她总催她和慕白成亲。可是这些日子接手白子洲的事务，她才发现白子洲的眼线遍布五国，白浮屠要想知道她身上发生过什么，根本问都不用问，自有人呈上。

但这三年来，她和慕白对过往只字不提，“成亲”也只是嘴上说说罢了，否则不会一拖便是三年。

他们都在等她从过去里走出来。

“从前是女儿糊涂，深陷往事三年不知自省。”白穆垂下眼睑，再抬眼时，双眸透亮，清冷镇定，双手托出慕白在东昭皇宫给她的“白”氏玉牌，与其说是对着白浮屠，不如说是对着岸上等着他们的一众族人，神色坚定，声音朗朗，“我白穆乃白子洲白氏第九十三代嫡系传人，却到如今才真正明白，白穆身上流的是白氏的血，秉承的是白氏所有的傲人天赋，肩负的是族长之责、数万族人的福祉、白子洲的代代昌盛！从前是白穆愚钝、懦弱又无知，但从今往后，白子洲便是白穆的家，白子洲的族人便是白穆的家人，白穆必竭尽所能，尽族长之职，与诸位同生共死，护白子洲周全！”

这三年来，尽管她在学，学习所有白氏传人都应该学习的东西，但潜意识里，她仍旧觉得白子洲应该由慕白打理。尽管知道慕白并不具备白氏才有的某些天赋，她仍在逃避，逃避自己那些过往的同时，也在逃避自己身上的血统应该承担的责任。

在白子洲的族人眼里，白穆向来是安静少语的，突然说出这样一番话，让所有人都愣住，半晌，不知谁一声大喝：“少夫人好样的！”

“哈哈！少夫人好样的！”族人们纷纷反应过来，都在唤着，“少夫人！少夫人！”

白穆微微一笑，转而望向慕白。

今日恰巧，两个人都穿了一身白衣，湛蓝的天空下衣衫摇曳，仿佛随风而动的云朵。

他也正望着她笑，干净的眼底噙着朝阳般温暖而夺目的光。

这样四目交接的刹那，四周再次安静下来。

“你可愿随我一道？”白穆仰脸微笑，朝他伸出一只手。

白穆的问话随着海风传入在场每个人的耳中，一瞬间，整个白子洲都沸腾了，各种呐喊声直冲云霄。

“求婚？”

“少夫人求婚啦！”

“少主！”

“少夫人！”

“愿意！”

“少主！”

“愿意！”

“少夫人！”

“愿意！愿意！愿意！”

白浮屠愣在一边，想不到自家柔柔弱弱的女儿竟也会有这样惊人的言行。

慕白只是微笑。

朝阳在她白皙的脸上笼了一层淡粉色，眼底闪烁的潋滟如同海面粼粼波光，眉眼轻扬，嘴角含笑，仿似轻风骤然有了弧度，流连返转，徘徊缠绵。

他拉她起身，将她的手纳入手心，握住，轻声笑道：“好在我还有一只手，执你之手，共守白头。”

这夜春雨连绵。

陵安依次拨亮了勤政殿内的灯芯，让殿内显得更加明亮些。

商洛偏北，春日已至，寒气未散，商少君却不让点暖炉，灯光若再暗一些，就显得尤为阴冷。

陵安第三次递上御膳房送来的参汤，小心翼翼地端过去，商少君仍旧目不斜视地看着手里的折子。看了看外面越来越沉的天色，陵安不得不在一旁提醒道：“皇上，仔细汤又凉了。”

商少君放下手里的折子，却又拿起了另外一本。但他也只是打开，并未拿朱笔批阅。

傍晚送来的密信，安安静静地放在桌边，陵安扫了一眼，他并不知那信里说了什么，但商少君看过那封信后，便不曾再说过一句话，奏折也只看不批。

“皇上，您还未用晚膳。”陵安轻声道，“要不奴才让御膳房传膳？”

商少君只垂眼看折子。

半晌，陵安又道：“皇上，御花园的梅花应该开了。”

商少君终于放下手里的折子，沉声道：“陵安，出宫走走吧。”

陵安掐指一算，他们似乎有三年不曾在夜晚私下出宫了。他现在还记得宫外的熙攘的人群、繁华的灯火，只是今夜并非十五，且外面正下着雨。但他也没胆子多说什么，连忙去准备从前出宫的那套行头。

虽然不是十五，但毕竟是都城，商铺酒楼关门较晚，陵安跟着商少君，走的是从前常走的路，但三年已过，都城变化颇大，从前的路其实不再是从前的路，路过的铺子也不再是从前的铺子。唯一没有变的似乎只有那家酒楼。

他记得那年中元节，他随着两位主子在这里听说书，那时候商少君花一两个时辰买回来的面具，现在还挂在勤政殿里间的墙壁上呢。

商少君跨步进去，陵安忙找小二点了几样菜。

这夜酒楼的人并不多，且没有说书先生，但仍旧热闹非凡。陵安稍稍打听了一下，才知晓是都城内一户何姓人家给妻子过生辰，请了些亲朋好友到酒楼一聚。

陵安起初还担心商少君会被他们吵到，但看他用着饭菜，面上并未有不耐，也就安静地立在一边。

何生而立之年，一身布衣，显然并非大富之家，但双目有神，面色红润，一说话，嘴角的笑意便蔓延到眼底，不自觉地感染在座的每一个人。

"今日内子生辰，趁机邀各位一聚，各位肯赏脸前来，何某荣幸之至！先干为敬！"何生拿着大碗，率先一碗酒下肚，引来一片叫好声。

"何某十六岁离家，漂泊十四年，而今才终于在商都建家立业，略有小成。"何生又倒了满满一碗酒，"父母养育大恩不敢忘！这第二碗酒，敬阿爹阿娘，二老生我、养我、教我，才有了今日的我，儿子感激不尽！"

何生说着，到了两位老者面前，几乎就要跪下，却被二人泪眼闪闪地扶起。

何生一口将碗中的酒尽数饮下，再倒一碗，举向身侧的中年男子。

"当年弟弟离家，哥哥不惜举家凑出二十两银子给弟弟做盘缠，十八岁那年弟弟重病，多亏嫂嫂日夜照顾，二十五岁哥哥又卖掉家中田地支持弟弟做生意，哥哥嫂嫂的大恩……不言谢！"

中年男子大笑着拍了拍何生的肩膀："弟弟如此客套作甚？这碗做哥哥的先干了！"

何生与他碰碗共饮，面上的红润愈甚，轻轻拉起身边的女子，眼底的光亮便沾染了雾气一般，柔软下来："何某十六岁娶妻，十六岁出家门闯荡，十四年来穷迫过，潦倒过，却从未失意过，只因无论冬雷夏雨，富贵贫穷，都有阿芙相伴。"

名唤阿芙的女子面色蓦然一红，笑起来眼角带着细纹，却并未给人沧桑感，只看到满眼的幸福。

"何某上有父慈母爱，左有长兄亲如手足，右有爱妻不离不弃，此生可谓无憾矣！"何生再次举碗，"今日更有各位亲朋好友齐聚一堂，多年来各位的帮助何某铭记于心！来！不醉无归！"

厅中霎时响起雷鸣般的欢呼和掌声，还有拉着何生喝酒的声音。

陵安听着酒楼内的声音越来越嘈杂，还有几坛酒被打破，味道很刺鼻，看了一眼一言不发安静吃饭的商少君，想着难得皇上有兴致吃饭，不能让这群人给搅了，便打算上前去找酒楼老板，刚刚抬步却被商少君以眼神阻止。

陵安顿住了脚步。

他跟在商少君身边太久，久到只是一个眼神就明白圣意。

他退下，看着商少君把桌上的饭菜吃完，直至厅中的热闹渐渐散去，屋外的细雨越发缠绵，商少君才施施然起身，踱步离开。

回到皇宫，一如既往的清冷。

因着没点暖炉，勤政殿似乎比外头还要冷上几分。陵安一入殿便关上门窗，接着俯身道："皇上，该歇息了。"

商少君连身上的雨水都未拍下，负手走到桌案边，又坐下开始看奏折。

烛光明明暗暗，他面上却是一成不变的沉静。

"皇上，该歇息了。"陵安再次提醒道。

商少君置若罔闻。

春雨淅沥，敲打在窗檐上沙沙作响，寂夜寥寥，漫长无边。陵安不敢再作声，只望着烛光如豆苗般轻细，殿内的空气却似千钧般凝重。

"陵安。"不知过了多久，窗上已经没有细雨的痕迹，昏黄的烛光愈加暗淡，寂静的勤政殿内才响起了商少君的声音，他微微笑着，浓黑的眸底一片混浊，徐徐道，"朕亦曾有父母慈祥疼爱，有兄弟亲如手足，有爱妻死生不离。只是朕的母亲为了弟弟捏造朕的身世，朕的父亲为了泄恨亲自给朕下毒，朕的弟弟为了皇位置朕于死地，朕心爱的妻子——"

商少君嘴角的笑意更浓，眸子里沉得透不出一丝光亮："就要另嫁他人了。"

（二）安定

婚礼定在四月初八，白子洲举岛欢庆，忙碌不已。一是准备婚事，二是准备迎接多年在外的家人。整个岛上喜气洋洋，从早到晚欢声笑语不绝于耳。

向来大大咧咧的白浮屠，难得地在女儿出嫁前期，拉着她说起悄悄话。

“来，娘来给你束发！”白浮屠将白穆按在镜子前面，嘿嘿笑道，“老娘这辈子没给自己梳过几次头，但你的新娘髻可是练了许久！终于要派上用场了！我先来试试手。”

白子洲嫁女儿的规矩，都是母亲亲自为女儿梳髻戴冠，但思及白浮屠平日的作风……白穆望着镜中的她拿起木梳，当真有模有样地替她绾发，微微有些诧异。

“别这么看着我，我盼你回来又盼你出嫁，都多少年了。”白浮屠细致地梳着发，面上是少见的温婉，“你的嫁衣都不用准备了，当年你姥姥替我准备的，都没用上。”

白穆又是一阵诧异，白浮屠甚少主动提及她当年的婚嫁一事。她虽然好奇自己为何在岛外出生，生父是谁，可从来无人提及，她也没问过。

“娘，我爹到底是谁？你为何许誓再不踏出白子洲半步？”这次回来，白穆却觉得母女二人，没什么不可以说的，直接问道。

白浮屠顿了顿，叹了口气才道：“当年我年少轻狂，仗着本事大在五国内玩得风生水起不亦乐乎，后来到了祁国。”

白穆望着镜中的白浮屠。

“有一次刚好碰到个姑娘被人追，我也有点儿侠义心肠嘛，就救下来了。那姑娘拉着我一把鼻涕一把泪，说是被夫君追。她不过是名小妾，因为夫君喜爱，在府上屡遭迫害，她心里其实有别人，于是决定出逃，结果那位夫君一追千里，偏偏不放手。我见她可怜，当下拍胸脯说我帮她，于是扮成她的模样，被‘夫君’抓了回去。

“那时候年轻嘛，容易糊涂。那人对外铁腕手段，独独对我温柔有加，长得好看，说话声音又好听，一来二去我竟看上他了。”白浮屠眉眼高扬，说起往事跟说书似的。

白穆道：“莫非我就是……”

“是啊，你就是我和他的孩子。”白浮屠撇了撇嘴，道，“我既然喜欢他，就不服气他老把我当另外一个女人。怀了你之后，那些个悲春伤秋的想法就越来越多，终于有一天跟他坦白了一切。哈哈，你猜怎么着？”

白穆垂眼，不用猜都知道结局并不好，否则白浮屠也不会在混乱中生下她，独自归岛。

“他雷霆大怒，当下都不管我还大着肚子，要杀我们母女啊！”白浮屠哼了一声，“他还不知我会武，没等他一刀下来，我就跑了。后来在破庙里碰到你养父母，抱错了孩子，他又在后头追杀我，啧啧，不辞辛苦从祁国追到商洛。我当时身子弱，也不方便回去找你，就错过了。”

白浮屠笑了笑，二十多年过去，如今想来也真真觉得挺可笑的。自己这样的性子，竟也曾有过那样温柔、那样忧郁的时候，一心一意只想留在那个男人身边。

“不是有人说吗？忘记一个人其实很简单，四个字——不贱，不见。”白浮屠撇嘴道，“我回岛就起了誓，杜绝了任何‘贱’和‘见’的可能性。”

白穆微微一笑，不知她哪里听来的这话，但似乎……还挺有道理。

“所以乖女儿啊，”白浮屠蹲下身子，爱怜地抚着白穆的脸颊，“人年轻的时候，难免会犯些错误，只要不揪着那些错误不放手，大步向前走，再困难、再痛苦，都会走过去的。”

白穆倾身抱住白浮屠，轻声道：“女儿都明白的。”

“小白这孩子是我看着长大的，别看平时一副什么都淡淡的模样，其实待人处事极有主见，还固执得很，认定的事情绝不会轻言放弃。”白浮屠拍着白穆的肩，嘿嘿笑道，“所以不是我刻意撮合你们。知儿莫若母，当初你们回来，我一看他那个别扭样子就知道他那点儿心思了。但是乖女儿，我虽然觉得你和他在一起是再好不过，你却不用因为我们的期望才和他在一起……”

“不，娘。”白穆摇头，打断白浮屠的话，“我决定与他一起，并非是左右权衡各方得出来的结论。”

她曾在寂冷的山洞里守着满身是血的那个人，整整两个日夜，看着他的血渐渐干涸，他的气息渐渐消失，他的温度渐渐冷却。

那两个日夜，犹如两世那样长久。

“娘，原来我会害怕。”白穆靠在白浮屠肩头，白浮屠身上有让人安心的气息，白穆絮絮道，“原来慕白死去，不在我身边的话，我会害怕。我曾经以为我再也不会相信一个人，却无意识地相信他，相信他说他不会有事，相信他说不离不弃。我亦曾经以为我再也无法去爱一个人……”

白穆微微一笑："我不知对慕白的感情是不是爱。毕竟如今的我和从前不一样，我和他的感情，也与从前那段不一样。但是……想着日后能与他共度一生，心下却极为安定。"

静看云起云落，默守花开花败，或许并非所有感情都要轰轰烈烈才是真。

"乖女儿，你能这样想太好了！为娘这颗心也算放下了！"白浮屠大喜，乐呵呵地拍着白穆的肩。

四月到来的时候，白子洲的天气已经如同盛夏。

白穆的身子从前受过寒气，怕冷，白子洲的气候对她是极好的。只是她底子差，又不曾习武，经年顽疾也能根除。因此除了时常服些补药，慕白还让白穆隔几日便去爬一爬后山。

这日烈日炎炎，白穆爬得气喘吁吁，满头大汗，眯眼看前面的慕白，却是两袖清风，丝毫不见燥气。

"阿穆，到那棵树下便可休息。"慕白指着前方不远处的一棵大树，嘴角带着笑意，声色清朗。

白穆并不是第一次爬这座山头，那棵树看着近，其实要七弯八拐绕来绕去才到得了。

她看着慕白所在的方向，又往上登了几步，再抬头，慕白离她更远了。

若是从前，她大抵会咬牙直到慕白所说的那棵树下才松口气，但此刻她莫名心下一躁，蹲下身子道："不爬了！"

"阿穆……"

"走不动了。"白穆垂着脑袋嘀咕道。

她昨日才爬过一遍这座山，晚上被白浮屠抓去试了一次新娘髻和新娘妆，子时才歇下，今日一早又一一见过陆续回岛的族人，还未休息片刻就来爬山，腿都是软的。

"前方并不远。"慕白笑道。

"走不动了。"

不管，反正就是走不动了。

慕白一声低笑，走到她身前，背对她蹲下："那我背你吧。"

"好。"白穆毫不犹豫地搂住他的脖子，蹭到他身上。

阳光依旧明媚，咸湿的海风吹过山头，带来阵阵清新的草木香。尽管只有一只手，慕白却将白穆扶得很稳，白穆只是紧紧地搂住他，靠在他肩头，穿过海风的阳光便似探入心底，随着身下人轻盈的脚步越来越清朗。

“慕白，再过三日，你就要‘嫁’给我了。”白穆打趣笑道。

白子洲若出女子，必是招婿入赘，日后孩子姓“白”以正血统。

“是。”慕白显然也心情极好，拉长了尾音，“日后背你一辈子。”

白穆不由得展颜，阳光下面颊粉俏，双眸闪亮，转目望着慕白的侧脸。半个月来他的气色比之前好了许多，已与从前无异，常常眉眼带笑，偶尔还拿她开开玩笑。

白穆没想到慕白竟一气将她背上了山头，海风更加清爽，大海蔚蓝无边，只看得人心旷神怡。她踮起脚摸了摸慕白的额头，一片净凉的触感，他竟当真不觉得累，不会流汗的。

慕白笑着替她拭汗：“你若专心养好身体，日后我也教你修习内功。”

白穆双眼一亮，正要答话，眼风扫到平静的海面上出现一艘船，明黄色的旗帜迎风招展，分外显眼。

“慕白，你看那艘船……旗帜上的是个什么字？”白穆眉头微蹙，盯着远方。

慕白转身，顺着她的目光看过去，良久，才沉声道：“商。”

这头白伶四处寻慕白和白穆，听到白芷说二人上后山了，不得不找到了白浮屠，急道：“夫人，海面上又发现了陌生船只！挂着明黄色的‘商’字旗帜，恐怕是商洛皇族！是否要命人击退？”

白浮屠正优哉游哉地摆弄白穆的凤冠，闻言抬头，眉梢一扬：“商洛皇族？商少君？”

白伶还未答话，白浮屠“叮当”一声放下手里的凤冠，一脚跷到长凳上，擦鼻大嚷：“击什么？给我带进来！今天要让他竖着出我白子洲，老娘就不姓白！”

（三）交锋

白伶虽不曾了解白穆的过往，但当年慕白是从皇宫救她出来，如今二人婚期将至，海面就出现商洛皇族的船只，猜也猜得到少许。白伶领了白浮屠的命出去，却见慕白与白穆已经在海岸边，岸边还停着一艘船。

“你真不要我去？”白穆拉着慕白的手，眉头微蹙。

从前，碰到什么困难，慕白从来都是让她自行解决。如今商洛的船只来，虽然不知船上到底是谁，可是十有八九是冲着她来的。

“我相信你已决意放下，亦相信你若出面，能很好地解决此事。”慕白眼底含笑，反握住白穆的手，“但有些事情，该是我这个夫君来挡着。”

白穆心头微微一动，慕白又道：“你可信我？”

白穆坚定点头。

“那回去等我。”慕白轻轻将白穆揽入怀里，轻轻一抱便转身离去。

阳光下，慕白背影挺拔，面对外人常见的漠然气息随着海风阵阵飘来，白穆紧了紧身上的披风，转身离去。

是的，她相信他。她很庆幸还有这样一个人让她不由自主地去相信。

白子洲的船只，表面看来与外来船只无异，实则有自己特殊的标记。慕白并未带太多人登船，算上白伶、白芷也就十个人。

商洛的船只似乎也早有准备，见他们靠近，停了下来，一人大喝道：“商洛圣驾在此，无意冒犯白子洲，只请慕公子出面一见！”

慕白正好从船舱内出现，带着白伶、白芷，并未多言便翻身到了另外一艘船上。船上的商洛军极为防备地上前将三人包围，白伶喝道：“不是说要见我们少主吗？你们商洛便是拿刀剑待客的？”

陵安出来时正好这一声冷喝落地，他打量了三人一眼，习惯性地躬身道：“慕公子，里面请。”

一旁的商洛军见此，微微放松，退后了两步。

慕白目不斜视地入了船舱。

外表看来这船不大，里舱却尤为宽敞，布置奢华，应有尽有。白伶一眼便扫见矮榻上盘腿而坐的男子，剑眉入鬓，双目炯然，嘴角一抹笑意，仿佛笑尽苍生，只是静静坐在那里，一身的威严气息便让人不敢直视，他曾经见过的那些东昭皇子是根本比不得的。

船舱内两张矮榻相对而设，慕白随意地在他对面坐下，白伶立在一旁，给白芷使了个眼色。

来者不善，谁知这船舱里有没有什么玄机。

白芷极为熟稔地默默环顾，正欲倒桌上茶水检查是否有毒，却见对面那人一双漆黑的眼正盯着自己，半晌，弯眉一笑："那日竟是朕看走眼了。"

白芷自然不知白穆曾扮作她在东昭泊城见到过商少君，只觉得他这句话莫名其妙。这商少君长得倒是跟少主差不多好看，可浑身气息阴森森的，尽管在笑，却让人觉得害怕，白芷不自觉垂下眼避免与他对视，静静倒茶。

"朕要见阿穆。"商少君目光一转，便落在慕白身上。

慕白闻言，微微一笑："商公子此番前来，若是参加在下的婚礼，在下欢迎之至。如若不然，留下随行者的双眼，慕白也不多追究。"

"慕公子还是一如既往的狂妄自大。"商少君缓缓笑道。

"过奖。"慕白淡淡道。

"朕虽敬你白子洲百年来自立独居，能人辈出，但你若公然强占朕的宫妃为妻……"商少君低笑一声，眸子里暗芒流转，盯着慕白道，"未免欺人太甚。"

"宫妃？"慕白蹙眉做不解状，"据在下所知，商洛皇帝专心政事，清心寡欲，后宫得宠的'妃'不过三位而已。一位纵身跃下摘星阁，一位被烈火焚于摘星阁，一位……正是得宠的洛贵妃。"

"白子洲佯装做戏的本事果真一流。"商少君嗤笑，"当年你扮作裴瑜服侍在朕左右，朕竟分毫未觉。如今蒙蔽良知夺人所爱恐怕也是信手拈来，尽管断了只手。"

商少君的讥笑之意溢于言表，一旁的白芷已经有些按捺不住，被白伶一个眼神阻止。

"慕白只知对所爱之人，必恨不得将世上最好之物双手奉上，将她护在身后不让她受半点儿伤害，将她捧在手心生怕她受丝毫委屈。"慕白淡笑，"商公子待'所爱之人'，屡次以命相护不闻，长候门前不问，杀其父母辱其挚友耗尽心思榨尽她最后一分利用价值，最终心口一刀、大火一把，真真让在下大开眼界。"

商少君神色不变，眸色渐沉，浑身的冷肃之气愈重，声音却极为平淡："娶一个心有所属的女子为妻，慕公子……"

商少君话未说完，便被慕白一声嗤笑打断，他直直回视商少君：“商公子到底哪里来的自信？”

商少君眸光一沉。

慕白继续道：“你与她相识三年有余，她亦在我身边三年有余，你与她结为夫妻，她与我自小便有婚约在身，你将她曾经的身心、曾经的生活毁之殆尽，我陪着她一步步找到新的人生，新的家人，你究竟哪里来的自信，认为她被你伤至体无全肤，仍旧对你矢志不渝？”

慕白声音清朗，盯着商少君的眸子冷静沉着，不见一丝涟漪。

商少君一动不动地与他对视，本就暗沉的眸光愈加凝重，仿佛乌云压顶，却在下一瞬，漾出轻缓的笑意来：“就凭你不敢让阿穆来见朕。”

“让你见她再给她一刀？”慕白不掩讥笑，随即冷声道，“在下说过，对心爱之人，必会护她在身后不让她受半点儿伤害。你若想打她的主意，休想。你若想打白子洲的主意，白子洲未必怕你商洛。至于你想要的东西，在下也不怕与你坦承，的确在我手中。”

“好！”商少君大笑，轻拍两手，神情愉悦，“不愧是白子洲的少主。只是……”

商少君渐渐敛住笑容，双眸的笑意被刀锋般的冷锐划破：“朕亦不怕与你坦诚，即便倾一国之力与你来个玉石俱焚，你也休想娶得阿穆！”

（四）妃嫁

一切有条不紊地进行着。

海面上的船只越来越多，不仅仅有挂着“商”字旗的，更有挂着“东”字旗的。仅仅两日时间，向来不被外人知晓的白子洲暴露在世人眼前，且被里外三层围了个彻底。

然而，这样剑拔弩张，仿佛下一刻便会开战的气氛，并未影响岛上族人们准备婚事的热情。

由于白浮屠不曾在岛上出嫁，白子洲已经有几十年未曾有这样的盛事，除了好奇的孩子们，几乎所有人都不约而同地选择了忽视海面上的侵略者，该说的说，该笑的笑，等着良辰吉日白氏嫡亲的传人出嫁。

待到第三日，整座岛上张灯结彩。春日阳光明媚，海风徐徐，盎然的绿枝上结满了大红色的喜幅，与海岸边上迎风招展的黄色旗帜相映成趣。

带领东昭军前来的是新提拔的少年将军胡成。

东昭换了新主没几个月，人人闭口不语，但是心知肚明。四皇子晏彦，若非有外力支持，绝不可能争过二皇子与三皇子，顺利登基。而那所谓的“外力”是什么，作为晏彦的新势力，胡成心知肚明得很。

此番前来白子洲，身为东昭人，却要听命于商洛皇帝，便是当初借那“外力”的代价。然而，辛辛苦苦从东昭赶来准备大干一场，竟被晾了一夜。

无论是东昭还是商洛，都不擅长海战，商洛皇帝忌惮白子洲，不愿先动手落了下势也还情有可原，但那白子洲……

大敌当前，眼见抵达到的船只越来越多，不大的岛屿附近被围了个水泄不通，岛上的人竟仿若未见，自胡成到了这里，只看到眼前的大红色越来越多，半个出来准备迎战的人影都没瞧见。

尽管早就听闻白子洲人人武功高强，本事斐然，但这样的自负轻敌，未免太瞧不起人了。

不到正午，岛上已经传来热闹的喜乐声，几乎与此同时，商洛主战船上的战鼓终于敲响，胡成精神一振，举剑下令攻岛！

而岛上的白浮屠正将镜中的白穆看了又看，笑得眉毛都快飞起来了：“啧啧啧，不愧是我白浮屠的女儿，这简直就是天上掉下来的嘛！”

“夫人，快快，喜乐响了好久，少主定是快到门口了。”白芷也是一脸喜气，见白浮屠迟迟舍不得放下盖头，便催促道。

白浮屠撇了撇嘴，一面恋恋不舍地看了看白穆，一面嘟囔道：“老娘当初就应该再嫁一次！真是亏！”

“来了来了！少主就在门口了！白芷，你怎么还愣着！”白伶也穿了一身喜庆的红衣，笑嘻嘻地推了白芷一把。

不等白芷反应，白浮屠已经急匆匆地替白穆盖上了盖头，拉起她：“好了好了！以后看的时候多了去了！先成亲去！”

说着，她便带白穆往外走。白穆却一顿，拉住了她的手。

“娘。”白穆倾身抱住了白浮屠。

白浮屠笑着：“还好咱是进女婿，不是真嫁女儿。”

白穆仍旧抱着她，白浮屠叹了口气，安抚地拍了拍她：“乖女儿，会没事的。”

所谓的女婿上门，其实便是将新郎接新娘，改成新郎骑着马亲自到新娘家，之后的礼仪不变。

慕白本就自小在这里长大，也就是形式上走走过场，一路上族人簇拥，笑闹不断，到了门口齐齐安静下来，看着慕白敲门。

慕白平日甚少穿这样鲜艳的颜色，鲜亮的大红映在白皙的面上变成微微带桃的粉，眼角唇畔皆是清浅的笑意，在众人的注目下叩响门环——“咚、咚、咚”，三声。

“嘎吱——”

大门打开。

门口站着的女子一袭红装，蒙着盖头，依稀可见盖头下微扬的唇角。她垂着头，却准确地将手伸到慕白眼前。

慕白唇边的笑容愈甚，牵住她的手。

刚刚安静下来的族人瞬间迸发出欢腾的笑闹声。

喜乐再次响起。

白穆拉着那只手，随着他往里走。

正是春日，白子洲却炎热得厉害。即便是背着她爬过山，白穆也没见慕白流过一滴汗。但此时此刻，她握着的手心，却是汗涔涔的。一股窝心的温暖随着手心的汗渍贴在心口，让人觉得分外安心。

实实在在握在手心，真真切切熨帖到心底的温暖，碰到了对的人，幸福真的是件触手可及的事情。

她轻轻摇了摇那只手："你在紧张。"

热闹的人声乐声中，白穆的声音只有身边人能听到而已。

身边人显然怔了怔，握着她的手紧了紧，无奈叹气道："这辈子也就对着你会紧张。"

白穆不由得一笑，两颊滚烫。

白浮屠早早坐在了主座上，笑吟吟地看着二人走近，心中无比熨帖，连连给喜娘使眼色。喜娘一见二人站定，高声道："一拜天地！"

一拜天地。

二拜高堂。

夫妻对拜。

礼成。

简简单单的三拜，喜气洋洋的十四个字，却不知从头走到尾，需得迈过多少山河，蹚过多少血泪，才能终于握着那个人的手，"礼成"。

欢笑声弥漫的白子洲，同时响起震天的战鼓声，一众人等却充耳不闻，只祝福地望着喜堂上的两位新人，看他们携手而立，施然转身，拜的是天地，跪的是一众族人。

湛蓝的天空不知何时盘旋了几只秃鹰，在高空中展翅鸣叫，震耳的战鼓声越来越密，越来越响，隐约可嗅到枯枝燃烧的烟味，放眼望去，浓烟滚滚。

"二拜高堂！"

白浮屠稳坐在主座上，她不说话，没有人开口亦没有人动作，任由岛外战鼓连天。

"夫妻对拜！"

二人拜过白浮屠，起身对拜，屋外的族人们却突然安静下来。

盘旋的秃鹰越来越多，有人唤道："看那鹰身上有什么？"

有人毫不犹豫地打下一只，鹰的双爪上缠绕着红色的绸带，绸带上写了字，墨色已然斑驳，显然年代已久，却只有四个字而已——阿不，阿穆。

"什么阿不阿穆的……"那个人起初以为红绸上有什么玄机，就是有点儿毒也比莫名其妙的四个字有意思，正念叨着，才发现喜堂上两个人的身子都僵住了，望着他。

"等什么？快行礼啊！"白浮屠有些焦急道。

"拿过来。"慕白却只温声开口。

那个人怔怔的，连忙叠好送了过去。

慕白只是淡淡扫过一眼那绸带，塞入白穆手心：“阿穆，你当真想好了？”

白穆的脸被盖头遮住，看不见什么神色，只是僵直着身子良久不动，似乎正在打量手上绸带上的字。

阿不，阿穆。

白家村连理树的传说，有情人若将名字写在一起，绑在连理树上打好同心结，便会生死同枝，世世不离。

那年她被野狼袭击后昏迷不醒命悬一线，那个人便绑了整整一树的同心结，日日在她耳边说他还活着，她便不会就此死去。

阿穆，我和你的命绑在了连理树上，再也不会分开了。

白穆突然撩起大红的盖头，灿若朝霞的脸庞在红妆点缀下格外耀眼，她坦然地凝视慕白，熟练地抽出身上的匕首，“刺啦”一声轻响，红绸断成两截，阿不与阿穆的名字各自分开。

白子洲向来风大，白穆随手一扔，断开的红绸便随风散去。她转而拉住慕白的手，轻轻抿唇，道：“还有最后一礼。”

“夫妻对拜！”

喜娘再唤一声。

喜堂重新恢复热闹，随着一声“礼成”，更是将气氛推到了高潮。

三礼过后，该是新娘入洞房了，但喜娘并未有再作声的打算，族人们也都安静下来，一瞬间喜乐的情绪渐渐沾染了凝重。

慕白突然将白穆抱入怀中，只在她耳边轻声道：“一切照计划行事。”

白穆点头。

几乎没有任何犹豫，两个人迅速分开，族人们也迅速分为三批，各自撤离。

战事在前。

谁都不敢轻视。

白子洲只是一座孤立无援的海岛，数百年来隐世而居，从未像此刻这样被重重包围。尽管岛上大部分族人擅武，可以说是高手如云，但大规模地作战，或者说海战，比起商洛与东昭，他们毫无优势。

更何况总归有些不曾习武的妇人、老者、还未长大的孩童……

白穆带着没有自卫能力的族人照计划躲入族中禁地，那里布了阵，机关重重，且随处都埋了剧毒，从来只有族长带领才可进出。

事先慕白已经教会她进阵的方法，白穆记性好，顺利地带大批族人穿过布阵，进了一处隐蔽的石室。

石室宽敞，显然是专为避难所建，除了白子洲常见的各种药草，水粮和简单的生活必需品一应俱全。族人们并未惊慌，一直以来安逸的生活和对白氏绝对的信赖，使得他们只需看到白穆的身影，甚至只要白氏的一句话，便能放下心来。

只是时间一长，石室中与世隔绝的安静还是使得忐忑与不安的情绪渐渐蔓延。

白穆一直沉默不语。

此仗若真打起来，一个不小心白子洲便会遭灭族之祸。白子洲所倚仗的，也不过是“神秘”。

商少君并不知晓白子洲真正的底细，必不会轻举妄动。而他们若诚惶诚恐手忙脚乱，只会露出他们底气不足。因此一切如常地准备婚礼，让人误以为他们有恃无恐，至少先在气势上压制对方。

现在应该已过了四个时辰，夜浓。

慕白借着这三日准备婚礼的时间，用挂在树上的喜幅布阵。但他自己都说近几年才开始研究那门玄妙的东西，恐怕并不熟练，只能阻住他们一时无法入岛。

若是要打，现在外面应该已经战火连天了。

白穆沉了沉心。

白子洲也并非毫无胜算。

慕白心细，又有远虑，早在他们回白子洲之前，便与晏彦再见过一面。那时她还不解，却也没多问，直至商少君出现他才笑称早料到他二人若成婚，定不会顺遂，而商洛与白子洲之间横亘着东昭，商少君要有动作，必得借东昭之势，因此择机与晏彦做了笔交易。

晏彦登基虽是靠商少君，但商少君趁机发兵，也占了他不少便宜。如今他皇位不稳，的确还有需要商少君助他的地方，但……商少君能做到的，白子洲何尝不可？

与惯常在背后插人一刀的商少君合作好，还是与“一诺千金”的白子洲少主合作，晏彦心中应该清楚得很。

因此这一战，商少君借东昭的势，只要晏彦尚还有点儿脑子，便该帮着白子洲倒打一耙。倘若一切顺利，身在险境的恐怕不是白子洲，而是商少君。

白穆掐着时辰，计划还差最后一步。

“我有些担心外面的战况，白芷带我出去看看，你们在这里等我回来接你们出去如何？”白穆起身，声色清朗。

族人们都知白穆不会武，纷纷劝道：“外面危险，少夫人还是莫要以身犯险，少主会解决一切的。”

“少夫人，属下等愿意护佑少夫人左右！”马上有人跪下，焦急道，“此地定不会被人找到，属下看着兄弟们在外出生入死，自己却只有干着急的份儿，实在……”

“是啊是啊，我们出去多多少少能出点儿力！”

因为担心途中生变，慕白特地安排了数十名高手保护他们前来，如今那数十人早便坐立难安，恨不得马上冲出去看看状况帮上一把。

白穆声色一沉，道：“我去拿些防身的药草，稍后你们便随我出去。”

不容置喙的语气，没有人再反对，她转了个身，便带着白芷往里面走去。

待到二人再出来，发生了点儿不易察觉的细微改变。

白穆看着身边的“自己”，点了点头。

二人趁着拿药的时机，易容并换了装束，等于互换了身份。

白芷扮起白穆来毫不含糊，白穆自己跟在身边都看得一愣一愣的，照镜子似的。一行人顺利走出禁地，“白穆”立刻打发几个人前去查看战况。

其实刚刚出来，白穆心下便有了计较。

倘若商少君当真带着人打进来了，附近怎可能如此安宁？

必然是东昭临阵倒戈，和慕白一起将商洛为数不多的人逼往外围了。

白穆跟着白芷一路向前，左右环顾，内岛果然一片静谧，蔓延的战火和呐喊，都在外围。

然而，这一行人的气氛并未因此而松快，反倒越发压抑。

白穆紧张地手都在微微颤抖。

“叮——”

不出所料，一道利刃交接的声音传来，随之有人惊叫：“你们这是做什么？”

果然如此。

跟着白穆从禁地出来的数十人，突然有人持剑要袭向白芷，却被其他人拦了下来。

慕白称商少君既可以找到安乐去行刺东昭皇帝，必然也可以通过安乐找到白子洲的其他人。白子洲是世外桃源不错，白子洲的人几乎个个热忱，忠于白氏，热爱这片土地不错，但那也是“几乎”。

这些年出岛的人越来越多，而既生为人，便会有弱点，有欲望。这次商少君能顺利找到白子洲，恐怕就与外头的叛徒脱不了干系。

商少君又善度人心。慕白能想到晏彦并不乐意全心助商少君，商少君又怎会想不到此行很可能被东昭出卖？他能安排一个安乐去东昭做他的细作，何尝不能安排其他人回白子洲做他的细作？

因此今夜还有一大任务，便是引出叛徒，否则将来后患无穷。

慕白特地安排他怀疑的人护送他们去禁地，再由白穆带出。果然，那些人发现战况有变，便按捺不住了。

想来商少君给他们的任务应该是抓白穆回去，因此他们直直袭向了与白穆互换身份的白芷了。

白穆暗自躲在一边，想不到叛徒竟有二十余名，且个个出手狠辣，其他人还未反应过来怎么回事，很快落于下风。

轰——

白芷既扮成不会武的白穆，便没有出手，只放了一枚信号弹，以示任务顺利，引来救兵。

那二十多人见状，手下招式更加狠戾，黑暗中很快蹿出其他人影与其缠斗。白芷见大局已定，拉着白穆的手便原路折回，道："少夫人，外面还是危险，我们再回禁地，以免再生事端。"

禁地地形复杂，阵法更是复杂，白穆让慕白带她走过三次才摸透，因此要引那些人出来，白穆也不得不扮成白芷带路，如今任务完成，躲回去是再好不过的。

远方战火已渐渐消弭，呐喊声也慢慢远去，不消片刻，便有人跪在二人面前复命道："少夫人，少主携东昭军将商洛军尽数歼灭，我方未损一兵一卒！"

白穆闻言，心下一松，正与白芷相视而笑，一瞥间心下一跳。

地上这人，她不曾见过！

"小心！"

白穆将白芷狠狠一推，险险躲过那人一击。白芷显然不愿意暴露自己会武，那人再袭去，她乖乖就范，被那人擒住。

夜色中又出现两人，其中一人马上上前喝道："对娘娘怎能用如此蛮力！"

另一人……

白穆没在夜色中的脸，隐隐有些苍白。

夜风里夹杂着血腥味，那人向来整洁的发髻略有凌乱，几缕发丝连同血迹沾染在侧脸，一身华服被利刃割破，渗着殷红的血，负手立在那里，明明该是战败的落魄模样，月光下，那目光却刺人双眼。

他只是凉凉地看着，看那两人扣住“白穆”，无论是面上抑或眼底，都瞧不出任何颜色。蓦然，那双眸子一动，眼神便落在一旁的“白芷”身上。

白穆不知他如何能找到这里，不知他到底想做什么，只是看着他一步步朝自己走近，因着身上的伤略有蹒跚。

她知道自己的处境，知道自己不能露出破绽，竭尽所能地保持镇定，没有胆怯，没有逃跑，只用白芷该有的眼神打量他，抽出腰间的长剑喝道：“放开少夫人！否则休怪我不客气！”

他却仿佛听不到她说的话，也不再看向他处，只凝视着她，用曾经那种要将她看入心底的眼神凝视着她，一步步地走近她，不顾她横在胸前的剑，一手将她揽入怀中，声音里带着微微笑意，轻柔而餍足：“阿穆，我不会第二次错认你。”

（五）离岛

几乎就在下一瞬，白穆手中的剑不由她反抗地被夺去。

白芷见状，大惊失色，顾不得伪装，挣脱那两人便向白穆冲过来。那两人反应极快，将白芷拦住，商少君挟着白穆便迅速离开。

“少夫人！救少夫人！”白芷大喝。

前方仍在混战，听到白芷的唤声，有人略略一怔便脱离战圈追着商少君而去。

白穆被点了穴。

商少君在她还未反应过来之时，在抱住她的同时就点了她的穴，她动弹不得叫喊不得，只由着他抱着她，轻车熟路地出岛。

她早就知道他会武，但是这样重的伤，他动作还能如此之快，后面有人追来，便会马上被他甩掉。而且他对白子洲的地形极为熟悉，几乎是穿梭自如。

“阿穆，白子洲的地图我看了整整三年。”似乎是想到白穆的疑问，商少君在她耳边低笑道。

眼看着已经到了海边，战事已近尾声，火光大多在西海岸，东海岸这边只剩一片狼藉。

他们预料到了所有情况，知晓商少君不可能那么容易被擒，只要商少君的人把白芷误认成她带走，便暴露了他们的所在，白芷武功高强，脱身不是难事，届时再燃放一颗信号弹，剩下的人插翅难飞。

但是事情仍旧往意料之外的方向发展了。

她不知道自己哪里露了破绽，明明只来得及说一句话而已。也不明白白芷哪里露了破绽，明明连她看着都觉得照镜子似的。可商少君似乎一眼就看出了两人间的玄机。

该是发现了商少君的方向，尽管背对着海岛，白穆仍旧察觉到后面的火光愈渐亮堂，海面倒映的色彩越来越浓烈，也正因如此，白穆看到了海面礁岩后的那艘船。

藏得极其隐蔽，用色也极为巧妙，一眼望去与周围的岩石无异，但此刻，已经扬起了帆。

或许商少君同样早就算计好了。

所有的情况，所有的结果，所有的可能，都预料到了，所以给自己留了一条这样的后路，即便没有抓到她，也可以只身退离。

“阿穆，你看看，今夜好戏可真多。”商少君说着，便带白穆转了个身。

白穆心下一阵收缩，刚刚那火光来自东海岸，明明平息的战事，似乎又起了……

“晏彦那只白眼狼，小小年纪野心倒大得很……”商少君似乎已经料到发生了什么，低笑着带白穆翻身上船。

转眼已是五日。

船并不大，船上的人也不多，算上商少君与白穆，也就十人。

白穆被搜去了身上的毒药伤药，被喂了软骨散关在舱房内，每日有人定时给她送饭菜和茶水。

她没再见过商少君，送饭菜的侍卫称他上了船便重病不起。

她无心在意那病是真是假，她想知道白子洲怎么样了。

这么些天过去，没有一艘船追上来，东昭的船也没看到。尽管此前慕白便有过东昭不愿帮他们的打算，白穆心下还是忐忑，担心白子洲无法全身而退。

待到第七日，船只已近靠岸的时间。

商少君生逃，要回商洛必得经过东昭，晏彦怎会轻易放过？到达泊城之后，恐怕会再有一番恶战。商少君即便没有重病，身上的伤也不轻，她不会武，剩下八个人倒是一眼便看出个个是高手，只是晏彦有心要捉的话，八个人怎会是成百上千人的对手？

但这日夜晚，白穆便下了船。

她由两人搀着出了船舱，船还未到岸，只是船边停了一只小筏，商少君披着大氅坐在筏子中央，苍白的脸上略有倦容，之前见到的伤仿佛消失不见，见到她，唇角一勾，便起身接过，将她拥在大氅里，坐回筏子上。

刚刚的大船分散东昭军的注意力，他们坐小筏先行离开。

商少君的心思当真缜密到令人心惊的地步。她才刚刚想到会有危险的可能性，他已经想好了对策并且采取行动。

小筏顺风离开，一叶扁舟，夜色里悄无声息地渐行渐远，筏头的侍卫动作不停，筏尾的人仰身半卧，黑色的大氅被子似的裹住身边的人。

白穆没有软骨散的解药，全身无力，任由商少君揽在怀里。

她本还好奇商少君的伤好得怎么那样快，近身听到他沉重的呼吸，贴到他滚烫的身体才知道只是表面佯装出来的无恙罢了。

他抱着她，没有说话，亦没有其他动作。

这样的夜晚，这样的局势，安静显得尤为诡异。

白穆睁眼望着那片璀璨的星空，耳边是水波荡漾声，鼻尖是滚烫的血腥气，身侧是曾经亲密无间托付身心的男子。

不过片刻，那人竟搂着她沉沉睡去。

她想起曾经那无数个日夜。他也是这样搂着她，埋首在她脖间，温热的呼吸喷薄在她耳上，睡得沉静。那时她夜半醒来，偶尔会有些忐忑，偶尔会有些温暖，偶尔会有些埋怨，偶尔会有些小幸福，但无论如何，最终她也会搂着他重新入眠。

白穆不由得笑了笑。

“你们此行究竟目的何在？”白穆哑声问摇桨的侍卫。

“接娘娘回宫。”那人毫不犹豫道。

白穆又笑了笑。

若是从前，商少君千里迢迢大费周章地接她回去，她会感激涕零吧。

“稍后上岸若有伏兵，还请娘娘带皇上先行躲避，皇上伤重，恐怕无法便利行动。”那人道。

白穆觉得这人挺好笑的，她被喂了软骨散，自己都走不动。

那人似乎也意识到自己失言，暂时放下船桨，从腰间拿出一个瓷瓶，倒出药丸送到白穆嘴里：“卑职失礼，这是解药。”

白穆毫不犹豫地吞下。

那人继续半跪着道：“我等从商都到东昭，再从东昭到白子洲，只在路上便耗费了一月之久。皇上为接娘娘回去，费心已久，此番几乎全军覆没……娘娘，皇上一番苦心，娘娘莫要辜负。”

白穆没有答话。

“皇上待娘娘情深义重，此前重病昏迷都在唤着娘娘的名字。”那侍卫已经起身，重新拿起船桨，“娘娘怕是不知，白子洲一行，我等准备了三年之久，其实时机并未成熟，但娘娘……”

那侍卫没再说下去，似乎还微微有些愤怒。

白穆只是不由得又笑了。

其实也没什么，一直都是这样。

当年她初入宫备受冷落，旁人却说她荣宠至极。后来摘星阁上几乎命丧他手，旁人却说她跋扈善妒以死相逼。如今她决意摆脱过去，重新开始，旁人就说他情深义重千里寻妻，她却“忘恩负义”另嫁他人。

她早该习惯了。

那侍卫没再说什么，白穆也没有搭话。

因为顺风顺水，小筏走起来竟比之前的大船还快。天方露白，白穆便瞧见了陆地。商少君一直不醒，那侍卫给他服了一些药却仍旧不管用，眼看就要靠岸，岸边东昭军的身影依稀可见，侍卫似乎别无他法，凑到商少君身边唤了一句：“贤妃娘娘。”

商少君的眼皮立刻颤了颤，猝然睁眼。

侍卫脸上并无意外之色，只深深地看了白穆一眼，继续划桨。白穆移开眼，看向东出的朝阳。

“皇上，稍后卑职引开那批东昭军，您带着娘娘往西去。”

此前早便计划好，他们靠岸的角落极为偏僻，但东昭也不好相与，整个海岸都有东昭军把手，眼前偏僻的角落也不例外，好就好在兵力较弱，出逃容易。

筏子靠岸，东昭军上前盘查。

白穆浑身无力地被商少君揽着，看着侍卫蓦然出剑，同时商少君趁乱抬步，迅速带她离开。

真是累。

刀光剑影中，她不觉得心惊胆战，只觉得累。

从她步入皇宫开始，无处不是算计，无处不是刺杀，无处不是争权夺利，无论是在商洛还是东昭，一旦和那些人扯上关系，事情便永远不可能简单，不置人于死地便不肯罢休。

倘若终其一生都在钩心斗角里出生入死，不累吗？

白穆在商少君的大氅里，眼光扫见剑光闪烁，利箭齐飞，颠簸中两人并未如计划往西去，而是被逼进了东南方向的一处树林。

泊城雨水丰沛，树林也长得比别处茂密，这片尤甚。一进去便觉得一阵清凉扑面而来，灿烂的阳光被隔离在外，其间阴暗森森。

待到二人甩掉追兵，林子里已经暗得伸手不见五指，商少君靠在一棵树下，双目微合，浑身血气弥漫，仍旧僵直地将白穆扣在怀里。

解药已经渐渐发挥作用，白穆的力气也渐渐回到体内，但她并未妄动，老实地待在商少君怀里，直到听见他气息渐渐微弱才动了动，从他怀里挣脱，手却仍旧被他扣住。

“阿穆，你知道我不会放你走的。”

这是这五日以来商少君对白穆说的第一句话。

白穆知道他又受了伤，背上插了两支断箭，面色惨白，气息微弱，她以为他早就失了意识，不想还能说出话来。

“商公子，请放开我。”白穆冷声道。

商少君受了那么重的伤还能带着她抗敌，恐怕是刚刚那侍卫给他服下的药能激人潜力，只是一般这样的药时效有限，一旦药力过后只会使人更加虚弱。

白穆挣不脱他的手，想是药力还未全过。

“商公子？”商少君徐徐睁眼笑着。

“你放开我。”白穆的力气还未完全恢复。

“好了阿穆，不闹了。”商少君一手将她带入怀里，用从前哄她的语气，抱着她，轻拍她的后背。

白穆眉头一蹙，用力推开他。商少君猛地靠回树干上，摇摇欲坠，却仍旧死死扣着白穆的手不肯松开。

白穆深吸几口气，稳了稳呼吸，才平静道：“你想要什么？”

商少君的脸色愈加苍白，呼吸也轻不可闻，但听到白穆的话，仍旧缓缓睁了眼，混浊的眸光落在白穆脸上。

“无论你想要什么，你先放开我。”白穆神色寡淡，语气平淡，“你虽受了重伤，我想并不致命。不到明早，你的人就会找到你带你回商洛。你放开我，让我回白子洲，白子洲在商洛的眼线我们会全部撤走，你袭击白子洲一事，我们也不会与你计较。你想要的东西，我们会遣人送上，从此以后，白子洲与商洛再无瓜葛。”

商少君没有答话，只是注视着她。

“白子洲向来一诺千金，我和慕白没想过要报复你，要那东西也是无用。”白穆徐徐道，“你放我走，待我回到白子洲，我们……”

“我们？”商少君突然低笑一声，眸子里亮起冷锐的光泽，“你和慕白？”

几乎是咬牙吐出“慕白”二字，未等白穆反应，商少君收紧扣住她的手，另一只手扣住她的后脑，倾身封住她的唇。

滚烫的气息扑面而来，带着拆骨入腹般的力度，白穆反抗无果，对着他的肩膀便狠狠咬下去，唇齿间溢满血腥，他却始终不肯松开，动作越发肆意。

白穆蓦然扫见他背上的两支断箭，毫不犹豫地伸出手去，用力拔出。

鲜血喷涌而出。

商少君闷哼一声，整个身子都颤抖起来。

白穆趁机用力推开他，从湿泞的地上爬起来，才发现自己竟已是满面泪水。

“阿穆，你会医？”商少君扶着一旁的树干，勉力站起身，“阿穆，你会医的。”

白穆的泪水仍旧不受控制地滚滚落下，裹好了身上的衣物，后退几步：“不错，我会医，然后呢？”

商少君的身子微微晃动，鲜血顺着衣摆滴滴落下，面色渐渐惨白，只注视着白穆。

白穆压抑住声音里的哽咽，擦去脸上的泪，嘴边的血，深吸几口气方才平静道：“三年前我踏上白子洲时便知道我的身子并非不孕，你与柳湄所说并非都是真话。”

商少君暗沉的眸光略略一闪，便如萤火般，闪烁着细微的光亮。

“我见过莲玥，知晓她曾趁乱夜盗商洛皇宫。”林子里突然下起细雨，雨滴淅淅沥沥地落下，显得白穆的声音尤为清净，“我亦见过柴福，知晓白家村被人疏散，而知晓白家村所在地的，只有你。”

“我曾经在你身边三年，看着你各方权衡，渐渐明白宫中凶险。如今我接管白子洲，接触东昭，更明白朝中内乱不可轻视，朝外外敌也不可小觑。”白穆的一袭青衣染着些许血迹，许是商少君身上的，像是春日火红的花朵，在绿叶的衬托下盎然绽放，“从前那些事，或许你有你的苦衷，你有你的思量，你有你的为难……”

“只是商少君……”白穆侧首望着他，眸子里平淡无波，映着春夜淡淡的凉意，“纵使你有千般难，万般苦，我却不想知道了。”

第十二章 真假离誓

（一）旧地

商少君比白穆意料中的还要谨慎。

她一句话落地，也不知是他终于再受不住身上的伤，还是药力开始反噬，直直栽倒。她趁机离开，却被人拦了下来。

商少君的隐卫应该早在他身边，却在最后关头才出现，不容她说一句话便一记手刀劈了下去。

此后白穆又被人灌了药，大部分时间都在昏睡，偶尔清醒，时而在马车里，时而在客栈里，有人给她端来饭菜，喂她吃下，她清醒不了多久，又继续睡去。

但是，短暂的清醒时间，白穆还是得知商少君再次病重，他们正风驰电掣地赶回商都。而因为长期的昏睡，她得不到白子洲的任何消息，想必有人有心接近也是困难重重。

进入皇宫的那个夜晚，又是春雨迷蒙。

白穆只觉得脸颊上一片凉意，恍惚睁开眼，便已是熟悉的宫宇，一片静谧中，她被抬上轿辇，辗转到榻上，抿过一口清水后又沉沉睡去。

待她再次清醒，才发觉已经是四月末，即便是在偏北的商洛，依旧能嗅到夏日独有的炙热气息。

她被安排在并不熟悉的涟漪宫，离商少君所居的虔心宫不远，但自她清醒，便不曾见过商少君。

宫中人并不像商少君的亲信那般直接唤她“娘娘”，多半时候不太敢和她说话，不得不唤她的时候，也只是战战兢兢地称“姑娘”。白穆清醒的第一日，听到“姑娘”这个称呼，只是略略扬了扬眉，便吓得一旁端着水盆的小宫女几乎人仰马翻，水都洒了一地。

“姑娘见谅，皇上重病不醒，还未来得及给姑娘封号！”显然明白白穆来历不小，又摸不清她的性子，小宫女声音都是颤抖的。

白穆一直被灌着药，一时清醒过来，有些分不清今夕何夕，静静地环顾四周许久方才找回自己的声音：“你叫什么名字？”

“奴婢涟儿。”

"奴婢漪儿。"

一左一右两名宫女同时跪下，齐声道："奉命在涟漪宫服侍姑娘。"

白穆看了她们一眼，年纪轻轻，功底不差，不知商少君在哪里找到这样的练武奇才，更难得的是一脸敬畏与懵懂，不像是装的，显然入世未深。

白穆没再说话，这一沉默，便是数日。

偌大的涟漪宫，只有这两名宫女罢了，或者说，只有这两名宫女近身伺候，白穆一步都不曾踏出房门，也不知外面是个什么光景。

两人显然极为熟稔，且看着白穆安静温和，互相间话也多了起来。

偶尔小心翼翼地劝白穆出去走走，说涟漪宫的夏花开得如何灿烂，偶尔说宫中哪位哪位嫔妃过来探望，被拦在了门外，问白穆这样是不是不太好，偶尔互相打趣，你一言我一语互不相让。

但与白穆说得最多的还是商少君的病情，每日说完后都会加上一句："姑娘放心，待皇上的病情稍有好转，便会给姑娘加封。"

白穆大多时候都是沉默，只是在她们斗嘴的时候才会看她们。

起初两人以为白穆嫌她们吵闹，后来渐渐发现并非如此，白穆看着她们的眼神里，带着说不清道不明的情愫，有时是笑着的，有时垂着眼掩住了神情。

其实白穆只是想起碧朱了。

回到熟悉的地方，嗅着熟悉的空气，却再也见不到熟悉的人，听不到熟悉的声音，看不到熟悉的笑颜。那个会在她耳边一遍又一遍唤她"阿穆"的女子，那个会为她做饭煮茶哄她开心逗她笑的女子，那个无论黑暗还是寒冷，都会握着她的手说"阿碧永远在你身边"的女子，再也回不来了。

这日外头又有宫嫔在闹着要进来，白穆难得地主动问了一句话："这宫里有位贵妃？"

涟儿与漪儿对视一眼，漪儿率先答道："回姑娘的话，桑贵妃近来都在皇上身边侍疾。"

"刚刚传来消息说皇上已经醒来，只是还不能下榻，姑娘莫要担心。"涟儿补充道。

白穆垂下眼，没有再问。

但是这日入夜，白穆正要睡去，便觉得身侧一凉，猝然起身，正好躲过商少君要揽她腰际的手。

商少君又消瘦许多，形容堪比当年她在凌河边捡到他时的样子，只是那时他的眼神清澈和煦，如今却暗沉混浊。

商少君的手顿在空中许久，才转而撑起自己的身子，望着白穆。

灯烛昏暗，只映亮榻上两个人的半张脸。两人对视，一人眼底充斥着防备与冷意，一人眼中只有一片寂静。

良久，商少君伸手去拉白穆，白穆甩开他的手，毫不犹豫下了榻，随意披了件衣服。

商少君本就是和衣卧下，直接坐直身子，微微蹙眉，唤了一声："阿穆。"

白穆穿好衣裳，拨了拨灯芯，再加了一盏灯。

"过来。"商少君的身形略略不稳，只是坐在榻边。

白穆转身笑道："皇上这么好的精神，我来抚首曲子给你听怎样？"

也不看商少君的反应，白穆自顾拿出琴弹起来。

《凤求凰》。

这首曲子，她能弹得和柳湄十成相似。曾经宫中一旦响起这支曲子，必会有人取笑，说贤妃娘娘又在借柳湄邀宠了。

"如何？皇上可还满意？"一曲终了，白穆笑着看向商少君。

商少君也只是静静地看着她，苍白的脸在烛光下笼上一层暗黄色，抿着唇角，看不出喜怒。

"我虽然对你千方百计利用我的苦衷不太感兴趣，却还是有些好奇，当初你看着我一遍又一遍地哭着求你，一次又一次地扮成柳湄讨好你的时候，到底是什么心情呢？"

白穆单手托腮，缓缓笑道，"看你哭着求我估计是不太可能。既然你不愿放我离开，不若也扮作我的夫君，让我尝尝抱着替身的感觉？"

商少君眼睛一眨不眨地盯着她，白穆继续道："如此你也不用担心我琢磨着逃跑了，涟漪宫的高手们都可以闲一闲。"

"其实我要求没你那么高的。你与我夫君身形相似，只需沐浴净去身上的龙涎香便好了。哦，夫君只有一条手臂。说起来当初若非你赶尽杀绝，夫君也不会为我引毒而断了一条手臂，如此说来，你扮作他时最好背对着我，以免我看到你那张脸忍不住卸你一条手臂他报仇。"

白穆眸子里的芒光细碎而冰冷，面上却是笑意盈盈。

商少君的面色苍白得几乎能看见青色的血管，双眸亦沉得瞧不见光彩，许久，才缓缓起身，一步步地走近白穆，冰凉的手指掐住她的下颌，微微俯身，看入她眼底，嘴角忽而勾出一抹笑意："你放心。"

"无论你说什么，做什么，朕都会爱你。"他微微扬眉，笑意并未融入眼底，一双眸子阴沉得如同覆了漫天冰雪，微微一动，便附身到白穆耳边，一字一顿，"一生、一世。"

说罢，他甩开白穆的脸，转身离去。

第二日，宫中又传来消息，皇上病情恶化，再次陷入昏睡。涟儿漪儿自然知晓昨日商少君来过，还知道床褥上沾了不少血迹，但是两个人都不敢问白穆什么，也不像从前那样热络地在她面前说起皇上如何如何。

从这一日起，皇宫里凭空多出来的"姑娘"不再窝于涟漪宫，有宫嫔上门，也不再避而不见。只是后宫的一众事端，也都因着这位"姑娘"而起。

今日亲自赏了哪个婕妤两耳光，明日罚了哪个宫人几十大板，后日烧了哪个宫苑的后花园，偏偏没有人出来阻拦，被打的几位婕妤娘家都是朝廷的新起之秀，但皇上重病，有状无处告，被打的宫人多是桑贵妃宫中的，桑贵妃忙于照顾皇上，也无暇顾及，至于被烧的宫苑，御林军近来便在忙着救火了。

人人都堵了口气，等着皇上病好惩治那目中无人胆大妄为的女子，可那日，皇上身边的大太监陵安竟在涟漪宫外跪了整整一日，而她却大门紧闭见都不见，至此宫中对她的各种咒怨戛然而止，纷纷猜测起她的来历。

不出三日，陵安再次跪在涟漪宫外。

夏日的雨说来就来，陵安身为商少君身边最受宠信的宫人，却从不以权谋私仗势欺人，脾气极为温和，颇得宫中人敬重。涟儿漪儿也是一样，看着外面雨越下越大，陵安也没有退下的迹象，忍不住在白穆耳边嘀咕："姑娘，要不见一见吧？这样大的雨，陵公公说只见姑娘说一句话便好。"

"若是不想叫进来，姑娘出去看一看？姑娘，陵公公若非有要事，定不会一直跪在外头的。"

"雨又大了。听说陵公公三年前生过一场大病，身子骨儿大不如前了呢。姑娘，万一他……"

白穆无奈地放下手中的书，推开窗看了看雨势，轻声道："备伞吧。"

那两个人一听，连忙笑嘻嘻地出去，一个拿了伞，一个给白穆找了件披风。

雨如盆倾，陵安笔直地跪在其中，三年未见，模样并没有太大改变。

白穆独自撑着伞，到他身前。

陵安一见到白穆便面露喜色，眼泪随之滚滚而出："娘娘，娘娘您听奴才说，三年前……"

"陵安，"白穆静静地打断他，蹲下身子，耳边霎时只有大雨声，"三年前阿碧常常在我耳边说小安子如何如何，她做了好吃的，总说留一份给小安子，听我说了有趣的事，说下次可以讲给小安子听，我遇上什么麻烦，说去问问小安子意见，后来说要出宫，她也说舍不得小安子。但如今……阿碧回不来了。"

陵安的眼红得更加厉害，脸上已分不出是雨水还是泪水，话哽在喉间，再也说不出来。

"不只是阿碧，三年前的很多人，很多事，都回不来了。"白穆扶着他的手臂，"你若病了，阿碧也会难过。你起来，回去吧。"

"娘娘……"陵安哽咽道，"那奴才不说三年前，只说现在。娘娘，您去瞧瞧皇上吧！奴才不知那日您与皇上说了什么，那之后皇上便不肯服药，这样下去……娘娘，皇上也只有在您的事情上会这么执拗，您就看在从前的情分上……"

从前的情分？

白穆笑了笑。

"你在这里劝我去看他，不如去劝他早日放我出宫。"白穆拉陵安起身，陵安却不肯动，白穆便也不再多说，转身回去了。

陵安仍旧跪在涟漪宫外不肯离去，许是这日雨太大，皇宫注定不得安宁，傍晚时分，涟漪宫又来了个意料之外的人。

涟漪宫里里外外跪了一地，白穆从里间出来看到她的时候，也微微诧异。

记不得有多久没见了。

上次想到她，似乎还是琢磨她是否能帮她救阿娘。

太后华发早生，简单的玉簪子束发，衣着也极为朴素，只是毕竟在后宫呼风唤雨十几年，即便再素净的打扮，浑身的气势也是掩不住。

白穆没有行礼。既不是商洛人，皇上也好，太后也好，她无须向商洛任何人行礼。

太后自行坐上了主座，一声"退下"，殿中就只剩下她和白穆两个人。

太后给自己倒了杯茶，动作仍旧比旁人多出几分娴雅风流，不再像从前那样气势逼人地盯着白穆，而是淡淡一眼扫过来，笑了笑："倒比初入宫时多了几分姿色。"

柳轼那件事后，太后便移出仪和宫，不再理后宫事务，平日大事大节也不见她露面，突然出现在涟漪宫，倒真让白穆有些好奇。

“哀家记得你刚入宫的时候，又瘦又小，豆芽菜似的。”太后轻轻笑着。

白穆本是有些好奇地站在里外间的屏风处，看来太后有不少话要说，便挪了步，在她下首找了把靠椅坐下。

“你那位未婚夫婿，可找到了？”太后问。

白穆垂目道：“不用再找了。”

“那是自然，本就在宫中，哪需要找。”太后不经意道。

白穆略有惊讶，阿不就是商少君的事，她连碧朱都不曾告诉过。

“少君从前并非现在这个模样。”太后话锋一转，落在了商少君身上，“哀家有他的时候并不受宠，甚至生下少宫，也未得宠。哀家带着他二人在朝拾殿那些年，想来是这几十年来最为平静的日子。”

白穆不知太后怎么突然来了兴致回顾当年，也不打断她。

“哀家虽不得宠，但先帝子嗣单薄，只得这两个儿子，对他们却是喜爱的，特别是身为长子的少君。”太后眼神迷蒙，带着微微笑意，沉浸在往事中，“少君比少宫长三岁，一直是他带着少宫四处玩耍，二人自小感情极好，睡一张床，吃一碗饭，跟着一个太傅学习，少宫不会的，少君便耐心地教，经常帮少宫写诗被太傅发现挨骂，那时哀家做梦都没想到有朝一日他们会水火不容……”

太后笑着笑着，眼里却泛起水雾。

白穆蹙眉睨着她。

“罢了，哀家今日来也不是与你说那些废话的。”太后很快地收敛了情绪，恢复平静，抬了抬眉眼道，“哀家虽偏居后宫，却仍旧听闻少君千里迢迢接你回来，如今他正重病，而你……当真已经再嫁他人？”

白穆垂眼，只答道：“是。”

“可惜了少君一往情深。”太后叹息道。

“太后也是来指责我背信弃义薄情寡性的吗？”白穆抬眼与她对视。

太后笑道：“那倒不是。你这般性情，倒比刚入宫时更得我心。”

“那敢问太后今日前来所为何事？”白穆直接问道。

“哀家过来时，见陵安跪在外头，宫人说已经跪了整一日了。”太后慢条斯理道。

“太后若与陵安一个目的，我也不妨重申一遍。昔日贤妃已死于摘星阁大火，我姓白名穆，如今已是白子洲少主的结发妻子，与商洛再无瓜葛。还请贵国高抬贵手，速速放我离宫，白子洲定当感激不尽。”

太后一直睨视着她，听到这番话，笑意愈甚：“哀家便是来与你说这件事。”

白穆一怔。

“少君不会放你出宫。但你若真心实意想出去……”太后的笑意沉淀，凝视着白穆，“我倒是有个法子助你。”

（二）貌合

大雨依旧滂沱，还伴随着电闪雷鸣。涟儿漪儿眼见着太后离去，连忙推门入内，见白穆正披着披风打算出来。

“刚刚的伞呢？”似乎什么都不曾发生过，白穆轻声问道。

涟儿忙将搁在廊道上的伞递给她。

“你们在这儿等着吧。”白穆接过伞，未再多说便没身在雨帘中。

陵安仍旧笔直地跪着，衣衫全部湿透紧贴在身上，因雨势太大，眼睛都睁不太开，但他依旧扫见白穆过来，面上又是一喜，哑声道：“娘娘……”

白穆垂眼，默默地看了他半晌，才蹲下身子，低声道：“你老实回答我两个问题，我便随你去看商少君，如何？”

陵安被雨水淋得有些哆嗦，连连点头。

白穆直接道：“白子洲如何了？”

陵安一怔。

白穆安静地看着他。

她不奢望从商少君那里得到白子洲的消息，即便从他嘴里听到了，她也要掂量掂量有几分可信，但陵安不一样，商少君那里的消息，他不知道九分也有八分。

陵安显然有些为难，颤抖着唇半晌没说出话来。

白穆起身欲走，他忙道：“娘娘，娘娘，奴才说！”

白穆复又蹲下身子。

“奴才也是听人来报，东昭军趁乱反扑，被白子洲制服，全军覆没，但白子洲也难以独善其身，具体伤亡不知，如今正封岛，大概……是在整顿。”

白穆点了点头，又问：“我父母可还健在？”

这个问题陵安反应倒快，红着眼眶点头道：“娘娘，奴才前几日来便是想告诉娘娘这件事，三年前……”

“罢了。”白穆止住他，“过程如何无所谓，知道结果便够了。”

陵安略有失落地沉默。

“你再回答我一个问题可好？”

“娘娘请问。”

“他们……”白穆缓声道，“在哪里？”

陵安皱眉，丧气道：“娘娘，这个问题……奴才实在不知如何回答。”

似乎担心白穆误会，他忙解释道：“这件事是皇上亲力亲为，连奴才都不曾插手，奴才委实回答不出来。”

白穆沉默片刻，扶起他，道：“罢了，我们去见商少君吧。”

陵安连忙起身，一瘸一拐地给白穆带路。

商少君所居的虔心宫与涟漪宫极近，不过一道宫墙的距离。白穆过去的时候，宫外廊道上正站着一群御医，她还认得出其中几个，只是那几个显然没认出她来，一群人愣在那里，不知该不该行礼，也不知该行什么礼。

白穆快速地从他们身前走过，入了殿内。

殿内静谧，只有商少君沉重的呼吸起起伏伏地响在耳边，他躺在榻上，面染潮红，眼睫微微颤动，显然睡得并不安稳。

一直到夜半时分，他才醒过来，睁眼见到白穆，眼神迷蒙了许久，直到她动身上前，他才半撑起身子，眸光微微一闪，恢复了些许神采。

陵安早就备好了东西，白穆停步在桌前问道：“你要喝粥还是喝汤？”

见他良久不答，白穆自行道：“喝粥吧。”

说着，她拿起瓷碗，坐到商少君榻边，舀了一勺粥送到他嘴边。

许久未沾水，他的嘴唇略有些干燥，怔愣了片刻眼底的迷蒙才散去少许，张嘴咽下。

白穆一勺勺地喂，他便一勺勺地吃，她不言，他亦不语。

用过粥，白穆再喂了一碗药，才道：“歇息吧。”

说着，她端着空碗转身，却被商少君拉住。

“我不走。”白穆转首道。

商少君眯眼看了她许久，才缓缓放手。

白穆在这里，许是陵安吩咐了，虔心宫的宫人都在外头候着，端饭送药换炭火的时候才会进来，御医每日来探三次脉，其他时候多是商少君和她二人相处。

虔心宫的书不少，白穆倒也不觉得无聊。一连三日下来，商少君的脸色明显好了许多，清醒的时间也越来越长，只是也不多与她说话，多半时候在看折子，看完又沉沉睡去。

商少君虽说受过一两次重伤，但身体底子好，又会武，每次重伤救治也算及时，这次的伤，若他肯配合早该好全了。白穆估摸着，再过三四日，他便可以下榻了。她也就继续待着，白日他看折子，她看书，彼此无言，晚上她在外间歇息，他也不多说什么。

这日白穆照常喂他用药，外面又是一阵喧哗。

"皇上，贵妃娘娘求见。"陵安照常过来通传。

自从白穆过来虔心宫，洛采桑照常每日过来，商少君若没醒，陵安便直接将她拦在外头，若是醒了，也一句"不见"便打发了。洛采桑也不纠缠，傍晚时分再来一次。

今日显然陵安拦过一次，洛采桑在外头闹起来，陵安才进来禀报。

白穆听不真切外头闹的是什么，只是听到陵安的话，抬眼看了看商少君。

商少君已经可以在榻上坐得很端正，身侧摆满了折子，闻言抬了抬眉，没用"不见"两个字打发，而是望了望阳光明媚的窗外，徐徐道："让她半个时辰后再来。"

白穆也跟着望了望，正值夏日，来来回回太阳烈着呢。

半个时辰后，陵安再次进来，商少君又道："朕在用膳，让她等着。"

这一用膳，又是一个时辰，外面再次喧闹起来。殿内的两个人不约而同地选择了充耳不闻，直至外头宫女哭着大喊"娘娘"，白穆才略略皱眉，抬头看商少君。

正好商少君也抬头看向她，眼神微微一闪，便道："过来。"

白穆这几日都很乖顺，商少君也似乎拿捏着分寸，不会让她做太过分的事情。她放下书，到他榻边坐下。

商少君神色和煦，微微抬手，将她额边的散发捋在耳后，低声道："阿穆，他们欠你的，朕会一点点替你拿回来。"

白穆垂着眼，闻言弯了弯唇角，道："该吃药了。"

说着，她便转身拿起桌上凉着的药，一勺勺地喂给他。

白穆不清楚发生了什么事，洛采桑竟一连三日在烈日下等着商少君出去，每日都在宫女"娘娘"的哭喊声中结束。

这个夏季格外炎热，虔心宫门口又没什么遮挡物，也不像其他宫苑种了花草，烈日炎炎的时候晒上几个时辰，洛采桑那样向来养尊处优的女子，会晕倒也不足为奇。

到了第四日，陵安又来报："皇上，贵妃娘娘病了。"

商少君眼都未抬，只淡淡地"嗯"了一声，转而道："阿穆，随朕出去走走。"

白穆仍旧乖顺，过去扶他起来，替他更衣。

这样的事情她曾经做过无数遍，时至今日也仍旧熟稔，那双手依着习惯在最后理一理衣衫领子的时候，被商少君握住。

他望着她，眼里蕴着浅浅的笑意，拉着她的手便出了虔心宫。

他带她来到碧波湖前，往年一到夏日这里便成了荷花池，今年那些荷花却不见了踪影。

“从前你便喜欢钓鱼。朕命人在湖里养了鱼苗，这两三年过去，你若在此垂钓，定能收获颇丰。”商少君微微笑着，面色难得的明媚。

白穆也随着轻笑，点头。

商少君接着带她到了勤政殿。勤政殿比起从前没多大改变，只是多了一排书架，上头都是白穆喜欢看的书，商少君笑道：“这些年朕搜集了不少奇书，够你看上许久了，今后朕看折子，你也不会无聊。”

白穆只是笑着，商少君又道：“那边的矮榻朕也命人重新做过，从前你老嫌垫子太软，案几又太矮，在上面看书看得久了不太舒服。”

曾经有段时间，约莫是洛秋容死后，柳湄出现前，白穆几乎天天腻在勤政殿与商少君一道。那时候她每日都像活在蜜罐子里头，却又整日诚惶诚恐，生怕有朝一日那罐子不经意就碎了。

“还有一样。”

商少君刚刚能下地，走得慢，步子也有些轻浮，到了朱雀宫时，已经是傍晚时分。

朱雀宫看来闲置已久，但入得其中，并未有废弃的迹象，一切都和三年前一模一样，只除了后院的那片梅花。

柳湄喜爱梅花，因此柳如湄的宫苑里自然不能少。她也曾因为那片梅花被洛采桑取笑，那时候阿碧还在她身侧为她鸣不平。

如今那片梅花林不见了，取而代之的是一棵树。

挂满红色同心结的——连理树。

白穆的脚步一时滞住，挪不动半分。

“朕能疏散村子里的人，却散不去这棵树。”商少君拉着她向前，站到树底，“朕便整棵挪回来了，它在这里也长得甚好。”

白穆抬首仰望那一树迎风招展的同心结，六年已过，依旧红如烈焰，只是经历了太多的风吹雨打，不如当年鲜艳，上面的墨迹已然斑驳。

白穆再看向商少君，走走停停一个下午，他额间渗着细密的汗珠。她拿出帕子，踮脚替他擦拭。

商少君微微一笑，便像是灿烂的阳光终于驱散眼底阴霾，眸色生辉。

“商少君，什么时候带我去见阿爹阿娘吧？”白穆跟着轻笑道。

其实这是白穆出来之后的第一句话。

却是这一句话，使商少君的笑容蓦然凝在眼角。

眼底的柔光仿似遇了寒风，猝然褪去，眸中闪亮的色彩也渐渐沉淀，笼上一层淡薄的阴影。

他望着就在他身前的白穆，她也仰着脸望着他，带着些微笑意，同样的连理树底，同样的两个人。

却是时光飞逝，早不如当年。

商少君眯了眯眼，别开头，不再看白穆，只再次将她的手纳入手心，合手裹住，轻笑道：“好。你再陪朕走一阵，朕会告诉你他们在哪里。”

（三）神离

转眼已是六月，皇上重病两月余，终于有大好之势，朝廷上下默默松了一口气。

白穆在宫里待得久了，即便没有去主动打听，有些事情也会自然而然地入耳。譬如三年前劫狱出逃的柳氏父子再次现身，皇帝下令全国通缉，见之杀无赦；譬如两年前自请辞官的洛翎在皇上重病期间暗中调兵，意图谋反，屹立了数百年的洛氏终于彻底土崩瓦解。

而洛采桑近来频繁地找商少君，不是因为柳家，亦不是因为洛家，却是为着后宫频频与她针锋相对的德妃。

白穆也是听见这件事时才知道，原来宫中还有个德妃。而那位德妃，她也是认得的。

多年前白穆依商少君的计策，照着太后的吩咐利用与裴雪清的矛盾引柳轼入宫，柳轼一事后，裴雪清便被抛之不顾，不想这几年她再度受宠，封为德妃，几个月前更被商少君赐了与桑贵妃一道协理后宫之权。

裴雪清的本性，在她入宫前白穆就瞧了个真切，这些年在后宫，若说要变，也只会是比从前更加跋扈娇横。因此听闻洛采桑是被她气得找商少君理论，白穆也没多少意外，洛采桑是端惯了大家闺秀架子的，裴雪清可不一样。

这些事情都是无意间听见涟儿漪儿你一言我一语地透露出来，白穆也没有细问。

自从商少君可以自己下地，她便没再宿在虔心宫，通常他服药的时候才会去勤政殿，若碰上大臣议政，送过药便出来，若商少君批折子，她便在一旁看书，偶尔碰上他无事，便带着她在宫里四处走走。

不得不承认，这样的生活，是从前白穆最奢望的。

她曾经深切地渴望这一切。

渴望有朝一日可以不再顶着柳如湄的名字行走在皇宫里，不用抹着厚重的妆容出现在众人面前，不用扮成宫女才能陪在商少君身边，不用每日傍晚才能等到商少君悄悄来朱雀宫陪她吃顿晚饭；渴望有朝一日他可以记起阿不，记起他们有过的美好，可以认识完整的她，可以肆无忌惮地拉着她的手去任何想去的地方。

时隔多年，曾经的奢望变作现实，她深切渴望过的，就在她的指尖，仿佛轻轻拢手，便能握在手心。

他们不约而同地保持着默契。他不提过分的要求，不提过去，软语说笑，仿佛时间不曾在指端划过，她不拒绝他不过分的要求，不刻意与他作对，他要去哪里，她陪着，他说什么，她静静听着，偶尔听到有趣的，也随着浅笑，仿佛还是从前那个守着阿不的阿穆。

这日天晴，商少君下朝，单独见过几个大臣，再处理完折子，已近傍晚。白穆过去的时候，他已经不在勤政殿。

陵安依旧守在门口，见到白穆过来，笑着行礼，道："娘娘，皇上说娘娘知道他在哪里，之前应允过娘娘。"

白穆端着药盅的手微微一顿，笑了笑，将药递给陵安："那你将这个拿进去，我在涟漪宫等他。"

这些日子，白穆与商少君之间和顺，商少君的脾气便和顺，商少君的脾气和顺，陵安的心情也便和顺了。他笑吟吟地接过药盅，白穆也朝他微微一笑。

前几日商少君便说今日许有空闲，他会带阿爹阿娘入宫看她，白穆转身离去，却并未直接回涟漪宫，而是拐个弯，去了闻风阁。

这些年商少君偶尔也去闻风阁看望太后，所以闻风阁也不至于太过冷清，白穆过去时，正见到宫人挂起宫灯，见到她行了常礼便进去禀报了。

白穆回到商洛皇宫约莫有一个月了，自从上次太后去涟漪宫看过她，她也偶尔去一趟闻风阁，商少君对此不加过问，算是默许。

太后照常打发了宫人，只和白穆独处，半晌，两个人都是不发一言。

"东西哀家都备好了。"还是太后率先开口，从床底的暗匣里拿出一个盒子。

白穆飞快地扫了一眼，伸手欲接，太后却避了避，又问："你当真想明白了？"

白穆抬眼望她："太后莫不是后悔了？"

太后看着她眼底一片平静，哑然失笑："哀家只是有些不服气。"

太后眯了眯眼，继续道："哀家蹉跎了三十年的岁月方才想明白，才能放下，你却只用了三年，便能如此洒脱。"

白穆低笑，道："太后不是不明白，只是不愿明白。"

太后微微一怔，眼底闪过一抹异样的流光，随之垂下双目，将手里的匣子交给白穆："你看看是否齐全。"

白穆迅速接过，扫了一眼便点头："我们先换衣服。"

那匣子里，是她交代给太后置办的易容之物。

上次太后在涟漪宫称商少宫在宫外已经解毒，这几年渐渐往宫中安插了些内应，试图将她接出去，只是太后并不热衷，商少宫却执意不肯放弃，定要一试。她不愿出宫，却可以趁机送白穆出去。

白穆并不怀疑太后这话的真实性。毕竟当初皇宫大乱，她能安排人接商少宫出去，自己若想出去，大可趁机一走了之，商少君恐怕是无暇多顾的。

至于送她出去的办法……

其实也就是利用白子洲的专擅，太后对商少宫称为免引人注意，会易成他人的容貌出宫，让商少君准备这些易容所需的工具。届时代替太后扮成他人的自然是白穆，而太后，则会扮作白穆回涟漪宫。

自从这次回到商洛，商少君便在她身边安插了无数的明卫暗卫。涟漪宫那些，不说涟儿漪儿，宫殿外的那些她不太注意模样的宫人都个个是高手。而她每次出涟漪宫，即便身边没人，暗处也是跟着几个的。

商少君不曾明说，但她清楚，她的一言一行，一举一动，都在他眼皮底下。陌生人不可能轻易接近她，有了上次"裴瑜"的教训，白子洲的人想要见到她，更是困难重重。

因此太后主动提出用商少宫送她出宫，她几乎毫不犹豫便答应了。

毕竟她现在根本不清楚白子洲到底是什么情况，商少君主动放她出宫恐怕是不可能，而她自己想混出宫，太后又愿意帮她，不管出于什么目的，短时间内她也没有更好的选择了。

"太后是否都已准备妥当？"

白穆看了看镜子中与自己一模一样的脸。太后说要择机出宫，二人几番商定，最终选在今夜，趁商少君不在时行动。

"自然。"太后望着镜子里的自己，止不住的惊讶，却不多说什么，反而问道，"你就不怕事后少君拿你的父母出气？"

白穆动作熟稔地替她梳发，淡淡道："他若想杀，三年前便该杀了。他若顾及我而不杀，只会拿他们做人质，威胁我回去。"

"明知如此，何不寻机会等他们一起走？"

白穆一声嗤笑："太后既然那么了解商少君，怎会不知我一个人想要出去尚且不易，更何况打听出父母的下落，带上他们一起？"

太后笑了笑："只是哀家所认识的你，不是会抛下父母独自离开的性子。"

白穆依次将发上的花往太后发间簪，缓声道："他们也不会愿意看到我因着他们被困皇宫，处处受制。"

"从前哀家看到的你，是会为了所爱之人不惜牺牲自己，连性命都不顾及的傻姑娘。"太后笑容微澜。

"真正在乎我的人，不愿意看我为他们受苦。不在乎我的人，为他们受苦，不值得。"白穆平静道。

太后不再多问，任由白穆继续在她面上涂抹，却听她突然问道："太后呢？为何不愿离开皇宫？"

太后骨子里也并非贪权爱势之人，如今置身闻风阁，虽说不至于清苦，却终年只身一人，因着从前种种，商少君对她心有芥蒂；身份使然，宫人不敢接近；曾经的声名在外，妃嫔们避之如猛兽；她在宫中的日子可想而知，平日连个说话的人都没有。

太后没有直接答话，反而失笑道："他今日出宫接你心心念念的父母，定是欢欢喜喜地回来，想见你一展笑颜，你却偏选在今日出宫。"

白穆垂下眼帘，对太后话语里的指责，并不打算申辩。

太后叹了口气，面上露出几许柔情，几抹慈意，缓缓道："哀家是他的母亲，哀家不会留他一人在这宫里。"

戌时，穿着白穆的衣裳，顶着白穆的脸庞的太后施施然离开闻风阁，蜿蜒前往涟漪宫。约莫两刻钟后，一名脸生的宫人悄无声息地从闻风阁侧门出去，那里正有一名小太监候着，一见她便上前说了句什么，带着她没身在曲折的宫道内。

"娘娘，稍后您便说是澜芷宫的宫女，德妃命你连夜去取订定制好的筝。"小太监说着，眼都不敢抬，只双手递上一块宫牌。

白穆接过，用太后的声音道："少宫呢？"

小太监似乎正着急这个问题，眉头一皱，道："本该是主子亲自来接您，但可能是有事耽搁了。娘娘莫急，您先从西玄门出去，自有人在那里接应。奴才先去找主子。"

商少宫不在，白穆正在庆幸呢，也不知他是否还记得她，若真见面还要疲于应对，他不出现反倒更得她心。

"娘娘放心，德妃时常有些不同寻常的差使，他们早便习惯了，不会多问。"小太监见白穆沉默，显然有所误解。

白穆忙道："好。你若找到少宫，让他快些出宫。"

小太监重重点头，不着痕迹地微微行礼，转身退下。

白穆举目望向不远处的西玄门。

戌时，尽管是夏日，偏北的商都也早已不见天光。宫门处宫灯闪亮，数十名侍卫站得笔直，整个皇宫静谧而安宁。

白穆驻足凝望，许久，毅然转身。

她借着太后的身份骗商少宫带她出宫，最大的顾虑便是出去之后不易脱身。她虽从前认识商少宫，但彼时他有毒在身，神志不清，他恢复之后性情究竟如何她并不知晓，但是能狠心对亲如手足且已经中毒的兄长痛下杀手，万一出宫之后她无法顺利联系到白子洲的人，反而被他发现真实身份，谁知道他会不会利用她做点儿什么？

既然现在商少宫不在，她何必自跳火坑？

白穆握紧了腰牌，径直往最近的北宣门去。北宣门也是同样的光景，闪烁的宫灯，笔直的御林军，白穆一番酝酿，照此前小太监教她的话说。

深夜出宫，连夜取筝什么的，那些御林军竟真的没有多问，只看了看她的宫牌，便略有同情地扫她一眼：“去吧去吧。”

白穆步出皇宫的时候，竟有些恍惚。

出来了？

竟这样顺利就出来了？

白穆一直压抑的心跳突然剧烈起来，双手都在微微颤抖，只握紧了双拳快步离开。

她不知道商少君何时会回宫，何时会发现她已经出逃；不知道商少宫那边出了什么岔子，何时会发现要接的人莫名其妙不见了；亦不知道是否下一刻就会前方城门紧闭，后方追兵不舍，现在她唯一能做的，只是竭尽全力快速出城！

被商少君搜走了所有随身物件，她短时间内联系不到白子洲的族人。戌时已过，还开着的便只有东城门，但身上没有银两，白穆随手摘了一支簪子换得一匹马一身衣物，扬鞭而去。

（四）血偿

白穆一路快马加鞭。

深知迟早会有追兵，白穆一路并没有闲暇留下白子洲的暗号，但想不到的是，她出城之后，竟见到西城门的方向燃放了一颗白子洲的信号弹，她毫不犹豫地策马而去。

再次见到白伶、白芷，白穆双眼一酸，只唤了一声“白伶、白芷”便哽咽得说不出话来。

“少夫人，果然是你！”白伶的笑容依旧如春日的阳光一般灿烂，瞬间将这个夜晚的阴霾驱散得一干二净，“我们得到消息说皇宫御林军大动，便猜测定是宫中有变，看看能否引你过来。”

白芷亦笑得开怀：“我们徘徊了一个月，总算有所收获，还是少夫人有法子，我们都进不去，你却出来了！”

白穆看着同在马上的二人，哽咽了许久才音色正常地问了一句：“慕白呢？”

“此前少主在研究如何给外岛布阵设毒，因此派我们带着几个心腹前来探路，现在应该也在前来商洛的路上。”白伶笑道。

白穆安心地颔首。

白子洲的位置被发现，不再是夺人双目就可以解决的问题了，只能像之前的禁地一般，布阵设毒，严格控制进出族人。之前慕白便说过这种想法，只是他对阵法还不够熟稔，便只是偶尔试验，不曾真正实施。

“走吧，刚刚的信号弹恐怕也会引起御林军的注意，速速离开才好！”白芷接着道。

三人相视一笑，各自扬鞭疾驰而去。

即便知晓商少君的御林军不是乌合之众，而且他还暗地里养了一批高手中的高手，譬如上次在东昭追杀慕白的那批人，但见到白伶白芷，白穆丝毫忐忑都没有，只觉得浑身上下充满了力量，策马奔腾间，她奔向的，仿佛正是阳光所指引的幸福所在。

不出三人所料，不到半个时辰，在商都和另一个小城的衔接处，身后急追而上的御林军和越来越近的火光已经将三人淹没。此起彼伏的马蹄声中，白穆大喊道：“稍后你们各自管自己，不用担心我，即便被抓，相信我有办法脱身。”

白伶一声大笑：“哈哈，少夫人，你说的话都跟少主是一样的。”

白芷接着补充道：“少夫人放心，少主一直这样教我们的。相互间绝对信任和对自己格外珍惜，才对得起彼此的情意。”

白伶揶揄道：“定是少夫人听少主唠叨得多了。”

大敌当前，这两个人还有兴致你一言我一语地打趣，白穆脸上发热，无奈地睨了他们一眼，加重了马鞭的力度。

“我的马跑不起来，你们先替我掩护，拖延一阵。”白穆随手拿簪子换的一匹马，也来不及仔细挑，比不上白伶白芷的良驹。

两个人齐齐点头，有意放缓了速度。

白穆一马当先，白伶白芷在后面撒了一把毒粉，又扔了一个小荷包给白穆：“少夫人，里头是些伤药毒药，说不定用得上。”

“好。注意我留下的暗号。”白穆回头看了一眼身后不断倒地的马匹，刚刚那些毒粉拦得住他们一时，但毕竟分量有限，剩下的人还是会追上。

白伶、白芷双双点头，拉扯缰绳折回迎敌，白穆猝然转了个方向，折入身侧的树林里。

白伶、白芷的武功她是见过的，且他们擅毒，她并不担心。而在这样的林子里穿行，旁人容易迷路，她却是最擅长的。

里面大道小道都有，白穆那匹较为瘦弱的马反倒占了便宜，几乎不管什么路都可以穿过。约莫两刻钟的时间，耳后的马匹嘶鸣已经渐渐远去，眼前的月光亦越来越暗。

大概四年前，扮作裴瑜的慕白曾经带她回商都，经过这段路，若她所记不错，林子其实是绕山而生，只要顺着山坡绕过山脊，便是另一座城。

那山也不高，只是山路略崎岖，白穆听着身后已经没有追兵，也便放缓了速度。只是周围彻底安静下来之后，她反而再次听到“嗒嗒”的马蹄声，越听，便越清晰。白穆的心跳突然加速，不再多想，扬鞭就继续快行。

然而，那马蹄声仍旧破空而来，越来越近，白穆忍不住回头望去，只见茂密的林间，被树叶剪裁得细碎的月光下，男子黑色的大氅如同蝙蝠张开的翅膀，苍白的脸仿佛月光下泛着光泽的璞玉，深沉的眸子却如同捕捉猎物的秃鹰，牢牢盯着她，折射出尖锐的冷意。

白穆心下一惊，加快了抽鞭的速度，却因为马的速度上不来，有些慌不择路。那匹马似乎也受不住连夜的奔跑和不断的鞭笞，山坡上地形又不如平地，一声高鸣，竟侧身倒了下去，白穆紧紧握着的缰绳都来不及松开，只瞥见身后紧随而来的人突然蹬离马身，飞快地向她扑过来。

紧接着是地动山摇似的颠簸和滚动，还有马匹的惨叫声。

白穆心绪未定，只发现自己被商少君抱在怀里，几次大力袭来，却没有预料中的疼痛，几个翻滚，两个人同时落下山坡。白穆紧紧闭着眼，身体已经不再滚动，耳边嘶鸣的马声却仍旧未停。

待到四下终于安静，她才悄然睁眼。

他们停在山坡较为平缓的一块地方，刚刚那匹马却是直接滚到了最底端，已经没了声响。她仍旧在商少君怀里，被他沉沉压住。

白穆第一反应便是推开他，与他保持距离，商少君也同时睁开眼。

两个人都有些狼狈。

白穆的发髻已经散乱，脸上还有些被沙石划到的痕迹，商少君的衣发倒还整洁，只是脸色比之前更加苍白，抿着唇，凝视着白穆。

其实这些年，白穆很少看见商少君真正发怒。唯一的一次，是在她与他的一场大吵之后，也是她哭闹得最凶的一次。那时他就那样静静地凝视她，紧抿着唇角，乌黑的眸子里波涛暗涌，最终冷冷地下令，处死了阿碧以外，朱雀宫所有的宫人。也是那夜之后，她开始闭门不出，再出去便是撞破太后与柳轼的奸情。

现在她又在商少君脸上看到了同样的表情，他正值盛怒的表情。

突然间，白穆连逃跑都忘了，半跪在原地，怔怔地望着他。

但商少君并未如她想象的那样大怒，只是闭了闭眼，再睁开，眸子里的波涛便已经平静。他从袖口抽出锦帕，微微倾身，动作轻柔地替白穆擦去印在脸上的泥渍。

“好了，阿穆，回家了。”商少君将白穆的散发挽在耳后。

白穆的鼻尖蓦然一酸。

回家。

有个人也曾对她说过同样的话，那只朝她伸出的手沐浴着阳光，仿佛笼罩着幸福的光泽。可那是她第一次，也是最后一次端详它，那之后，它便不见了。

不，不是不见了。

是被她亲手斩下了。

白穆压住哽咽，轻声道：“商少君，我们——回不去了。”

商少君看着她的眼底，似乎有两点萤火微微闪亮，白穆继续道：“你放过我吧。”

商少君扶着山壁站起身，往前挪了几步，白穆下意识地退了几步。

“商少君，你为何不带我出宫，却是将阿爹阿娘带入皇宫与我见面？”白穆低声问道。

商少君眼神微闪，却没有回答。

白穆自答道：“因为你担心我知道阿爹阿娘所在，会想办法带他们走，也担心我出宫有机会联系到白子洲的族人。”

白穆垂下眼，自嘲地笑了笑：“其实你告诉我他们的所在，我也不会有什么行动。我怀疑你会在附近设伏，捉拿我的族人。你带我出宫，我也不敢轻举妄动，担心是你有意为之。”

“商少君,你还不明白吗？”白穆抬眼看着他,漆暗的夜里眸光微动,面上似笑非笑，“我们之间已经连最基本的信任都没有了，无法再相处下去。”

商少君扶住山壁，低咳了两声，移开目光，淡淡道：“你曾说过信我……”

“是的。”白穆打断他的话，“我曾无数次说过信你，说过无论你做什么，无论我有多么难过，我都不会怪你，我都会原谅你，在我还爱着你的时候。”

“那你现在这话……”商少君笑了笑，“什么意思？”

白穆蓦然顿住，心中膨胀的酸胀让她无法再度开口。

商少君扶住山壁的手轻轻握拳，放在身后，眼睛一眨不眨地盯着白穆，踱步向前。

白穆不自觉地后退，双眼也渐渐殷红，几番咬唇，才回视商少君，一字一句道：“你可曾在漫无边际的等待里翘首以盼，一夜又一夜，一月又一月，一年又一年？你可曾有过竭尽全力去相信一个人，被欺骗，继续说服自己竭尽全力去相信，继续被骗，如此反复、没有尽头的日子？”

“你可曾一个人躺在漫天星光下，任由血液一点一滴地从身体里流逝，火焰在身边蔓延，一寸一寸地灼到心底，却察觉不到疼，只看着星光下，曾经的欢笑也好，眼泪也罢，就像随着剥皮拆骨那般，一片片地被毁去？”

“你可曾亲眼看着曾经亲密无间的姐妹，不再展颜欢笑，不再放声大哭，而是拿着帕子擦拭抱过她的你的身子，拉过她的你的手，只因她觉得……自己脏了？”

商少君皱了皱眉，却没有说什么，白穆哽咽，继续道：“你可曾眼睁睁地看着他人为救自己身中剧毒，自己无能为力，还要亲手斩断他一条臂膀？”

“商少君，你知道吗？那时候鲜血哗地喷了我满脸，是温热的，那血液，还带着他身上常有的药香。那条手臂，黑得焦炭似的，我刚刚解毒，力气还未恢复，举着匕首……”

白穆似是再说不下去，擦去眼角渗出的泪水，嘴角勾出一抹轻笑：“那时候我才知道什么是恐惧，什么是叫天天不应叫地地不灵。我明明可以出去求救，却连哭都不敢放声……因为你的杀手恐怕还在外面搜山。经历过这一切，你还敢说相信？说原谅？说爱？”

商少君一如往昔，深沉的眸中看不出任何情绪。

一时间，两相沉默。

“阿穆，有没有人教过你，凡事不可只相信双眼？”商少君眸光闪烁，上前一步，欲要替白穆擦去眼泪。

“不，我不相信我的双眼。”白穆果决地后退，躲过他的手，“我只相信我的心。”

这样一个让她不再敢轻易碰触世间情爱的男子，她的心拒绝靠近，拒绝相信，拒绝一切和原谅相关的字眼。

“算了吧，商少君。”白穆自嘲地笑道，“你大发慈悲也好，看在往日的情分上也好，与白子洲做笔交易也好，把阿爹阿娘还给我，放我们离开。我会忘记曾经的种种伤害，记得过去的所有美好，感激你为我做过的一切，我们……好聚好散。”

夏日的夜晚，虫鸣不绝于耳，闷热的空气沾染着浓重的湿气，沉沉压下来，商少君一眨不眨地盯着白穆，面容净白，唇角干涩，正要再次抬脚，却是一声低咳，闷哼一声，喉咙滚了滚，便有血从嘴角溢出。

“你被马踢伤了。”白穆移开目光，“回去吧。”

刚刚他们随着那匹马滚下来，商少君护着她，背上却挨了那匹马几下。

“先皇遗诏的确在白子洲，你也知道，遗诏上是传位给三皇子吧？”白穆轻声道，“想如今这朝廷的局势，一份遗诏已不能改变什么。日后我会再寻人与你商讨阿爹阿娘之事，定给你一个足额的交换条件。”

最初看到那份遗诏的时候，白穆便觉得离奇。或者是坐上帝王之位的人，都不是她这等常人所能理解。

当初先皇与华贵妃的情事已无从考据，但他让她集万千宠爱于一身，却对她没有全然的信任，亲手赐死刚出生的孩子，华贵妃死后又郁郁寡欢，荒废政事十几年，即便临终前，似乎还不愿面对现实，传位于已死的“三皇子”。

白子洲为求自保，五国内眼线无数，掌握了不少各国“秘密”，这份遗诏也同样落入当年的细作手中。所以商少君对白子洲的忌惮也不无原因。

毕竟当年三皇子被赐死一事并未大张旗鼓，尸体也未入皇陵，而穆家最后抱着的孩子，除了她阿爹阿娘和白浮屠，谁能证明是穆家血脉，而不是宫内偷出的三皇子？有心人若拿遗诏说事，必能掀起一场轩然大波。

但如今看来，商少君的皇位已经坐得稳稳当当，就算“轩然大波”，也只是轩然大波而已，于他而言，不过是多了件麻烦点儿的事情。

更何况，无论白子洲还是慕白，从来无意与他争什么。

白穆见商少君一直沉默，便当他是默认，转身离开，身后却传来一阵窸窣声，接着听到商少君的声音：“阿穆。”

两个字落地，他又咳嗽起来。

白穆没有回头。

“阿穆。”

白穆听到他跟上的脚步声。

“白穆！”

白穆捏紧了拳头，却听见后面那人脚步打滑，跌在地上。

这个夏夜，比往年都要冷上许多。

白穆终究还是停下脚步，转身扶起商少君，拿出白伶给她的小荷包，挑了几种药喂到他嘴里。

商少君眼底微微发亮，面上有了些许释怀：“朕没想到碧朱会碰到柳湄，还听了她的话。那时候百事缠身，朕无心亦无力再去顾及她。朕的疏忽，朕道歉。”

“但慕白身为白子洲少主，欲杀之而后快的，并非朕一个。”商少君冷道，“身居其位，便要承受相应的争斗与厮杀，他受伤也好，丧命也罢，是他自己无用，与朕无关。”

商少君扶住白穆的手臂：“当时朕并不知你也在东昭，否则不会容你中毒。”

白穆想要抽出手臂，商少君却死死扣住，白穆移开目光，不去看他。

“柳家父子在逃，洛氏已然不在，莲玥死在心上人手中，柳湄当初所倚靠的东昭三皇子晏宇，也已丧权失势，身首异处。”商少君低声道，“阿穆，欠过我们的，朕会一点一滴讨回来。至于朕欠你的……”

白穆的手心蓦然多了一件冰凉的物什，还未反应过来是什么东西，便听商少君漫不经心道：“朕还你。”

只见他嘴角轻轻一撇，眼前银色的刀光闪过，血肉崩裂的声音传来。

冰凉的手心，瞬时沾满了湿热的血。

白穆的手被烫到一般欲要收回，却被商少君紧紧扣住。

他察觉不到疼痛一般，紧抿着唇角，还带了些微笑意，再次用力，匕首又往里入了一寸。

“商少君！”白穆的声音哽住，想要抽开手却不敢用力，看着瞬间染透衣裳的鲜血，浑身都颤抖起来，“商少君！你疯了吗？”

商少君的手亦在颤抖，手心冰冷。

“你疯了吗？”白穆低吼，另一只手颤抖着在身上找伤药。

“阿穆。”商少君拉住她的双手，一并握在心口的匕首上，“你——随朕回去。”

白穆不知道自己为什么会哭。

不知道为什么他们会走到今天这一步。

不知道为什么到了今天，她还会为他落泪。

她只是想到曾经的种种。

连理树，同心结，皇宫，秋叶，冬雪，欢笑，眼泪，等待，忐忑，怀疑，惊喜，信任，鲜血，大火。

曾经的那三年，如同世上最利的尖刀，在她生命里篆刻了无法磨灭的一笔。

但……

“商少君，我已经另嫁他人。”白穆压住哽咽。

“而且，”白穆看着他，“我不爱你了。”

商少君的身子蓦然僵住，向来不露声色的黑眸波澜起伏，直直看着白穆。

白穆趁势抽开双手，迅速起身，背对着商少君，离去前又重复道：“商少君，我不爱你了。”

“从前我爱你，不是因为你的身份地位，不是因为你为我做过什么，不是因为你有多爱我，只是爱你。”白穆的声音平静无澜，仿佛夏日午后的静谧湖水，“如今我不爱你，亦不是因为你的身份地位，不是因为你对我做过什么，不是因为你伤我多深，只是……不爱你了。”

话音刚落，商少君便开始咳嗽，越咳越凶。

这次白穆没有回头，只是飞快地擦去眼泪，将伤药取出放在地上，继续道：“你的暗卫应该很快会到吧，我走了。保重。”

商少君的眼里，白穆迎着月光而立，发色如锦，背影娇俏，一如当年连理树下的那个少女，只是曾经深埋在骨子里的倔强经过时光的洗礼，不加掩饰地突显在挺直的背脊上。那个背影没有回头，慢慢变小，直至月光照得他的双眼不得不眯起，她也决绝地消失不见。

他终于止住咳嗽，低声笑了起来，笑声绵延，不绝于耳。

他猝然拔出心口的匕首，甩下山坡。

匕首在夜色中折射出几道沾血的银芒，“叮叮当当”地消失。

凄凉的夜便突然安静下来，虫鸣都仿佛消失不见。

暗夜无边，繁星闪烁，不期然一颗星辰陨落，燃尽毕生的余力，带着绚丽的流线划破天际，留下灿烂的一瞥，却终究被黑暗吞噬，无声消弭。

第十三章 真假龙凤

（一）离局

一夜逝去，万物依旧，似乎什么都不曾发生过，又似乎有什么在不为人知的地方悄然生变。

白伶、白芷与白穆会合时已经是第二日的清晨，见白穆除了脸上身上有些许擦伤，几乎毫发无损，都默默松了口气。

但他二人脱身却不那么容易，虽然武力不低，毕竟寡不敌众，尤其白芷，内伤严重，实在不宜继续赶路。好在那一夜之后，追兵突然撤得干干净净，商都内外的禁令也都取消，三人便暂时寻了个偏僻的客栈养伤，并等着慕白和白子洲过来接应的族人。

白芷虽然受了重伤，但想到就要回白子洲，心情好得很，一直有说有笑。只是几日下来，她发现白穆似乎有些太过安静，无论说什么笑什么，她都经常不发一言，明明不曾受伤，面色却苍白得厉害。

“少夫人……”白芷已经可以自行起身，唤了一声，白穆却像没听见，仍旧垂着眼，坐在她榻边，“少夫人？”

白芷又唤，白穆仍旧没有反应。

“少夫人。”白芷不得不推了推她。

白穆像是受了惊，身子猛然一颤，侧首见白芷已经坐起来，忙道：“你别乱动，我去给你端药。”

说着，她便匆匆忙忙地出去，白芷却是将她叫住：“少夫人，你到底怎么了？”

白穆惶惶回神：“怎么了？”

白芷叹了口气：“少夫人，我刚刚才用过药。”

白穆恍然点头：“那你再躺着歇息歇息。”

“我刚刚才醒。”白芷无奈道。

白穆面上仍是木然，折回榻边将薄被披在白芷身上，低声道：“那便再与我说说白子洲从前的趣事吧。”

白芷睁大眼望着她，她却垂下眼帘，看向他处。

“连我这样的粗心人都看出来了。”白芷拉住她的手，娇嗔地晃了晃，“少夫人，你这几日都在想些什么？在担心什么？还是在害怕什么？”

白穆始终垂着眼，不曾回答。

“少夫人，这次东昭军临阵反戈，倒打一耙，少主措手不及，白子洲虽有所伤亡，却不至于伤及根本。” 和白穆会合后，白穆问的第一个问题便是白子洲如何，白芷以为她心怀愧疚，握着她的手劝道，“族人们都清楚罪魁祸首是东昭的狼子野心，不会怪罪于少夫人，少夫人不用因此介怀。”

白穆只是点了点头，没有多说什么。白芷叹口气，又问：“少夫人，难道是那夜发生了什么，才让你魂不守舍？”

那夜可说是一场血战。他们都低估了御林军的战斗力，她和白伶都受了伤，白穆又不会武，若御林军继续追捕，而他们又接应不到救兵，被抓回去是迟早的事。

可那些人前一刻还追得如火如荼，后一刻便像急火遇了骤雨，莫名其妙地偃旗息鼓，迅速退散。若说白穆那边什么都不曾发生，她是不太相信的。

白穆闻言，被她握住的手微微一颤，挣脱出来，半晌，才低声道：“白芷，三年前……若非被救治及时，我是否……会命丧心口那一刀？”

白芷愣了愣，才反应过来白穆所说的那一刀是哪一刀，连连点头道：“若非少主及时带你出宫，他又医术高明，少夫人必会失血而亡的。”

“那样的伤，大概……能撑多久？”白穆声音略有些嘶哑。

白芷皱眉想了想，道：“那也不好说，因人而异。少主之前也说过，所幸那一刀并未正中心房，偏了少许，否则当场就……”

“那……倘若先被马匹踢伤，又一刀正中心房，还延误了救治，可是必死无疑？”白穆的声音轻细，最后四个字几乎低得就要听不见。

白芷不明白怎么会突然提到被马匹踢伤，只是蓦然反应道：“少夫人，你学医可比我学得好多了，怎么反倒问起我来了？”

白穆抬眸望向她。

白芷心中一惊，忙道：“少夫人，我没有责问的意思，我……”

白芷记忆里的白穆，除了初见时见她哭过一次，一直都是从容安静的。高兴不会笑得太大声，生气不会斥责得太难听，难过也大多时候沉默不语。现在的白穆却好似只因为她一句话就双眼通红，泫然欲泣。

就在白芷说话的时间，白穆眼眸一垂，眼泪就落下来。白芷蓦然跟着她红了眼圈，抱着她道：“少夫人，你有什么不开心的和白芷说，你别哭……你一哭，我也难受……”

白穆的眼泪却是一串接着一串地落在她肩头，连着身子都在轻轻颤抖。

"慕白呢？"白穆吸了吸鼻子问道，"慕白呢？"

白芷忙道："少主还在路上，再几日……再几日便能与我们会合了。"

白穆擦掉眼泪，靠在白芷肩头，轻声道："我只是想见到他。"

然而五日后，仍然不见慕白的身影。

而且原本松懈了几日的城防，又开始严密起来。白伶伤势较轻，每日乔装出去打听都城内的消息，面色一日比一日沉重。白芷也无法再有说有笑地养伤，白穆的状态倒是比之前好了些，不再经常魂不守舍。

"少夫人，今日若再等不来少主，就得让白伶先带你出城了。"白芷对白穆说着近日的情况。

不仅慕白没有消息，连个白子洲的接应人都没出现。他们不能再被她的伤耽误下去。

"白伶今日一早得来的消息，近日城防严密，恐怕与商洛皇宫巨变有关。"

"皇宫巨变？"白穆皱眉。

白芷点头，道："据闻商洛皇帝已经一连几日不曾早朝，我们被御林军追赶那晚，皇宫涌现大批刺客，有传闻说皇帝被刺客刺伤，命在旦夕，也有传闻说刺客身份不凡，早已悄然夺宫却秘而不宣，只为名正言顺地登上皇位……"

"名正言顺？"白穆眉头皱得更紧。

白芷继续点头："这几日商都已经开始有人推波助澜地散发流言，说先皇当年的遗诏，并非传位给太子商少君。"

白穆垂下眼眸，良久，无声地深吸一口气，面上的晦暗便退了下去。

"商洛皇宫不知到底发生何事，但照这个局势发展下去，商都城防恐怕会越来越严密，若有什么变故，只在一夕之间，你和白伶走得越早越好，我在这里再养养伤，日后一个人也好脱身。"

白穆仍旧垂着眼想些什么，也不知是否听进了这番话，白芷低声唤了句："少夫人？"

不等白穆回答，厢房外突然传来急促的脚步声，房门"吱呀"一声被打开，蹿进来一个人。

正是白伶。

"少夫人，少夫人！"白伶一反常态，满面欢喜，开心得两眼都弯起来，大概是跑得太快，还喘着粗气，话都来不及说，只不停地指着窗外。

白穆抬头，朝窗外看去。

正值盛夏，阳光灿烂。

客栈空旷的院落里，清俊的少年站在成荫的大树底下，透过阳光望着她笑。

陌生的眉眼，一身布衣的农家打扮，身量也比平时瘦小了几分，但白穆还是一眼从他的笑容里找到熟悉的神采。

白穆轻蹙的眉头不自觉地舒展开，一连几日积蓄在脸上的阴霾乌云般散去，连暗沉的眼底，都仿佛被阳光照亮，浮起和煦的光点。

她也一如往常那般，望着他笑。

慕白来了。

终于来了。

白伶白芷又恢复了活力，一句等不得一句地问着慕白。

“少主，白子洲可安置妥当？这几日你为何都不给我们通点儿消息？可把我们急坏了！”

“少主，你如何进的城？听说近日但凡没有商都户籍，别说进商都了，连出都不让出去！”

“少主，你这假手臂如何做的？竟如此逼真！一路可有人怀疑？”

慕白一如既往的从容，不急不躁地回答了两人不断抛来的问题。

白子洲自然是安置妥当他才出岛；这几日城防严密，但也不是毫无空子可钻，他又只身一人，实在不算什么难事；白子洲少主乃独臂侠一事知之者甚多，为免人侧目，不得不想办法做了个假手臂装上。

“那少主身在局外，可对商都情况有所了解？”白伶迫不及待地继续问道，“坊间已有传闻，说商洛皇帝遇刺身亡，还有说宫内大变，商洛皇帝早已被人夺宫，少主可知到底谁真谁假？空穴不会来风，那商洛皇宫，到底发生了什么大事？”

白芷也期待地等着慕白的答案。

显然这两个传闻，无论谁真谁假，于他们而言，都是好消息。毕竟在他们眼里，商少君伤白穆在先，与东昭军勾结伤他族人在后，无论丧命还是丧权，岂不都大快人心？

慕白却没有马上回答白伶的问题，而是眼神一转，目光落在白穆身上。

除了白芷半卧在榻上，三人都围着一张方桌坐下。白穆一直没有插话，此刻也没注意到慕白正看着自己，只垂眼默默望着桌上净白的茶具。

“阿穆，你是如何从皇宫脱身的？”慕白温声问道。

白穆长睫一颤，眼垂得更低。

白伶白芷对视一眼。

三人在御林军的追逐下脱身这么久，虽然好奇白穆如何从皇宫全身而退，但没有人主动问过细节。现在少主这么一问……莫非商洛皇宫的变故，与少夫人有关?

毕竟看那日御林军的数量，恐怕是倾巢而出，若是在那种情况下皇宫内发生政变……

“你一路劳顿，累了吧？”白穆嘴角扯出一个笑容，“我去沏壶茶过来。”端起桌上的那套茶具，她不发一言便出去了。

白芷眨了眨大眼，白伶也眨了眨大眼，慕白微微垂首。

待白穆再回来，主仆三人没再讨论商洛的局势，也无人再问她商洛皇宫相关，而是商议着何时离开商都，以及如何离开。

慕白与白伶看法一致，认为往后下去，商都的城防只会愈加严密，需得尽早离开才是。但慕白并不同意将白芷一人留在客栈养伤，于是提出他先带白穆走，白伶留下来照顾白芷，待她伤势大好，再伺机出城。

白伶、白芷自然没有异议，白穆也点头同意。

于是第二天天没亮，一辆马车便稳稳停在客栈门口。

慕白仍旧是昨日清俊少年的模样，白穆被打扮成了年近七旬的老太太，一人赶马，一人拄着拐杖坐在马车里，直接由城门出去。

白穆几日不曾出门，这会儿拨开窗帘扫目而视，都城内的气氛果然不同往日。平日这个时候，有些勤快的商贩已经推着车准备开始一天的忙碌了，但他们一路走来，街道冷清，商铺大门紧闭，连一个路人都没瞧见。

城门口正是交班时间，但面对一大早出现的马车，无人懈怠，两拨人将马车前后搜了个遍。其中一个似乎还认识慕白，提着嗓子问道：“接到老母亲了？昨日让你趁着我收班出城是句玩笑话，你还当真了？”

慕白的声音也不是自己的，笑着答道：“昨日亏得军爷网开一面，接到老母亲就马上准备离开了，哪里敢耽搁？”他主动拉开了车帘。

那人探着脑袋把白穆打量了一遍：“哈哈哈，去吧去吧，近日无事莫来商都了。”

慕白放下车帘：“有劳各位了。”

接着马声嘶鸣。

驶出很远，白穆都没敢再掀开帘子往外看一眼。直到一缕阳光钻出地平线，爬上窗棂，斜洒在窗帘上，白穆才往窗边坐了坐，推开车窗，掀开窗帘。

窗外群山环绕，重影叠翠。伸出半个脑袋往后看，车轮的尘沙后，商都早已不见踪影。

居然……就这样离开了？

竟然和那日离开商洛皇宫时，心中的想法一样，顺利得出乎意料。

只是……

白穆定睛再看了看，他们走的方向，并不是去东昭。

“慕白？”白穆心口一顿，忙朝外喊道。

“怎么？”清俊少年一手掀开车帘，侧着身子回看白穆。

听到熟悉的声音，看到他脸上熟悉的神采，白穆才放下心来，问道：“我们不由东昭回白子洲吗？”

慕白笑了笑：“带你出去散散心。”

白穆意外地看着慕白的笑容：“散心？去哪儿？”

慕白放下车帘，又是一声马匹嘶鸣，他沉着的声音也随之而来：“南临。”

（二）南临

南临地处五国最南端，商洛正好在最北，中间隔着祁国与东昭，在白穆曾经的概念里，是个极远之地，就连平日听过的故事传记里，都少有“南临”二字。

只是回到白子洲后，白穆不得不对这个低调的国家有所了解。因为五国之中，只有它与东昭离白子洲最近，可由海路直接抵达。

若把东昭比作野心勃勃的鹰隼，南临恐怕便如笼中金丝雀，美貌、优雅，唱着好听的小曲儿，过着安乐自在的日子，近百年来从未对白子洲有过觊觎之举。

白穆想着慕白大概是想绕过东昭，途经祁国到南临，再由南临回白子洲，毕竟白子洲已与东昭交恶，从东昭走，恐生变故，因此没有多问。

但十来日下来，慕白似乎真的不急于赶路，带着她不紧不慢地游过祁国几个耳熟能详的城镇，还在都城玩儿了一圈，才正经地出发去南临。

说“玩儿”，也是真玩儿。一路上没有白子洲族人来联系，到了祁国都城，都不见慕白见一见那些蛰伏多年的眼线，更没有一些突然发生的紧急事件需要处理。两个人仿佛真的只是出门游山玩水的一对闲人，想去哪里去哪里，想待多久待多久，无人打扰，心无旁骛。

时间长了，白穆脸上的笑容不自觉地多起来。

这大概是她十五岁那年走出白家村之后，过得最逍遥、最自在的日子了。

“慕白，我们明日便进入南临境内了吗？”白穆在马车内，打开车窗，探出半个脑袋问前面赶车的人。

从进入祁国境内，两个人就恢复了原本的容貌打扮。但依然是慕白赶马，白穆坐在车厢里。偶尔她会坐到前面去学一学，奈何双手的力气都不如慕白单手大，又不认得路，最后还是得把缰绳还给慕白。

“今夜我们在鸭岭关休息一晚，明日一早过关入境。”慕白温和的声音传来。

“南临比起祁国，又有何不同之处呢？”

最早白穆的眼里只有一个白家村，后来知道有都城、有北境、有皇宫，商洛远比她以为的大得多，再后来她又知道，商洛不过是五国之一，而这片大陆之外，或许还有更广阔更宽大的天地。

每一块土地都有自己的风俗特色，辗转下来，其实很有意思。

“你对祁国的印象是什么？”慕白笑问。

白穆托腮想了想：“辽阔。”

祁国在五国中占地不是最大，但他们一路走来，平原居多，少见山林，大多土地放眼望去，如浩瀚的大海般无边无际。

“那南临大约是……”慕白顿了顿，道，“曼妙。”

曼妙的南临。

白穆放下窗帘，靠在马车侧壁上，闭上眼，深吸一口气，嘴角上扬。

似乎除了商洛，哪里都是世外桃源。

两个人抵达鸭岭关时，太阳还未落山，关口也未关闭。慕白却没有赶着进城，而是在关口外找了间客栈住下。

一路上的行程都是慕白安排，白穆没有多加过问，此时也一样。只是鸭岭关是东昭、祁国、南临三国的交界处，关外客栈比普通城镇里的还热闹许多，汇聚了各国来往的人士，流通着各国真真假假的消息八卦，白穆原打算在大堂内用晚饭，坐了一会儿，觉得太嘈杂，还是回房了。

却想不到，鸭岭关这么小小一个地方，不仅客栈热闹，入夜之后竟还有夜市。而夜市的繁华程度，不输于她走过的任何一个都城。

“这可是东昭名扬天下的云锦？”白穆的脸在夜灯的衬托下有些发红，难得地面露惊喜，对慕白说道，“早便对东昭云锦有所耳闻，却想不到能织得这样精致漂亮，颜色如此鲜艳，手感又薄如蝉翼。”

慕白笑着接过白穆手里那匹料子：“这还只是夏日的云锦，冬季的云锦更加让人惊叹，上身软糯，又能保暖，配色更加丰富，且花纹变化多端，一匹难求。”

“这个是南临特产的郡茶？”两个人换了个摊位，白穆捧着一罐茶送到鼻尖，“好香。”

慕白摇头失笑：“你在白子洲，常年饮的便是这茶，你嗅不出？”

“是吗？”白穆疑惑道，“似乎不如这茶香醇。”

“这是今年的新茶。”慕白捏了一把在手上，筛了筛，道，“鸭岭关看似不起眼的小地方，却是三国交界的交通要道。每年五国内的新鲜玩意儿必在此地汇聚，再散向各国。就说这郡茶，舟车劳顿到了白子洲之后，必定已经采摘数月了，且海上潮湿，不利茶叶保存，自然比不得新茶香郁。但在鸭岭关不同，你手里那一罐，或许昨日还在茶农家中晾晒，等待分装卖出。”

“这么厉害啊。”白穆眨了眨眼，将那罐茶塞入袖兜。

慕白含笑付了钱，拉着她的手再次融入人群。

“这里离贡月跨了三国之远，贡月的商人也会来这里做生意吗？”白穆被人群挤得错在慕白身后，因着人声鼎沸，说话的声音都比平日响亮许多。

“自然。你看身边可少了贡月人？”

贡月在五国中最为偏远，也最有特色。小小一个国家，却有近三十个不同的民族，各族服饰风格迥异，与中原四国的穿着打扮更是大相径庭，在人群中一眼就能看出来。

“那这夜市上岂不是还能买到贡月来的首饰？”

慕白回头看白穆笑弯的双眼：“我带你去。”

一条街逛下来，白穆满载而归，到最后袖兜都沉得塞不下去了，夜市却依旧热闹，不断有新的商人加入，刚刚有人撤摊，就马上有新的货品摆上。

“慕白，你特地在鸭岭关逗留一夜，该不会就是让我买得尽兴吧？”白穆从人群中挤出来，还有些微喘气，拽着慕白的袖子问道。

“当然不。”慕白倒面色如常，也依旧两袖清风，笑道，“我再带你去个地方。”没给她喘息的机会，拉着她的手迅速离开夜市。

鸭岭关之所以成为三国交界的重要关口，原因之一便是由东至西的一座山脉。山脉横跨三国，拦住了北面来的寒流，使得南临四季如春，又挡住了南上的暖湿气流，使得商洛夏季干爽清凉。因山脉形状像一只湖中畅游的鸭子，得名“鸭岭”。

白穆坐在鸭岭久负盛名的鸭嘴上，抬头看一望无垠的天际。

没想到……

慕白竟带她攀到了鸭岭顶峰。

原是盛夏，天气潮热，刚刚的夜市又人声鼎沸，到了峰顶，只剩下净凉的夜风和偶尔几声虫鸣，显得四下格外静谧舒适。

白穆双腿悬空，坐在“鸭嘴”前端，慕白稍稍靠后，斜倚在石壁上。

两个人独处了十几天，还是第一次，这样安静地独处。

鸭岭顶峰之所以久负盛名，归根结底，还是因为其独特的地理位置。位于三国交界处，又是高耸入云的山峰，天气好的时候，站在顶峰可以同时将三国远景尽收眼底。

而这夜，天气是极好的。

白穆时而望望三方的灯火通明，时而望望头顶璀璨夺目的星河，良久，才轻声道：“慕白，坐在这里，仿佛变作一颗天上的星星了。”

慕白没有说话，静得像是一阵风。

“你从前时常来这里吗？”白穆又问。

作为白子洲少主，慕白一年里有大半年是在五国内游历的。

慕白没有直接作答，而是问道：“喜欢这里吗？”

白穆回头。

大概是远离白子洲，远离纷争，融入人群后的慕白身上的清冷气息淡去许多，虽然仍旧一身白衣，却更有人间烟火气。

“从前我为父母报仇心切，却苦无门道的时候，会来这里。”慕白望着她浅笑，眸子里像盛着星光，“如你所说，来到这里，仿佛化作渺渺繁星中的一颗，俗世烦恼都随之烟消云散。”

白穆眼神一闪。

“阿穆。”慕白朝她伸出右手，“过来。”

白穆垂下眼，片刻，握住他的手，乖巧地过去，偎在他身边。

“阿穆与我说说心中愿想可好？”慕白将白穆的手握在掌心，徐徐的暖意和他的声音一般温柔，轻风般拂过心头。

白穆一怔。

心中愿想？

心中愿想，她似乎许多年不曾琢磨这个问题了。

从前的愿想，不提也罢，如今的愿想……

白穆偏了偏脑袋，靠慕白更近，嗅到他身上的药香，望着天空闪耀的星光，缓缓道：“一愿白子洲平平安安，二愿父母娘亲平平安安，三愿……”

白穆反握住慕白满是茧痕的手，收回眼神，与他对视，笑道：“三愿公子慕白平平安安。”

慕白却蹙起眉头：“你自己呢？”

“我自己？”白穆复又看向那片无垠天际，正好一颗流星划过，拉着细长的尾巴坠入远方属于人间的灯火，她再往慕白身边挪了挪，抱着他的手臂，半张脸都埋在他胸口，低声道，“就这样，挺好了。现世安稳，别无所求。”

慕白侧目望她，承载着星光的眼底闪闪烁烁，唇角动了动，似乎想说点儿什么，却最终没出声，而是垂下眉眼，笑了笑：“明日我带你见见曼妙的南临。”

“好。”

（三）抉择

虽说只有一墙之隔，但进入南临国境之后，又是一番新鲜光景。

白穆入乡随俗，换了一身娇俏的南临女子服饰，比起商洛服饰更清爽大方，轻薄的一层纱衣，荷叶袖，下身看似裙装，实则是更为方便的裤装，夏季穿来再适合不过。再用上昨日夜市上买下的异族首饰，衬得她整个人都活泼起来。

白穆的心情也很是不错，跟着慕白逛完集市便躲进茶馆品茶听书。

这南临的说书，也与其他国家大有不同。

到如今她也算走过四个国家，进过四个国家的茶馆。商洛喜欢杜撰改编一些古人传下来的故事传说；东昭喜欢绘声绘色地八卦其他四国的宫廷逸事；祁国似乎把茶馆说书当作宣扬国威的一种手段，都是些本国英雄事迹；而南临……

说书先生都不是形单影只的。

竟然是两两搭配，一人负责说，一人负责写。当天说的，都是前一晚新鲜出炉的故事，而后续故事走向如何，现场听众的反应至关重要。

因此南临的茶馆，异常火爆。

白穆不曾见过这样新颖的说书模式，一时听得入了迷，在惠城逗留了足足五日还不想离开，只因想听到一个故事的结局。

“这茶馆实在太会做生意，一个故事短则七日，长则整月，每每停在关键时刻，故事全是新鲜写就，若不听下去，无法得知结局，哪怕只有一日断听，都抓心挠肝想知道之前到底发生了些什么，如何能让人安心离开啊？”刚刚听完这日的新书，茶馆正是最热闹的时候，茶客们正纷纷提出对这日剧情的意见和往后剧情走向的建议，有意见不合的，还当场撸袖子吵嚷着，白穆给自己倒了杯茶水，一口灌下去：“都说商洛人会经商，我看脑子最好使的是南临人才对！”

慕白也换了身凉爽衣裳，还配了南临几乎人手一把的纸扇，摇着扇子笑道：“南临人的确聪慧。守着富饶的土地安居一隅，五国内的战事向来主和，甚少参战。国泰民安百年有余，百姓们安居乐业了，自然把精力放在如何让日子过得更舒适、更精彩上。”

“可这样下去，我们走完南临，岂不是要一年半载？”一个小镇已经这样吸引人，若每个城镇待上十天半月，何时才是头啊？

慕白展颜一笑："并没有人催促你离开，不必着急。"

白穆握着茶杯。

她只是……有些不习惯。

非常不习惯。

她的生命中，似乎从未有过如此安逸闲适又开心的日子，每一个"明天"都是新鲜充满趣味的，她什么都不用担心忧虑，早有人安排好了一切，而这样的日子，竟然充裕得看不到尽头一般，让人觉得恍惚失真。

"慕白，你为什么……"她犹疑着开口。

"刚刚你听得入神，我问了问茶馆老板，说这两日这个故事便该结束了，那两日后，我们便离开惠城，继续南下，如何？"慕白正好打断她的问话。

白穆咽下未出口的话语，点头。

从惠城一路南下，途径都城，抵达昭日湾，便可以雇船回白子洲了。白穆是这样想的。

但他们在都城逗留了几日，慕白将马车方向一转，往东北方向行驶了。

若说这段行程的初期，白穆还不闻不问任由慕白安排，但眼看她以为的目的地就要到了，慕白却反其道而行之，让她不得不开口询问。

"慕白，我们……不去昭日湾？"

从商洛到如今，他们走了也有一月余了，眼看夏季就要过去，虽然慕白每次都说不急，但白子洲刚刚经过大创，怎可能长期无人主持局面？

慕白仍旧坐在马车外，越往南走，阳光便越透明，衬得他的肤色亦是明亮得光可照人。

他没有肯定，亦没有否定，而是悠然答道："阿穆，我带你去见一个人。"

见白子洲在南临的耳目们吗？

照理那些人大多数在都城收集信息才是。

白穆没有多想，而是拉开车帘，沐浴着阳光，看南临特有的山水风光。

在南临待了半月之久，她也算体验到慕白所说的"曼妙"。不论人文风俗，只看湖光山色，恐怕为五国翘楚。自然条件够好，又无战乱滋扰，哪怕只是一个小村庄，都治理得有条不紊，精致可人。

"慕白，五国之中，你最喜欢哪里？"坐得累了，白穆便斜靠到马车门口，拉开车帘与慕白说说话。

"你觉得呢？"

“南临？”这里简直比白子洲更像世外桃源。

慕白笑着摇了摇头。

“祁国？”那里也算安定，且幅员辽阔。

慕白继续摇头。

总不会是纷争不断的东昭和商洛吧？

不等白穆再问，慕白开口道：“我最喜贡月。从前也最常去贡月。”

“为何？”贡月偏远，只算得上一个边陲小国，在白穆眼里，与“异族”无异。

慕白望着前面宽敞的官道，凝眉想了想，道：“极端。那里的人极端，事极端，极具特色，又极其包容。”

白穆不解地看着他。

他看过来，笑道：“没有真正踏上那块土地，大概就无法理解我言中之意。”

“那你下次有时间再带我去贡月玩一玩如何？”白穆马上笑道。

慕白又看了她一眼，没有答她的话，而是说道：“小心着凉，回车里坐下，我们很快到了。”

白穆以为他们去的，至少会是南临东北的某个重镇，却想不到，慕白带她在一个毫不起眼的小村庄停下。

“我们只是远远瞧上一眼便走，如何？”慕白一边拴马，一边对白穆道。

白穆原本还有些蒙，不知慕白带她到这里究竟是何意，但他这一句话落地，脑中突然闪过的念头让她笑容僵硬，双眼瞬间通红。

南临，见一个人。

一个远远瞧上一眼的人。

她知道了。

她居然到现在才想到……

“慕白，你带我来见……”白穆的声音有些哽咽，“阿碧？”

早在半年前，那个鲜血淋漓的雪夜，慕白生死之际交代的第一件事——阿碧没有死，已服下忘忧，在南临成婚生子。

“我知道你一直牵挂她，须得亲自看上一眼才能放心，却又不好意思开口，可对？”明明站在树荫下，慕白的笑容却像是染了阳光，拉起她的手便径直往前走。

白穆连忙整理了下情绪，压住哽咽，这样开心的事情，不该流眼泪才是。

但等她真正站在小院的栅栏外，看到院子里的人，眼泪还是止不住。

真的是碧朱。竟然还和从前一样，喜欢穿碧绿色的衣裳。也和从前一样，爱笑，整个院子都是她清脆的笑声，弯腰跟着那蹒跚学步的孩童："连儿你信不信，我数三下你就要摔跤了？"

"一、二、三……"

"扑通！"

"哈哈哈，连儿，你也太听娘亲的话了。"

"连儿再来再来，一、二、三……"

"扑通！"

"哈哈哈，这次娘亲可没说你。"

白穆忍不住跟着笑起来，一边抹着眼泪一边笑起来。

院子里的孩童"哇"的一声哭起来："娘亲坏！娘亲坏！呜呜，我要阿爹！"

"臭小子，现在日头这么盛，你阿爹回来还早呢！"碧朱叉着腰往院子外看了眼，好巧不巧，与正看着她的白穆四目相对，疑惑地皱起眉头。

白穆的眼还通红，连忙拉着慕白转身就走。

她只能远远看上一眼。

虽然服下忘忧，但谁也不能保证故人相见，碧朱会不会记起什么。哪怕只有万分之一的可能，她不愿与她面对面，让她记起从前那些事情的哪怕一星半点儿。

"喂，那位俏郎君！"碧朱却在后头大喊。

白穆加快步伐。

"你要对你家美娇娘好点儿啊！"碧朱的声音却继续传来，"怎么能让人哭呢？下次再给我撞见可饶不了你！"

一句话惹得白穆的眼泪又掉下来。

仿佛什么都没发生过，又仿佛早已千帆过尽，阿碧还是当初那个袒护她的阿碧，阿碧却又永远，不会再是她的那个阿碧了。

远道而来，待了不到一炷香的时间，两个人又驾着马车匆匆离开。不如来时那般热闹，离开的路上，两个人不约而同地保持了沉默。

白穆躲在车厢里又抹了一阵眼泪，也不知是为碧朱难过，还是为她开心的。但抵达歇息的客栈之后，她下车与慕白说的第一句话便是："慕白，谢谢你。"

对阿碧而言，这大概已经是最好的结局。

没有慕白的精心安排，她和碧朱在朱雀宫的匆匆一别，就是最后一面，她要哭连她的坟头都找不到，哪可能再见到她的笑容。

慕白有些无奈的模样，却也没说什么，停好马车便带她投宿。

两个人虽然已经拜过天地，有了夫妻之名，但这些日子都开的两间房。慕白一直如此默认，白穆也没有主动提起。

这日照常在她的房间用过晚膳，往日慕白都会嘱她早点儿歇息，便自行回房。但这次小二收拾完碗筷后，慕白没有马上离去。

正好白穆有话想问他，便点了灯，拿出房间里一套棋具。

她和慕白在一起很少下棋，倒是研究草药的时候多。

慕白眼底渗出几分笑意，白穆忙道："我听白伶、白芷说过，你下棋很厉害。可否让着我一些？"

慕白笑意更浓，拿起一颗黑子，眼神示意白穆先下。

白穆捏着白子想了半天，落在棋盘中心。

屋内一子一子地落下，屋外不知何时下起小雨，淅淅沥沥地打在窗纸上。白穆也没在意，只是一边下棋，一边问道："慕白，我们接下来去哪儿？"

慕白执子的手微微一顿，没有马上答话。

"这些日子你带着我游历各国，走遍山川，做想做的事，见想见的人，便是想让我开心一些对不对？"白穆原本低头看着棋盘，此刻抬眼望向慕白，两眼弯起，"这些日子我很开心，真的。"

"你为我安排的这些，我都很喜欢。"白穆笑着，眼底却有些发红，"谢谢你为我做的这一切，从来没有人……"

白穆顿了顿，没有继续下去，而是说道："接下来，不要再为我考虑，我们该去哪儿，就去哪儿吧。"

慕白也一直垂眼看着棋盘，听到白穆这番话，拈着棋子的手握紧，眉头也微微蹙起，良久，摇头失笑："阿穆，我不是在为你考虑，而是在为我自己考虑。"

白穆偏了偏脑袋，表示不解。

"我只是觉得，你我相识以来，独处的时间太少。或许应该制造一个机会，让我们心无旁骛地待在一起，让你有机会更加了解我，让我有更多机会讨好你，如此……"慕白又笑了笑，难道地在他脸上捕捉到一份涩然，"如此，与商少君比起来，才更有胜算吧。"

白穆的笑容顿时有些发白，渐渐敛起。

“白芷与我说你在客栈那几日魂不守舍，日日盼着见到我，我便知道你在担忧些什么。”慕白声色平静，像是白穆这几日见得最多的美丽湖泊，波澜不惊，“这些日子你避讳提及商洛，听到与商洛相关的消息便躲开，我知道其中缘由却也不主动向你提起，不是顾虑你的感受，而是……”

慕白垂下眼帘，眼神落回期盼上，淡淡道：“而是我非圣贤，抱了一份自私的念头，想要粉饰太平地与你过一段无人打扰的日子。”

“慕白，我只是……”白穆低喃道。

“商少君还活着。”慕白打断她，再抬头，情绪已然收敛，“我们离开商都时，他正身受重伤昏迷不醒。为何受伤想必你比我更加清楚，我便不多赘言。至于那些‘宫变’传闻，只因你出宫那日，商少宫带人闯进皇宫，具体所为何事不得而知，最终空手而归。商少君这几年皇权已稳，尽管昏迷不醒，却有心腹为他打理政事，他们下令追捕商少宫，因此城防才会突然严密。

“商少宫离开皇宫这些年，恐怕也暗中笼络了不少势力，那先皇遗诏并非传位于商少君的消息便是他散播出去的。许是打算殊死与商少君再来一争。

“这便是还在商洛时，我得来的消息。如今过去一月有余，事情发展到何等地步，我未再关注。”

虽然棋未下完，慕白却已经开始收拾棋盘，将他的黑子一颗颗地捡起来，继续波澜不惊地说道：“阿穆，你若是担忧他，便回去吧。

“你我婚约原本就是一场阴差阳错，若只是为了恩情而郁郁寡欢地嫁我，我更愿意看到你恣意潇洒地活着。

“你若回到商少君身边，白子洲的一切我都会打理好，你无须忧心。你选择心中所爱，理所当然，无可厚非，亦无须顾虑。”

白穆面色愈加苍白，哑然地望着慕白。

慕白却笑了笑：“阿穆，正如我刚刚所说，这些日子，我都抱有私心，今日这番话，也是酝酿已久。我要你做一个抉择，我……或是商少君。”

慕白面带笑容，却眼神坚定，白穆从未想过慕白会准备这样一个十字路口，面色发白，脑子也有些空白：“慕白，我……”

“阿穆，不要急着回复。”慕白再次打断白穆的话。他扬起那只手，将黑子“噼里啪啦”地倒入棋盒，默了默，继续道：“今日有这一番，便是希望你的选择经过深思熟虑，日后再不后悔。”

白穆沉默。

慕白继续道：“我已经打点好。若决定回商洛，明日一早你去客栈前门，有辆马车等着你，若决定回白子洲，明日一早你去客栈后门，有去昭日湾的马车。”

他抬眼望着白穆：“我在那里等你。”

慕白离开的时候，特地将屋内的油灯拨得更亮，似乎是知道白穆会彻夜难眠。

白穆空坐在只剩白子的棋盘前，眼神有些茫然。

其实她隐隐有所察觉，在他带她去鸭岭看漫天星辰，说那里会驱散俗世烦恼的时候。她想他大概看出她有什么心事了，所以才特地带她去那样一个地方。

但她没想到他会开诚布公地讲出来，让她选。

她下了矮榻，推开窗子。夏日的雨，总能带来些许凉意。那雨又不再如之前淅淅沥沥，早在不知不觉中如倾盆而落，让人更觉凉爽。他们歇脚的本就是一个小城镇，此刻万籁俱寂，灯火已灭，只有主街道上亮着几盏暗黄的灯笼，被风雨吹得摇摇晃晃。

白穆趴在窗口，无声地望着安静的夜晚。

一更、二更、三更……

后半夜，雨更大了，还刮起风来。

白穆关了窗，开始收拾行李。

其实没什么好收拾的，只是天气转凉，她再穿得一身清爽不太合适，便换了身从前的衣物，把身上的南临服饰脱下，叠在床边。总归出了南临，这身衣服穿不上了，而接下来路途遥远，带着无用的行李无益。

她再收拾了一下之前买的贡月首饰。买的时候心血来潮，实际上外族饰品大多造型夸张，平日她不一定戴得着，将一些太大太沉重的清理出来，以免路上不便。

收拾完，她又坐了会儿，看着天色渐亮，才打算出门。

虽然时辰还早，但昨日慕白与她说了那么多，她连一句插嘴的机会都没有，有些话总要与他说清楚。

她将准备留下的东西放在床上，将整理好的行李放在桌上，准备待会儿再折身来拿，一个人轻装简行地来到门口，开门之前，还默默整理了一下见到慕白想要说的话。

只是待她万事俱备，正要拉开门闩，耳后一阵疾风闪过，还未反应过来，口鼻已经被人捂住，不容她有多一刻思考的时间，眼前一黑，坠入一片混沌。

（四）真龙

白穆没想到，身在南临的偏远小城，竟还会被人劫持。

劫持她的人会是谁？

商少君？

不会。商少君身边的人，都会恭恭敬敬地喊她一声“娘娘”或是“姑娘”，待她客气有礼不敢逾越。但这批人举止粗鲁，蛮横地捆住她的手脚便扔在马车里不闻不问，连顿饭都不曾给她吃，只匆匆赶路，不像宫中人。

白子洲的敌人？

不会。白子洲周旋五国，难免得罪些人，但若是冲着白子洲来，慕白与她同行，大可挟持她之后马上与慕白谈条件，不必慌忙离开，而且……

得益于她异于常人的记忆力，偶尔有机会瞟过车外一眼，她都能认出，他们走的路，是从南临回商洛的。

但商洛，除了商少君，她实在想不到还会有谁对她感兴趣，或者说，她对谁还有利用价值。

还有慕白，是否发现她被劫走了？若发现，应该会马上救她出去才是，若没有发现……他回了白子洲？

白穆被塞在马车里，几乎十二个时辰不停歇地赶路，一路都在换马匹和车夫，到第三天才终于有人想起，给她塞了个馒头，接着又是马不停蹄地赶路。

明明又饿又累，被马车颠得全身酸痛，白穆的思维反而更加清晰了。

能在南临找到她，并在这个时候从慕白眼皮底下将她劫走，来人不仅有些能耐，还筹谋已久；如此急于赶回商洛，劫她的应该是商洛人，且她对他有重要用途；再联想到慕白与她说的，一个月前的商都……

莫非是商少宫？

一连半个月，白穆连马车都不曾下过。来人早有防备，将她身上的东西搜得干干净净，且闭口不与她交谈，她套不到什么对她有利的消息，给人留信号传消息的想法更是早就放弃了，只想快些到目的地，至少不用再这样颠簸，也看看劫持她的人，是否真如她心中所想。

再回商都，已是初秋。

白穆被人绑住手脚，双眼蒙着黑布，但抵达商都时，她还是第一时间辨认出来。这里的气候、口音，她再熟悉不过。

他们没有经过城门，大抵是到了城外的某个郊区。这让白穆更加确定了自己的猜测，若是商少君绑的她，只会马上送进皇宫。

“喂，好不容易到了商都，你们若是让人质冻死饿死了，不好交差吧？”太久不曾发声，白穆嗓子有点儿哑，但声音不小，对着马车外嚷道。

那批人到了目的地之后，仍旧把她扔在马车上，不闻不问两个时辰了。

天气已经转凉，外头大概也是夜晚，凉风一阵阵的，她不打算继续委屈下去。

似乎连看着她的人都没了，白穆嚷了几声，没有回应，干脆双脚用力踹马车的门。

片刻，才隐约有光亮靠近，许是终于有人注意到这边，提着灯笼过来了。

白穆安静下来，盘算着她会被带下马车，继续关着或是见见他们的主子，不想眼前一亮，黑布被扯下来，再睁眼，看到眼前人，一时愣住。

竟然……

果然……

是个故人。

却是个意料之外的故人。

不是商少宫，而是一个算不上陌生，却也算不上熟悉的故人——柳行云。

曾经的柳丞相之子，她曾经的假哥哥柳行云。

白穆看着那张多年未见却记忆犹新的脸，脑中迅速闪过最后一次见柳行云的情景。说“见”或许不太妥当，因为她当时躲在天牢的柜子里，只听到他和柳轼的声音。

“这些日子辛苦妹妹了。”柳行云一如当年，面上挂笑，明明是个驰骋沙场的军人，却清俊得如同手无缚鸡之力的书生。

白穆打量了他一眼，嗤笑道：“柳公子的妹妹已然回宫，不再需要我这个假妹妹了吧？”

柳行云上前给她的手脚松绑，换了个称呼：“娘娘还是这般伶牙俐齿。”

“这声‘娘娘’也应该称呼柳公子的妹妹才是，白穆不敢当。”白穆手脚得了自由就调整坐姿，打算起来下马车。

柳行云笑道："还是第一次听你自称白穆。"

白穆没再挂笑，一来不必对不喜之人强颜欢笑，二来不愿再继续这个话题，径直下了马车。幸好在白子洲时慕白教过她一些调整内息的心法，否则这一路被绑着颠簸回来，她恐怕连爬都爬不起来。

"姑娘的身子倒是比从前好了许多。"柳行云许是知道她不会武，不担心她会逃跑，慢悠悠地跟在后头笑道。

白穆不愿与他再闲扯，回头径直问道："不知柳公子不辞辛苦绑了我过来，所为何事？"

柳行云神色不变。

白穆蹙眉。

这些年大概也就在商少君面前，这位年轻少将有过明显的情绪波动，却也不知那波动是真是假。

"姑娘不妨先好生歇息一晚，日后自然有需要姑娘帮忙的地方。"他笑着招呼身边人，"送姑娘回厢房休息，给姑娘备一桌饭菜，姑娘是贵客，莫要怠慢了。"

白穆下车就发现，这是荒郊的一处老宅，未点灯，只有随柳行云出来的人提着灯笼。她不再多问，也不再盯着柳行云，落后一步，跟着提灯笼的仆人。

柳行云，柳轼，柳湄。

吃饱喝足之后，白穆躺在终于不再晃动的榻上，强打起精神，分析了一下她可能面临的局势。

她最后一次听到柳家的消息，是在出宫之前，来自宫娥们的窃窃私语：三年前劫狱出逃的柳氏父子又现身了，皇上下了悬赏通缉令。

在虔心宫的时候柳湄屡屡求见商少君，她一度以为是为了这道通缉令而来，结果却不是。

这倒更让人看不透。

柳家三人关系到底如何？

柳行云好不容易劫走柳轼出逃，时隔三年，为何突然现身？不辞辛苦劫了她来，又所为何事？

白穆辗转反侧，仍旧没理出个所以然来。在她看来，柳行云带着柳轼避世而居，柳湄在皇宫里养尊处优地做着贵妃，已经是再好不过的结局。

她想不出她对柳家父子还有何用处。

既然理不出头绪，白穆也不再多想，直接闭眼睡觉。

回商都时十万火急地赶路，真回来了，对方似乎又不着急了。

接下来的三天，白穆直接被晾在厢房内。房门自然是上了锁，且有人把守，一日三餐准时送来，也送来了一些保暖衣物，虽然仍旧没有自由，但至少不用再挨饿受冻了。

白穆从容地待了三日，只当是养精蓄锐，柳行云绑她来，总不会是为了将她关在厢房里不闻不问。但到了第四日，她有些坐不住了。

她听到了战鼓声。

从前她不曾上过战场，但商少君带兵攻打白子洲那日，她听得清清楚楚，密集紧凑又激昂的战鼓声，让人心神不由得紧绷，无法漠视。

他们明明在商都城外，怎会有战鼓声？

这日下人来送饭时，她直截了当地说道："我要见你们主子。"

送饭来的是个瘦小的小厮，仿佛什么都没听到一般，放下饭菜便要出去。白穆又道："跟你们主子说清楚，不想横生事端的话，最好来见我一见，白穆耐心有限，没时间在这里陪他玩猜谜游戏。"

小断步子顿了顿，回头朝白穆鞠了个躬，便夹着餐盘出去了。

白穆又躺了一个下午。傍晚时分，送饭的小厮准时出现，这次他手上没有饭菜，而是垂首低声道："白姑娘，主子有请。"

白穆没有犹豫便起身跟着他出门。

宅子内外果然重兵把守，却不是常见的商洛兵服，且宅子很大。那夜进屋时太晚，没机会看仔细，原以为这宅子是个荒废的古宅，却不想外表看来残破，其内却是布置精巧，不是普通人家享用得起的。

穿过两三个花厅，小厮的步伐才慢了些，最后停在一处荷池凉亭前。

秋日已至，满池的荷花早已败落。男子坐在凉亭的小方桌前，正举酒自酌。

若不是此前见过柳行云，白穆都要以为自己见到的，是商少君了。

但背影再像，还是有些微差别。

比如他比商少君略矮一点儿，脊背不像商少君那般时时笔挺，衣服的颜色，也比商少君亮丽，这些三年前她与他初相识时，便研究总结过。

商少宫举着酒杯回头，仍是记忆里的那张脸，只是眼神不再迷茫，笑容不再懵懂，一脸审视地将她从头打量到脚。

商少宫。

果然还是商少宫。

柳行云实在没有理由来绑她，能在商都外挑起战火的，也就只剩一个商少宫了。

“白穆，”商少宫饶有兴致地望着她，嘴角含笑，眼底却看不出喜怒，只拉长了调子说道，“若不是你，今日坐在金銮殿上的真龙天子，应该是我才对。”

（五）威胁

恢复神志的商少宫，看起来更像商少君，只是气息阴冷许多，整个人从上到下透着一股难以捉摸的邪气。

白穆倒也不怕他，径直走过去，在他对面坐下便轻笑道："所以二皇子这是抓我来以泄私愤？"

商少宫略扬了扬眉，再次将白穆上下打量了一遍："不愧白子洲人人尊称一声'少夫人'，倒是比三年前更有娘娘架势了。"

白穆看了他一眼。看来他还记得，那些在朝拾殿陪他"玩耍"的日子。

也是。他和当年的商少君应该中的同一种毒，毒解之后并不会遗失中毒期间的记忆，一直以来，都是她以为商少君忘记了而已。

"二皇子既然知道我与白子洲的关系，也该知道留不了我多久吧？"白穆迅速整理思绪，低笑道。

商少宫举高酒壶，给自己倒了杯酒，酒香便四溢开来。

"难怪你这几日这样老实，原是指望着白子洲的人会来救你。"商少宫低笑，"你就这么信任他们？"

白穆动了动唇，还未发声，商少宫继续道："可惜慕公子此时身在贡月，白子洲的消息再快，总不能让马匹长了翅膀。即便长了翅膀，也不可能三日内从贡月飞到商洛来，是吧？"

慕白去了贡月？为什么？

似乎是看透了白穆心中所想，商少宫浅酌一口，随意道："哦，带你离开时我们拿走了你备好的包袱，顺便找人扮成你的模样上了回商都的马车。"

白穆微微蹙眉，商少宫便笑道："以其人之道还治其人之身。你该不会以为偌大五国，只有白子洲人会易容术吧？"

"听闻慕公子离开时很是失意，原打算回白子洲，却折道去了贡月。"商少宫兴意盎然地看着白穆，"其中缘由，身为他的准夫人，不知你是否知情？"

白穆望着他那副一切尽在掌控中的表情，深吸一口气。

她和慕白，都低估商少宫了。毕竟谁能想到，失势多年又中毒多年的二皇子，好不容易从皇宫脱身，在商少君已经拿稳皇权的情况下，还有胆子再杀一个回马枪？

“白子洲无暇顾我倒也没关系，想来二皇子好不容易掳我来，总不会为了杀之而后快吧？”白穆压下情绪，微微扬起唇角，缓缓道，“其实二皇子走到今日，也不容易。封位不再，靠山不再，这三年要东躲西藏避开商少君的眼线，又要各方敛财，征召兵力，培养心腹，很是费心吧？哪怕是到了如今，有能力击鼓商都城外向皇宫那人挑衅示威，心中还是不安稳吧？五国内靠钱财征集来的兵力，哪有经过正规训练又久经沙场还将士一心的国军好用？”

商少宫那志在必得的笑容总算敛了敛。

白穆继续道：“既然知道六年前是我救了商少君，我与商少君之间那些事情，二皇子想必早就调查清楚了。我不否认，的确曾与商少君有过你侬我侬的山盟海誓。二皇子求胜心切，掳我来做人质似乎也可以理解，只是……”

说到这里，白穆不由得嗤笑：“二皇子带着一帮乌合之众愤然起兵，莫非天真到认为只要有我，商少君就会俯首称臣将皇位拱手相让？”

商少宫举着酒杯的手顿住，面色猛地一沉，比此前更显阴骛。

白穆是真想笑。她一路被绑着回的商都，回来之后又被关在房里三天，虽然接触不到太多有用的信息，但最基本的口音她总听得出。

商少宫屯扎此处，留下来的看守，应该都是最信得过的一批人。但这些人里，有东昭口音，有祁国口音，也不乏她刚刚领略过的南临口音，贡月与其他四国语言不通，更是一听便知，真正的商洛人恐怕屈指可数。

领兵打仗，最重要的是军心。军心稳，气势恢宏；军心不稳，溃之如江堤。

雇佣兵不少见，但多为商户私养，只保生意顺遂，家宅平安。商少宫妄图用雇佣兵来窃国，哪怕敛了再多钱财，也无异于以卵击石。

“传闻贤妃粗鄙，出身农户，大字不识且凶悍善妒。”商少宫恢复常色，笑吟吟道，“看来传言有误啊。贤妃心思，竟毫不输我心中识言辨色第一人。”

“只是你沾染了许多人在皇权倾轧中染上的毛病。”商少宫抬手便将一杯酒尽数倒入口中，“很多时候，你争我夺，你死我活，不为拼得一个权，亦不为拼得一个势。”

许是他这口酒喝得太急，白穆怀疑自己眼花了，居然在他脸上看到几许红晕。

“白穆，或许你不相信，我与大哥，自小感情极好。”商少宫又往嘴里灌了杯酒。

白穆垂眸。他与商少君并非生来敌对，这件事太后也曾对她感慨过。

“大哥处处让我，处处帮我，若不是他的提携，以我的资质，父皇看都不会看我一眼。”商少宫低笑了几声，“他身为太子，朝中排着队的人巴结讨好，他却从不会骄傲自负，反倒会教我，哪些人的巴结是阿谀奉承，哪些人的讨好是别有所求。那时父皇喜欢他，朝廷大臣敬重他，我也从未想过要取而代之。”

白穆还是和对太后的态度一样，并不喜欢听他们讲这些往事。

往事再动情，终究变了模样。

她撇了撇嘴便嘲道：“但你还是给他下毒了。”

“不是我。”商少宫猛地放下酒杯，眸色沉沉地看入白穆眼底，“我说过无数遍，不是我给大哥下的毒！”

大概是捕捉到白穆眼里的“不信”，他自嘲地笑了笑：“今日这酒是喝得有点儿多了，我与你讲这些废话做什么？”

“你回去好生歇着吧，过两日我便带你去见见我那多年未见的好大哥。”商少宫又恢复如常，继续给自己倒酒，“大哥那般宝贝你，若是被他瞧见你累了瘦了憔悴了，我可不好交差。”

白穆蹙眉。原是想见一见他，试图劝他放弃以卵击石的可笑举动，说着说着，反倒不确定商少宫抓她来到底是为什么了。

总归她并不了解他。一切断论，都是她通过常理推测而已。

白穆起身，打算离开。

“对了，忘记提醒你。”商少宫又开口，“我不仅与大哥关系好，与丞相府的碧朱……也是极为熟稔的呢。”

白穆步子猛地一顿。

“这次请你来做客，顺道把她也接回来故地重游，想得很周到吧？”商少宫笑意满满地抬头，正好对上白穆冷然的神色。

“在下知道白子洲有许多常人无从知晓的联络方式，即便慕白身在贡月，你也可以联系到其他族人。”白穆的眼神越来越冷，商少宫却全然不在意，“只是你若提前跑了，那可怜的碧朱和她那可爱的孩子就只有……”

他微笑着举起刚刚倒满的一杯酒，手一松，杯子落在地上一声脆响，四分五裂。

白穆出门的时候步履从容，再回去，便有些气急。

她知道商少宫为了抓她花了些功夫，却想不到会花了那么多功夫，竟然连碧朱在南临都查到了！他们到底从何时开始跟踪她和慕白，而他二人竟然毫无所察？

商少宫说得没错，她一直以来不焦不躁，一是认为慕白迟早会发现她被人掳走，二是就算慕白无法及时赶来，她也有办法联系到白子洲其他族人。

白穆握紧了手上的发簪。

商少宫只命人搜走她身上的各种毒物药物，却没有动她的头饰。这发簪看来普通，其实是个小小的信号弹。她原本打算与他谈不拢的话，就在回来的路上放出去，有族人看见自会想办法来救她，却不想临走时被威胁了那么一句。

无论他是否真的抓来碧朱母子俩，她都不愿冒这个险。

白穆心中有事，又为商少宫竟将碧朱卷进来气恼，步子便有些快，与迎面而来那人撞了个正着。

“姑娘何事如此匆忙？”仍旧是惯常带着笑意的语调。

白穆睨着柳行云，并不掩饰眼底的敌意。

她想到碧朱从前说到柳行云时，那满嘴的称赞与夸许。可今日一事，必有柳行云的参与。他不会不知道碧朱对她而言有多重要，他也不会不知道，碧朱在商都经历过什么。

“何人惹得姑娘如此生气？”柳行云继续笑道。

“不知柳公子是否有所爱之人？”白穆仍旧睨着他。

柳行云大概还不知白穆去见过商少宫，听她这么一问，愣了愣。

“人生在世，总有那么一两个的吧。”白穆低笑了两声，“父母、亲人、朋友、知己，总有那么一两个人，是柳公子在意的吧。”

两个人撞在一处狭窄的长廊，夜色已临，寒意略浓。柳行云难得地收敛笑容，正色望着白穆，白穆嘴角挂着冷笑，直看入柳行云眼底：“白穆不妨把话放在这里，此番你们若敢伤碧朱一根头发，白穆必倾白子洲之力，让柳公子追悔莫及！”

说罢，她狠狠瞪了柳行云一眼，拂袖而去。

这夜白穆躺在榻上，仿佛又回到三年前，三年前的商都皇宫，无数个猜度人心步步惊心的夜晚。

凡事一旦沾染到皇权，就会变得复杂诡谲、变幻莫测又无法理解。构陷父亲又救他出宫的柳行云、为了家族带着腹中骨肉跳下摘星阁的洛秋容、莫名其妙诈死又莫名其妙回来对伺候了自己十几年的丫鬟毫不留情的柳湄、口口声声说不想取商少君而代之却又将他重伤赶尽杀绝的商少宫，没有一个，是她理解并认同的。

她终究不适合这个地方。

她正琢磨着商少宫拿碧朱作威胁，下一步她该怎么办，外面突然响起战鼓声。

比白日更加密集更加急促，在安静的夜晚显得尤为惊心动魄，随之而来的还有排山倒海般的叫喊声。

“杀——”

“杀——”

“杀——”

白穆猛地从床上坐起，还未来得及披上披风，门被“轰”地一脚踹开。

（六）假凤

火光迅速肆虐，初秋的夜晚，亮如白昼。

白穆也说不清自己是冷的，还是吓的，坐在奔跑的烈马上，身子止不住地颤抖。

这是她有生以来第一次，真真正正地亲临战场。张狂的烈火、飞舞的箭矢、嘶哑的惨叫、四溅的鲜血，尽管在无数书籍画册中见过对战场的描述，但真正身在其中，又不一样了。

“你到底要带我去哪里？”白穆几乎要匍匐在马上，身后柳行云一手将她扣住，一手执着缰绳，不知是马匹承受不住两个人的重量还是前方障碍物太多，烈马时不时跃起高鸣，她忍无可忍地高声问道。

不到一炷香之前，她刚听到战鼓声，觉得形势不妙，房门便被柳行云踹开，带着她上了一匹马就往外赶。

她之前猜测他们在商都郊外果然不错，离开那座宅子没多久，就能借着火光遥遥望见都城的城门。

宅子早已起火，而放火攻击的是商洛北骑营，虽然只见过北骑营的兵服图样，但白穆还是一眼认出来。柳行云带着她一路杀出重围，便径直往前，只是越往前，北骑营的士兵越多，与商少宫的人打得不可开交。

“北骑营夜袭，不得不改变计划，先带姑娘去前线了。”柳行云不愧是久经沙场的少年将军，不时躲着利箭，气息仍旧平稳。

前线？白穆微微撑起身子，向前方看去。

白日听到战鼓声，她便猜到商少宫打算围攻商都，只是没想到白天没打起来，晚上却突然开战了。

说开战或许不太准确……

因着火光，城门看似不远，但真正到跟前，其实还有十来里路。后方已经沦陷，前线却似乎还在僵持。商少宫的兵士们整齐列阵，处于备战状态，而商都城门上，列满了御林军，若她没看错，应该个个拉满了弓，等着一声令下放出火箭。

白穆再往后看了一眼。

追着他们的北骑将士并没放弃，反而越来越多，再扫一眼柳行云，背上赫然插着三支箭矢。

“柳将军，你何必执意把我送到前线？若要与商少君谈条件，现在停下，交出我，跟北骑营谈岂不一样？”全身上下被柳行云的披风裹住，追兵应该看不出他藏了什么人，白穆高声道，“一马载两人，本就跑不过北骑营的良驹，你还受了伤，继续下去还没到前线，你就要丧命于此了！”

“要与皇上谈条件的，可不是在下。”柳行云速度不减，嗤笑了一声，“更何况现下若不将你送到前线，今夜这一战，恐怕在所难免。”

“难道将我送上前线就能避免一场大战？柳将军未免太高看我！”

白穆原想试着说服柳行云将她放开，毕竟前线万一开战，她毫无自卫能力，在混乱中只会更危险，柳行云却不再说话了，只带着她策马疾驰。

眼看前方火光越来越近，白穆咬牙，弯起胳膊肘，猛地向后用力。

她的身子学不来武，慕白却教过她一些基本的防身招式，想要自由，趁着柳行云中了箭，又要赶马，或许还有一搏。

猝不及防受了一下重击，柳行云闷哼一声，险些从马上掉下去。不等他坐稳，白穆又是一下。

“你……”

柳行云气急，扣着白穆腰部的手转而去掣肘她的胳膊。

白穆等的就是这一刻，就势松开马镫，双腿用力，直接跳马。

最坏的打算便是被身后北骑营抓回去，面对商少君总比面对目的不明的商少宫和兵荒马乱的战场安全。

但她很快发现，情况比她预想得要坏得多。

或者说，北骑营的将士，比她想象中的精锐得多，她还未脱离马匹，就有人对着她拉了满弓。

且，一箭三发。

糟糕。

她不是柳行云，就凭她的身体，身中三箭恐怕要命丧于此了。

白穆闭眼，不去看那箭矢锐利的锋芒，只默默祈祷莫要射中要害部位。耳边疾风闪过，身体迅速下跌，她咬牙准备忍受高速坠地和利箭破体的疼痛，手却突然被人一拉。

柳行云一发力又将她拽了回去，同时身子下倾，肩膀略一侧，只听“咻、咻、咻”三声。

“你……”这次换白穆说不出话来。

柳行云居然替她挡了箭。

“不是为你，为皇上而已。”柳行云咬牙低笑。

白穆蹙眉，不再说话，亦不再挣扎，虽然不喜柳行云，但她也不愿看到有人因为她重伤丧命。

柳行云的身子明显有些失衡，往下向她压过来，新鲜的血液也顺着她的脖颈儿流下。

“我胸口有你白子洲的雾弹。”他压在她身上低声道。

白穆顺着他的胸口摸过去，果然有两枚，应该是之前从她身上搜走的。在抛下他和帮他逃跑之间略作挣扎后，白穆便将那两枚雾弹往后扔去。

这不是普通的烟幕弹，里面加了白子洲特制的致幻剂，会令身后的追兵短暂地失去神志。

“多谢。”柳行云再次拉紧了缰绳，直接拔了背上一支箭，对着马尾就是一下。

烈马嘶鸣，奋力向前。

十来里路，快马疾驰，说远不远，说近却也不近，白穆感觉到自己脖颈儿间已经湿透，鼻尖的血腥味越来越浓，柳行云压过来的身子也越来越重，他拉着缰绳的手却片刻未松，忍不住道：“你到底是为何？明知凭着商少宫那点儿兵力全然不是商少君的对手，却这样以命相搏。若我是你，早劝商少宫放下心中念想，远离商洛，不要再白白做垂死挣扎。”

柳行云的呼吸很沉，半晌，才道：“你知他心中念想是什么？”

白穆噤声。外人看来，商少宫如今这一举动无非是不甘心皇位，包括她自己，也是这样想的。

可从他自己和柳行云的话来看，似乎并不是。但现在显然不是探讨商少宫为何发兵的好时候。

她不多言，柳行云也不再多语，很快整齐的队列就近在眼前，白穆从马蹄声中隐隐听到两方首领在对话，却听不清晰，待他们的马匹更近，四下又突然安静下来。

他们大概认得柳行云的马，纷纷让出一条道来，白穆从披风中探出半个脑袋，便发现所有人的目光都落在自己身上。

秋风净凉，虽然盖着披风，她身上仍旧沾了不少血，想必脸上也未能幸免。白穆一眼扫过去，还未看清局势，便突然被人拽下马。

马是下了，人却未落地，悬在空中，被人以手臂勒住了脖子，颈上还有一把明晃晃的剑。

“看清楚了她是谁！让商少君带着我要的人出来见我！否则一剑封喉休怪我手下无情！”商少宫独骑马上，将白穆勒在马侧，早不是傍晚时分的从容模样，似是气急，猩红着眼将长剑抵在白穆喉前。

白穆被制住呼吸，勉强抬眼，才看清商都城门上的情景。

弓箭手们仍旧拉满了搭着火箭的弓，其余人等密密麻麻地抽刀直立，为首那人……火光透亮，她看得清楚，也记得清楚，正是商少君掳她离开白子洲时引开东昭军的划桨人。

他大概也透过火光看清了她的脸，面上露出大惊之色，接着恭恭敬敬地作了个揖，和身边人说了句什么，马上转身离开。

下一刻，弓箭手们纷纷松手，放下拉满的弓，抽出大刀的将士们亦送刀入鞘。商少宫这边的队列仍旧举着盾牌，却显然都松了口气。

“你……放开我！”白穆被勒得快透不过气来，吃力地挣扎，“商……少宫！你……想……勒死我……吗？”

商少宫不耐烦地看了她一眼，一松手将她直接扔在地上。

这么一摔倒不疼，只是摔得离柳行云的马匹太近，那马稍一受惊，原本趴在上面的柳行云亦跟着掉了下来。

“柳将军！”马上有人上前去扶。

“带他下去休息。”商少宫淡淡道。

白穆摔得狼狈，浑身又是鲜血又是泥土，勉强爬起来，刚一挪动脚步，商少宫的剑又指过来。

白穆明白他什么意思，仰起脖子望着他：“你能有今日，柳行云帮了你不少吧？”

商少宫不语，只将剑尖又挪近了几寸。

“他刚刚为了送我过来，身中六箭，若不及时止血，恐怕活不了多久了。商少君就算要来，从皇宫一进一出，怎么也要半个时辰吧？”白穆语气凉凉道，“你这大队人马，除了我，还有谁会医？更何况……”

白穆一声嗤笑，环顾四周：“都到了这里，你还怕我跑了？”

商少宫皱眉，白穆坦然与他对视。

良久，他收起长剑，白穆拍了拍双手，跟着柳行云退出第一线。

说是带柳行云下去休息，可到底是随时准备开战的前线，连个勉强容身的帐篷都没有，扶他的士兵只将他挪到装满武器的马车后，避避夜晚的寒风而已。

白穆蹲下就在他身上摸索，既然拿了她的雾弹，或许他也会拿她的伤药。

然而，并没有。

她检查他的后背，六支箭，先前三支倒不要紧，替她挡的那三支却正中要害，他还拔了其中一支，过去这么久，那伤口还在不停流血。

白穆利落地掰断剩下那五支箭的长翎，让他能坐得舒服些，再将先前掩着他的披风撕成长条，勒住那不断涌出鲜血的伤口。

“你们在这附近可还有营地？”她一边包扎一边问柳行云，“你我身上都没有伤药，单纯包扎止血不管用，若不找个能上药的地方，你……”

柳行云的神志倒还清醒，笑了笑：“唯一的营地已经被北骑营占领，还能去哪里……”

“那你……”白穆蹙眉，就算商少君以最快的速度赶过来，他们谈判顺利，没有任何冲突早早结束，柳行云也撑不到那个时候。

“人固有一死，七尺男儿有何畏惧？”柳行云身上都是血，脸上倒滴血未沾，笑容白净得很。

白穆眉头皱得更紧，对着看守他们的小兵嚷道：“你们随军备了武器，可备了伤药？”

小兵们对视一眼，纷纷摇头。

白穆又伸手去把柳行云的脉。

虽然他看起来还精神，还能说得出话，可脉搏已经乱得毫无规律。

白穆觉得自己应该还有什么可以做的，但放眼望去，除了商都初秋熟悉的寒意和地上被兵士们踩得凌乱的野草，只有乌泱泱的士兵和一马车的冷兵器。

巧妇难为无米之炊。

她干脆站起身，打算离开。

不喜柳行云，更不喜看着活生生的人在自己面前死去。

“你就不好奇……”柳行云突然道，“少宫到底为何掳你过来？我又为何以命相帮？”

白穆垂眸看着柳行云。他靠在马车车辕上，垂着眼，白净的脸庞不是因为肤色太白，而是失血过多。

“我知道你心地善良，只是……”柳行云又道，“你不觉得把我一个人扔在这里冷冰冰地死去，更加残忍？”

白穆又看了一眼前方，两边剑拔弩张的气氛暂缓，大约都在等皇宫里下一道指令。

她叹了口气，重新蹲在柳行云身边：“因为商少宫是你同父异母的弟弟。”

柳行云似乎有些吃惊，掀起眼皮看白穆。

白穆扯了扯嘴角：“毕竟做了你三年的假妹妹，柳家的事不上心都难。”

其实，如果不是机缘巧合，偷听过太后和柳轼的谈话，又听过柳行云劫狱之前和柳轼的对话，这件事她也无法这么确定。

柳行云笑了笑：“我一直反对此事，但父亲觉得亏欠他，一定要我鼎力相助。”

白穆这才想起，此行并未看到柳轼：“柳丞相……”

似乎已经知道她要问什么，柳行云直接道：“父亲年纪大了，不宜征战。更何况……连你都知道，若真打起来，我们必败无疑。”

白穆无奈：“所以你们此行，究竟所为何事？”

柳行云没有马上回答，只道：“昨夜你问我是否有所爱之人。”

“当年我向皇上投诚，以反间之计拿下父亲，其实不过是看清了局势，逼父亲收手，将功补过，以求皇上网开一面，放过柳家。”柳行云闭着眼，声色轻缓，“哪知湄儿回来，第一件事便是揪出父亲谋害华贵妃一事，逼得我不得不背弃皇上，大胆劫狱。”

白穆有些意外：“柳湄诈死，竟连你都不知道？”

柳行云苦笑摇头：“我从小就知道湄儿心思深沉，却不想深沉到如此境地，连亲生父亲都狠心谋害。”

白穆又想到柳湄那张漂亮的脸，想到她对碧朱做过的事。

“我不及湄儿志向远大，只望一家人平平安安团团圆圆，却终究难偿所愿。”柳行云叹口气。

白穆沉默。柳轼不是什么好人，柳湄同样不是什么好人，可柳行云所作所为，如果只是为了保护家人，似乎又无可指摘。

“我替你挡那三箭，也不过是指望皇上看在我救你一命的分儿上，对柳家众人从轻发落。”

“你知道你们逃不掉？”

柳行云摇头，笑：“怎么可能逃得掉？你可知少宫要皇上带出宫的是何人？”

“是谁？”

“湄儿。”

白穆一怔。

柳湄……和商少宫?

“或许都是报应。”柳行云嘲道，“父亲自湄儿幼时便频频送她进宫，想撮合她与皇上，如此无论皇上得势或是少宫得势，他都地位稳固。却不想少宫与湄儿亦是形影不离，对她的感情非同一般。”

白穆止不住的讶异，从未想过竟还有这样一出……

“那上次商少宫进宫接太后……”上次她借太后之名让商少宫接应出宫，过程中却并未看到他的人影。

“没错，虽说上次最终是让你出宫了，但少宫想借进宫的机会，顺便接湄儿出宫。”

白穆更加讶异道：“所以你们都说商少宫发兵不是为了皇位，而是为了柳湄?”

柳行云失笑：“不错。起兵不过掩人耳目，其实他大部分的人力财力都花在抓你为人质这件事上，就是为了用你来交换湄儿。”

白穆也想笑，千想万想，怎么都想不到会是这么回事。

“湄儿千方百计入了皇宫，又怎会轻易随他离开，所以白姑娘，你看我们这局是不是必败无疑?”

“你们的败局不奇怪，奇怪的是……”白穆扯了扯嘴角，“你们都认为抓到我便可以威胁商少君。”

柳行云抬眼看她，眸子里突然亮起奇异的光，接着大笑起来：“你竟然……竟然到今日还看不清皇上的心思?哈哈哈……人说当局者迷，果然不假。这世间，一物克一物，一人降一人，哪怕是精明如皇上的那般人物都不可幸免，哈哈……喀喀……”

柳行云突然剧烈咳嗽起来。

“柳行云！”白穆第一次直呼他的名字，想拍他后背替他平喘，又想到他背后全是箭伤，只能再去探他的脉。

不再是乱，而是弱，几乎弱到无法探及。

“柳行云！阿碧呢?既然周围没有其他营地，那阿碧呢?还在刚刚的宅子里吗?”白穆没有心思琢磨他刚刚说的话，问出一直藏在心里的问题。

“原来……喀喀……”柳行云仍在咳，笑道，“原来你留下来，是为了碧朱。”

“你告诉我阿碧的下落，我若被商少君抓回去，有机会定替你柳家求情！”白穆主动请缨过来照顾柳行云，的确是为了知道碧朱在哪里。

“喀喀……”柳行云边咳边笑，摇头道，“碧朱……并未抓来碧朱。少宫为了抓你，咯咯……已几乎倾尽全力，哪还有余力再抓一个碧朱还不被白子洲发现？”

“当真？”

“将死之人，何须骗你？”

白穆提了半晚的心终于放下。从北骑营夜袭她就在担心，若碧朱和孩子在那宅子里可怎么办？

“喀喀……”柳行云突然猛地咳出一口鲜血。

白穆猝不及防地被溅了一身，却也别无他法，只问道：“你……可还有什么话要交代？”

柳行云的咳嗽终于止住，奄奄一息地靠在马车边，脸色诡异地泛红，也不知听见白穆的话没有，只掀起眼皮望挂在半空的月亮。

火光太亮，月色并不清明，甚至有些模糊，他的笑容却很是餍足。

“你若见到皇上，替我说声抱歉。”柳行云的声色也变得平稳，“忠孝难两全，行云为了父亲，一而再、再而三地辜负皇上信任……”

他不再说下去，只望着那月色，眼神越发迷离，声音也渐渐轻细：“想当年，你我正值少年，鲜衣怒马，誓卫国家……”

“兄弟之情，君臣之谊，便待来世吧……”

白穆望着他面色愈渐灰白，眼睫也渐渐下垂，没有再去探他的脉，而是往后退了两步。

都城的初秋，似乎越发冷了。

不等下一阵寒风吹过，战鼓突然再次响起，火光骤亮，静立一旁的兵士抬头看了眼远方，脸色大变，也不管柳行云，只扣着白穆便迅速向前。

（七）虚凰

在被兵士扣押着往前的时候，白穆脑海闪过无数个画面。

一会儿是那年在摘星阁，她以自己的性命要挟，质问商少君，到底为何骗她，一会儿是刚刚柳行云苍白的大笑，笑她当局者迷，看不清商少君的心思，一会儿是一个月前的深山树林，她一字一句地说着“商少君，我不爱你了”，一会儿又是商少君拿着匕首握着她的手用力插入他的胸膛——“欠你的，朕还你。”

最后莫名其妙地闪回三年前，她倒在火海中，看着商少君和柳湄携手离开的背影。

大约是今夜火光太盛，让她又记起那片火海，以至于看到城门大开，那两个人同骑一匹马，渐行渐近时，她竟觉得锥心的刺眼，几乎是下意识地垂下眼帘，望着地上被火光投映出的人影，不想抬头。

她不想抬头，马蹄声还是越来越近，不想看到的人也终究到了眼前。

见柳湄十次，有八次都狼狈万分。白穆拿袖口擦了把脸，脸上的血液却已经干涸，低头一看，袖子上还沾着泥土，这下恐怕擦得更狼狈了。

柳湄倒一如既往的光鲜，没有穿贵妃常服，简单地梳了个髻，里面是件藕色长裙，样式普通，只有外面那件披风稍显华贵。

上次进宫，白穆听许多人提起她，却没正面撞见过她。时隔三年，岁月并未在她脸上留下什么痕迹，连她的眼神都和三年前一模一样，眼含笑意，居高临下地、倨傲自信地睨着她。

白穆没有太久地与她对视，只淡淡扫过她的脸，眼神便落在她身后的商少君身上。

他穿着平日最喜欢的黑色烫金龙袍，头戴顶冠，很精神，不像大病初愈的模样。

她下意识地扫了一眼当初那把匕首刺入的地方，一个多月，伤该已经养好了。眼神再落回他脸上，其实不用看都知道，他在外人面前，从来都是面带微笑淡定从容的模样，现在也一样，马前拥着柳湄，不咸不淡地看了她一眼，接着看向商少宫。

白穆再看商少宫一眼。他与之前勒住她时的模样已大不相同，也与周围紧张忐忑的兵士们大不相同，对这两个人的出现，他显得相当高兴，眼神还有些急切，一动不动地盯着柳湄。

看来柳行云与她所说不假。

“少宫既然不惜发兵商都城外，只求见你一面。”商少君率先开口，打破了这互相观察的微妙局面，“湄儿，你便去与他好生叙叙旧吧。”

柳湄唇角微弯：“好啊。”

她身子轻轻一转，熟稔地下了马。

商少宫穿着盔甲，见状马上大步上前，眼里的热切便如同燃烧的火把，喷薄欲出。

柳湄却往后退了两步，离商少君的马更近。

虽然只是一个细微的动作，商少宫的脚步却蓦然顿住。

“湄儿，你不愿随我走？”他的声音有些沙哑。

“随你走？”柳湄扶了下披风，向前两步，笑得温柔，“少宫，多年未见，我只是来与你叙旧罢了，我已是少君的结发妻子，怎会随你走？”

又被柳行云说对了。

白穆静立一旁，看他们竟跟看戏似的。

商少宫和她一样，没有意外的神色，似乎此前便预料到了，却并未放弃，而是说道：“湄儿，柳轼都与我说了，我知道你在顾忌什么。你随我走，从前种种便当过眼云烟，日后我敬你如长姐，我们一家人远离争斗……”

“噗——”柳湄突然一笑，打断了商少宫的话，“少宫，听闻你此次行动柳行云助力不少，他竟没在你耳边吹过风，告诉你我是什么样的人？”

商少宫眼神有些茫然，似乎对这样的柳湄极为陌生。

柳湄展眉笑起来，火光下极尽娇媚：“少宫，从前那个温柔乖巧的湄儿，不过是你看到的假象罢了。当年少君中毒失势，我与你说过的那些，也不过曲意迎合，顾全大局罢了，你不会当真，以为我真的不喜少君吧？”

她偏着脑袋，朝商少宫眨了眨眼。

商少宫的双眼迅速泛红，柳湄继续道：“我今日出宫，便是看在往日的情分上，劝你及时收手，毕竟无论如何，你进宫找我，或是在宫外逼我出来，我都……不会随你走的。”

她特意咬重了那“不会”两个字。

“你……你知道……”商少宫几乎有些哽咽。

柳湄弯眉一笑：“那日你进宫找我，少君不在，我只好先躲了起来。早知会是今日结局，当日便该与你说清楚，做个了断。”

言语间柳湄瞥了白穆一眼。

她说的“那日”，应该就是她借着太后之名出宫那日了。

这一眼大概让商少宫想到了白穆的存在，情绪突然激动起来，“咻”地抽出长剑就指过来，嚷道：“但他喜欢的是她！他为了她才带你来见我！他为了她才单枪匹马地出现在这里！湄儿，难道时至今日你还不曾看清吗？”

白穆被那突然袭来的剑光逼得往后仰了仰，便扫到柳湄笑容里的一丝僵硬。

但下一刻，她便恢复常色，声音仍是温柔：“少宫，你还是如此天真，身为九五之尊，万人之上，难道还能奢求一生一世一双人？今日若是你在少君这个位置，后宫亦不会只有一位粉黛。”

“但……但……”商少宫平日大概是个不善言辞的性子，一着急，便通红着眼说不出话来，只握紧了长剑，猛地又指向商少君，“但他是恨你的啊！湄儿，你如何能不明白！”

“这几年他处心积虑一步步剪除你的羽翼，斩断你与外界的所有联系，让你在皇宫孤立无援，让整个后宫与你为敌！湄儿，难道你还认为他顾惜与你的青梅竹马之情吗？”商少宫的言语又急又快，带着几分恨铁不成钢的焦躁，嚷道，“莫非你不知道他千里迢迢去白子洲接他人回来？莫非你看不见移植到宫内的连理树？莫非你不曾发现皇宫里你喜欢的，都无声无息没了踪影？事到如今，你还信他？湄儿，你到底是眼瞎还是心盲？”

商少宫焦躁，柳湄却平静得很，眉毛都不抬一下。倒是前方城门上的将士们，因为商少宫指向商少君的剑，再次拉满长弓，进入备战状态。

气氛再次紧张起来，商少宫押着白穆的手更加用力，白穆吃痛，皱着眉头挣了几下，没挣开。柳湄的眼神随之落在她身上，那眸底的光突然尖锐明亮，一如当年皇宫初见，带着浑然天成的倨傲与不易察觉的轻蔑。

她扬起唇角，正要说点儿什么，一直不发一言的商少君却开口了。

“湄儿，看来少宫认为你在皇宫的日子很不好过呢，要么你干脆随他去了？”商少君的半张脸埋在黑暗中，被火光照亮的那一半仍能看见揶揄的笑容。

柳湄回头睨了他一眼：“少君真会开玩笑，湄儿过的什么日子，想过什么日子，只有湄儿最清楚，外人怎会明白。”

一句“外人”，让商少宫脸色更加难看，柳湄接着回望他，眨了眨眼，道：“少宫，从过去到现在，你为我做的那些，都让我很感动。但我想告诉你，柳行云对你说的那些，句句属实，我也想告诉你……”

她弯眼一笑，拉着商少宫的手。

商少宫原本独骑马上，柳湄一拉，他便像着了魔般由她摆布，任她拉着倾下身子，她顺势踮起脚尖，拢手在他耳边说了句什么。

商少宫原本焦躁得有些发红的脸色瞬间被苍白取代，眼光都变得有些无神。柳湄的笑容却愈加灿烂，放开他，道："所以少宫，放下剑吧。"

她就势去拿商少宫另一只手上的剑。

白穆不知柳湄到底与商少宫说了句什么，让他形容突然呆滞，柳湄去拿剑，他也不反抗，只探究地望着她，接着支起身子，回头，脸色愈加苍白。

白穆跟着回头望去，虽然个子不够高，看得不够远，仍旧能从人群的缝隙里，看清大概局面。

前方城墙站满御林军，而后方，竟然不知不觉中围了大批北骑营兵士。

商少宫这边的兵士们对着御林军便如临大敌，这会儿也才发现包围他们的北骑营似的，纷纷后退，往中间靠拢。

无论看人数，还是看气势，商少宫毫无胜算。

柳湄轻而易举地拿下商少宫手里的剑，转个身就朝白穆走来。

白穆手脚被绳索绑住，肩膀还被人扣住，可以说是动弹不得，只又扫了商少君一眼。

商少君仍旧是一脸惬意的神情，似乎一切都在他的掌控之中。

柳湄到了跟前便扬起长剑，手起剑落，白穆下意识地闭眼，再睁眼，脚上的绳索已经被柳湄斩断。她不看她，只回头对商少君道："皇上，听闻白子洲擅毒，且下毒手法诡异，这双手便暂时保持原样吧？"

说着，她猛地拽了白穆一把。

原本押着她的兵士们略有犹豫，便放了手，白穆更不愿被柳湄拽住，挣了挣，却想不到她看来柔弱，力气并不小，不知是否也学过武。

商少君见状，蹙了蹙眉，下马。

白穆马上听到耳边一声嗤笑。

"怎样？很开心吧？看他多么在乎你。出城前徐将军再三叮嘱不可下马，否则不利于城门上观察局势，他更容易身陷险境。"柳湄拽着她往前走，没有看她，却在低声对她说着话，"可他一见我拿剑到你身边，便按捺不住，想要过来了。"

白穆怪异地打量柳湄，原来她并不像商少宫所说，一心只信商少君。

"少宫说得对，是我眼瞎又心盲。"柳湄继续嗤笑，"三年前竟让你们糊弄过去，如今才落到这个地步！”

柳湄拽着她的手更用力，这下白穆确定，她定是习过武，寻常女子怎会有这样的手劲。

“你不用说得这么委屈。”白穆虽不知目前到底什么情况，但也不甘示弱，反讽道，“你若想出宫，这三年间怕有数之不尽的机会，到如今你仍是一人之下万人之上的贵妃娘娘，我却在生死之间徘徊数次，你还一副我陷你于不义的口吻？”

“生死徘徊？那只能怪你蠢得不可救药！”

“白穆自然不如贵妃娘娘聪慧，聪慧到可以置亲人于不顾。刚刚听贵妃娘娘一口一个‘柳行云’，毫无敬重之意，恐怕对柳行云那个哥哥，毫无兄长之情吧？”

“是他一直试图以自己的大道理来说服我认同他，跟随他。人各有志，他爱过闲云野鹤的日子，便自个儿做闲云野鹤去！”

“那贵妃娘娘恐怕不知，就在刚刚，他为了成全商少宫，或许也为了再给你争取一次出宫的机会，断气在冰冷的马车边。”

柳湄脚步猛然一顿，回头瞪着白穆。

白穆笑了笑：“你不信也无妨，总归无论是你还是商少宫，没人在乎他的死活。”

柳湄漂亮的眼睛迅速扫过人群，似在寻找柳行云的身影，商少君的声音传来：“湄儿在看些什么？”

柳湄收回眼神，恢复常态：“皇上莫急，妹妹腿脚被绑得久了，走不快。”

商少君下了马，却没有上前，大概也是那位“徐将军”叮嘱过。

两方僵持，一个细小的动作都会变成开战的导火索。

“你既已看清局势，何不放开我，让我自行走过去？”白穆扫了一眼柳湄手上那把剑，寒光凛凛，反手便能刺过来，“商都城门前，我还能长翅膀飞了不成？”

“你不会真的以为……”柳湄的声音轻细，像是夏日蝴蝶频繁拍动翅膀，细碎地响在白穆耳边，“我会把你安然无恙地交到商少君手上吧？”

白穆心中警铃大作，盯着那把剑的眼神还未收回，便觉得眼前寒光闪过，被柳湄拽着的手摆脱桎梏，整个肩膀却被一只手紧紧压制，一把利刃已在喉前。

几乎与此同时，战鼓骤响，商都城门上的火箭，像是无数流星，拖着细长的尾巴急速砸来，后方的北骑营也突然涌动。

“保护皇上！”

发动进攻。

场面突然混乱，白穆只听挟持她的人道："湄儿，既然我们谁都跑不掉，他们也休想好过！"

最终对她持刀相向的，不是柳湄，却是商少宫。他挟着她躲过几支箭矢，便嚷道："商少君！你既如此看重这女子，我便偏不让你得偿所愿！"

冰冷的刃尖划过皮肤，下一刻，仿佛就要有热血滚烫流出，商少宫的动作却突然顿住。

白穆眯眼，纷乱的火光中看到商少君不知何时已经远离他那匹马，烫金的龙袍在夜风中张扬，他却沉静得如同远方沉睡的夜色，一手执剑，稳稳落在柳湄脖颈儿前。

战事已起，两方人马开始厮杀，这一隅却突然安静。

安静到仿佛远离战火，远离刀光，远离尘世，只剩两男两女，挟持着彼此在意的人，谁都没有再进一步。

"大哥，你明知道我只想用她换湄儿出宫而已，不是真要谋反，何必赶尽杀绝？"商少宫这声"大哥"，喊得并不服气。

商少君却也不搭理他，只冷声道："一个换一个。"

白穆看不到商少宫的神色，却能感受到他的愤怒，他扣着她的手几乎要将她的肩膀折断，在她痛得几乎要叫出声时，才终于放开她，只是匕首仍然举在她喉前，并未放下。

商少君黑沉的眸子凉凉看过来，再次开口道："君子之诺。"

听到这四个字，商少宫才不再犹豫，放下匕首，将白穆向前推了一把。商少君同时放下手里的剑。

柳湄面上有些发白，难得地花容失色，得了自由便马上去摸自己的脖子。白穆双手仍旧被绳索绑住，没法像柳湄那样伸手去摸，但脖间濡湿的黏腻感让她清楚，她大概也和柳湄一样，正流着血，脖间的疼痛也提醒着她，伤口恐怕并不浅。

她没有多犹豫，径直往商少君那边去，只是每走一步便流出更多鲜血的伤口让她的步子略有些慢。

柳湄却不如她这般干脆，看看商少宫，又回头看看商少君，没有动身，直到商少君低声说了句什么，她的脸色更加苍白，才终于朝着商少宫迈步。

两个人的步伐一样缓慢，但终究有交汇的那一刻，擦身而过的瞬间，柳湄极低地笑了一声："恭喜，你赢了。"

白穆没有理会。

柳湄却又抓住她的手："你猜刚刚皇上与我说什么？"

白穆蹙眉，柳湄低笑："他说湄儿，你以为我留你三年，是为了什么？"

白穆看向她，她还在笑："原来今夜不过是一场谋划三年的局。"

这样的笑，实在算不上好看。白穆用力甩开柳湄的手，加快了步子。

她想快些离开这个是非之地，不愿掺和在那些她看不懂的人和事中，只是和柳湄错开身子之后，她便清楚地看到了商少君。

此前他在马上，离得远，后来他下马，半边脸却在暗处，刚刚他以柳湄为质，神色也看不清明，直到现在，她才真正地与他对视。

一瞬间，仿佛有了某种错觉。

明明是战火纷飞的时候，却仿佛回到多年前某个细雨如纱的夜晚。

那时候她初见化名"桑姑娘"的柳湄，心慌意乱下落荒而逃；那时候扮作裴瑜的慕白假意遵从商少君的命令，半途截住她，带她回商都；商都城门口，她掀开车帘，便见到立在墙角下的人。

黑色的大氅随风没入夜色，周身被泛起的迷蒙烟雨笼罩，墨发在风中飞扬，沾上的细小雨粒不经意地落入深潭般的眸子，却激不起丝毫涟漪，直至望见她，柔色在冷肃的眉宇间化开，深潭也融入春色，荡漾起和暖的笑意。

一如此刻。

黑色的大氅黑色的发，沉静的眸子在看到她的那一刻嵌入柔色，漾起几分不易察觉的清浅笑容。

白穆也还记得当年她的反应，惊讶之后便是抑制不住的狂喜，不顾一切地上前与他抱了满怀。

（八） 故技

但今时不同往日。

白穆微微垂眼，想着此刻的自己，恐怕是难看到了极点，难为商少君还笑得出来。只是这样百经周折地走到他身边，然后呢？再次被他带回皇宫？

四周仍是源源不断的厮杀声，这一隅却是难得的平静，商少君身后已经围满北骑营的兵士，替他挡住试图靠近的袭击，他表情轻松，握着长剑的手却没有丝毫放松，仿佛准备随时出击。想必商少宫那边也是同样的情况。

虽说“君子一诺”，勉强给予信任的同时又不忘更加严密地防范，以免松懈之下被人反将一军。皇宫中人，向来如此。

白穆牙咬得更紧，走得更快，无论此后如何，现在要尽快脱离这囹圄境地才好。

但就在她趔趄着努力靠近商少君时，情况还是发生了变化。她清楚地看到商少君突然面色大变，剑尖抵地，借了力便飞快地往她这边奔来。她来不及反应，只下意识地回头，余光刚瞥见寒凉的剑影，身子被猛地一个拉扯，紧接着是“刺啦”一声——

利刃破体。

“商少君！”白穆尖叫出声，再回头，终于看清持剑袭击她的人，不是商少宫，却是柳湄。

只是她最终刺中的，不是白穆，而是以迅雷不及掩耳之势推开她的商少君。

“商少君！”白穆第一时间看那把剑刺中的部位，虽然是从后向前刺入，但又是近心口的伤。

就在她担忧那一剑是否刺到他的旧伤时，身后的柳湄毫不犹豫地拔剑，鲜血猛地喷射而出。

“救驾！救驾！”白穆没有余力再理会柳湄是什么心思，只捂着商少君的伤口尖叫。

北骑营的将士早在商少君遇刺时开始反击，此时白穆一喊，更有大批人马闻声赶来，迅速开出一条小道，两名骑马的将领过来，一人扶起商少君，一人扶起白穆。

“姑娘，姑娘您快些放手！我们送您和皇上进城。”

白穆只觉得这战场太过混乱，以至于脑中一片嘈杂，嗡鸣声中听见有人这样对她说，她连忙放开手里无意识拽着的人。

她比谁都清楚，这样的伤，救治重点便是抓紧时间。

接着便是扑面的凉风，不断的马蹄声。

“待进了都城，准备一辆舒适的马车，他的伤不可再受颠簸。”白穆知道他们已经离开战场，离城门越来越近，叮嘱身后带她骑马的将领，“马车上须备两壶开水、止血伤药、绷带。”

“最好再备一套新衣。”

“暖炉也须提前点上，最好还有一些安神香。”

“再问问御林军是否备了御医，若有速速传来，我一人的力气恐怕不够。”

“姑娘放心，皇上出城前便已经做好了万全准备。”身后人声色沉稳地回答她，“您失血过多，不宜多讲话，且放宽心，万事交给我们吧。”

她失血过多吗？

白穆想要扬手摸摸自己脖子上的伤口，可不知是刚刚双手被绑着的时间太长，还是她真的失血太多没有力气，抬了几次没抬起来。

“姑娘莫动，坐稳了，我们马上进城了！”

白穆抬头看了一眼，但眼前有些发黑，干脆趴在马背上，思想一放空，便沉沉地失去了意识。

再醒来时，白穆发现自己在一辆马车上。

仿佛眨眼间到了另外一个静谧安全的世界。

白穆睁着眼打量。马车不大，却有软榻，她睡在外侧，商少君平躺在里侧。马车如她之前叮嘱，驾得慢，并不颠簸，车里也点着安神香。

她抬手，这次终于有力气。脖子上的伤已经包扎好了。再低头，自己脏乱的衣服已经换下，穿了套新衫。

伤口还有些疼，但不是太厉害。她深吸一口气，支起双臂坐起来，然后下榻。

除了一张软榻，这马车的空间已经不多。马车内没有其他人，她轻轻推开车窗，天已微亮，街景正是从城门回宫的必经之路。

她关上窗，没有回榻上，而是靠坐在榻边。

坐了一会儿，终是没按捺住，伸手探商少君的脉。

虚弱，但勉强算作平稳。

她轻出一口气，放下他的手腕。

商少君的伤口也早就处理过，换了身干净的里衣，仍旧洇出血迹。

“商少君？”白穆轻唤了声。

他面色苍白地闭着眼，没有反应。

就算没被刺中心脉，也没被刺中旧伤，这样频繁地失血重伤，对身体是极大的亏损。

白穆抬头，透过白色的窗纸望西沉的月亮，轻声道：“商少君，你故意的吧？”

她知道他听不到，还是低笑道：“商少君，你这样的人，怎么会犯那么愚蠢的错误呢？”

其实在柳湄刺中他的那一刻，她就想到了。

习武之人，反应灵敏于常人。他既然有时间推开她替她受了柳湄的剑，就完全有能力直接拉开她，让那一剑落空，他却偏偏要挡上去。

而且……

“以你的心思，挟持柳湄的时候，就会把她手上的剑拿开的啊，怎么会由着她拿着一把剑回到商少宫身边？”白穆侧过脸看商少君，“这都是你设计好的对不对？就像从前在宫中，步步筹谋，步步精准，全都在你计划之中。你在对我用苦肉计，对吧？”

就像一个月前小树林里他刺向自己的那一刀。

“何必呢？”白穆微微垂眼，眼神又落在他渗血的伤口上。

如此频繁地受伤，这次要完全恢复，远不止一个月吧。如今天凉，恐怕还会留下顽疾。也亏得他习武，平日饮食又精细，换作他人都经不起这样的折腾。

白穆收回眼神，复又看向那渐渐暗淡的月色。

夜色寥寥，车内寂寂。

“阿穆，”身后人突然唤她，不知是已然清醒，还是在梦中呓语，声色低迷地问她，“朕若……死在这剑下，你可愿……原谅朕？”

马车仍在缓慢前行，发出“哐当哐当”的声响。外头日光渐渐明亮，让月色的冰凉缓步退去。驶入集市后，周围也开始有了嘈杂的叫卖声、嬉笑的打闹声。

唯有马车内，安静得仿佛谁都不曾开口说过话。

皇帝刚刚重病痊愈，竟再次被刺伤，而向来得宠的贵妃娘娘，竟一直与私逃在外的商少宫、柳家，都有勾结。一时间，前朝后宫一片哗然。然而皇帝重伤，朝事再次被搁置一旁，小事丞相代理，大事进展暂缓。

而眼前亟待解决的大事，也就是对贵妃与商少宫等叛党的处决。

“太后娘娘，皇上从昨夜到今日，一直高烧发热，确实不曾睁眼。”陵安匍匐在地，哀声道，“御医一再叮嘱皇上需得静养，见不得冷风，太后若想见一见皇上，便进去瞧上一眼，若是……”

陵安再磕一个头：“太后娘娘，请您怜惜皇上的身子，皇上也是您的儿子啊！”

白穆在虔心宫内，外头的动静听得清楚。

这是太后今日第三次过来了。每日都是如此，至少过来三次，只问皇帝是否清醒，让她进来看看，她又不肯跨过那道门槛。

果然，不消片刻，便听到她离去的脚步声。

白穆拿起矮几上的汤药，尝了尝，温了。

陵安所说并不假。从回宫那日到如今，整整七个日夜，商少君高热不退，只在夜半偶尔苏醒，却也不是每次都意识清明，白天大多是在昏睡。

见不得凉风，尽量阻止外人进殿，她叮嘱陵安。

这七日来商少君用的汤药，也是她一力负责。

“娘娘，是否需要用晚膳？”宫里人都唤她“姑娘”，只有陵安一人，还依着从前的习惯，喊她一声“娘娘”。

白穆答道：“用粥吧。”

“娘娘的外伤药，是否需要更换了？”陵安又问。

白穆摸了摸自己的脖子。虽然那夜流血流得不少，但到底只是皮外伤，早上她拆下纱布，这几日时间伤口已经愈合了。

“不用，烦太医院费心了。”

陵安的影子在门外行了一礼，退下。白穆便拿着汤碗到了榻边，和平日一样，低唤了一声：“商少君？”

商少君的眼皮动了动。

除了最早的两日是彻底昏迷，之后商少君便是昏睡，若唤他几声，还是唤得醒，所以白穆叮嘱陵安，若太后情绪激动，尽量不要让她入殿打扰。但喂药又不同，稍有些意识喂起来会容易很多。

动着眼皮，商少君却没有完全清醒，只闭眼吞下白穆送到嘴里的汤药。待一碗药见底，陵安的粥也送来了，两人份，陵安放下便头都不抬地退下。

白穆继续给商少君喂粥。只是鲜粥浓稠滚烫，一碗喂下去花了小半个时辰。喂完商少君，她才用自己那一份，再抬头，商少君的呼吸又变得沉稳。

白穆也不再唤他，休息片刻，重新替他把了脉，调整药方，将新开的方子压在汤碗底下，再喊来两名小宫女替商少君擦身，自己去偏殿沐浴。

做完这一切，外头的天已经从暮色沉沉变作夜色沉沉。

虽只是初秋，她已经让陵安点上暖炉，殿内只穿一件薄衣还偶尔会有些潮热。小宫女们收拾完商少君，早已无声退下。

白穆放轻步子，熄了殿内几盏大灯，只留案头一盏小油灯，轻轻掀开商少君的里衣，确定伤口没有再渗血，才侧身上榻，在他身边躺下。

长夜漫漫。

静谧中突然有人梦呓般唤了声："阿穆。"

白穆轻声回答："我在。"

身边人的呼吸便再次沉稳。

白穆翻过身子，睁眼看着头顶三年不曾更换的床幔，再看了一眼外头更加浓郁的夜色，深吸一口气，闭眼，睡去。

（九）旧誓

商洛的初秋有一种果子，酸酸甜甜，水分充足，只是不易保存，需得每日去树上打新鲜的才好食用。虽然虔心宫离后宫还有些距离，白穆还是不想出门平白惹来是非，每每让陵安帮她去打些新鲜果子。

除了要果子，她还是保持着这些年的喜好，会找陵安要些故事折子，再就要些乐器，在虔心宫吹吹曲子打发时间。

陵安见她肯安分待在宫内，且每日替商少君把脉开药，商少君清醒的日子又日日见长，心里脸上都是笑容，白穆说要什么，他便马上亲自去办，生怕破坏了这份和谐。

七日又七日，半月时间，商少君的伤说不上大好，但也稳定住了，不再略一动作便撕裂渗血，之前的发热症状也有所缓解，不再一昏睡便是一整日。只是白穆还是不许他下榻，让他在榻上躺足一个月。

“我不让你下榻，便是不想让你被朝政滋扰，你却把折子拿到了榻上，如此耗费心神同样于伤势恢复不利。”白穆瞥了一眼半卧在榻上看折子的商少君，摸了摸手边的汤药，拿起来往榻边走过去。

商少君面色仍有些苍白，但看起来心情不错，眉尾微扬，唇角带笑。

“你若不注意，日后每逢阴雨天心口会绞痛难耐，届时再想医治就没有什么办法了。”白穆过去，一手抽掉商少君手上的折子，一手把药递到他眼前，“喝药吧。”

折子被抽走，商少君也不恼，噙着笑看了白穆一眼，接过她递来的碗。

白穆蹲下身子收拾榻上有些凌乱的折子。

她对商洛的政事不感兴趣，自然不会刻意去看折子的内容，只是整理时随意一瞟，还是看到了“柳轼”的名字。

那折子在她手上略一顿，她已经从头看到尾。

没有朱笔痕迹，商少君还未批示。

她合上折子，继续低头整理，一面将那些折子往旁边的矮桌上挪，一面漫不经心道：“商少君，你放过柳轼吧，不要再追究了。”

“哦？”商少君大概没想到她会突然提起柳轼，还替他说话，舀着汤药的勺子微微一顿。

白穆继续道："柳行云算是为了我才受了致命伤，我允诺过他，会替他为柳家人求情。"

商少君放下汤碗："朕以为你厌恶柳行云，更厌恶柳轼。"

白穆扯了扯嘴角："那么多年前的事情了，无所谓厌恶与否。只是我既然答应柳行云，便尽力一试。"

商少君扬眉："那柳湄呢？"

白穆清理好折子，折身往自己常坐的矮榻上去，面色平静地说道："柳湄是你的贵妃，犯的又是刺杀你的重罪，轮不上我来替她求情。"

"对了，"白穆盘腿坐下，抬头问道，"这次收押的叛军，是否……还有其他什么人？"

那夜她和商少君被送回都城后，商少宫一干人等毫无意外地被北骑营制服，直接被押进天牢。此前太后频繁前来，便是为处决他的事。

她不在意商少君打算如何处置商少宫和柳湄，只是……刚刚提到对柳行云的承诺，她突然又想到碧朱，想再确定一下柳行云会不会骗她，被捕的人里是否会有碧朱。

"其他什么人？"商少君疑惑地看过来。

白穆看他的表情便知道答案。想来也是，陵安与碧朱交好，若那群人里有碧朱，早早便会与她说了。

"没什么。"白穆收回思绪，朝门外唤了声："陵公公。"

陵安马上进来，只微微扫了一眼，便躬身过去收拾商少君已经喝完的汤碗。

"陵公公，把那些折子也收走吧。"白穆道，"大臣们的其他折子也过几日再送来，至少再过七日吧。"

陵安抬头看了商少君一眼，见他微微点头，答了声"是"便抱着两大摞折子退下。

"你若觉得无趣，我吹曲子给你解解乏？"白穆随手拿起矮榻上的埙。

商少君仍旧半躺在榻上，跳跃的火苗映在眸子里，衬得整个人都有些微的暖意。他凝视着白穆，表情是外人少见的温和，片刻，脑袋略略往后一靠，闭上眼，低声道："阿穆，朕不觉得无趣，亦不觉得体乏。"

他密长的睫毛妥帖地盖住下眼睑，却盖不住溢满眉梢眼角的餍足笑意："这几日，是朕这些年来，最轻松、最惬意、最称心的时候了。"

白穆的长睫猛地一颤，只将眉眼垂得不能再垂，低头，握紧手上的埙，吹起来。

埙的音色低沉厚重，不比其他乐器清亮悠扬，却格外有穿透力。即便是在宫墙的某个偏僻角落，安静的夜晚，都能听见虔心宫内隐隐传出的乐声。

皇帝重伤回宫那日，许多人都瞧见了，跟着一起回来的，还有位同样受伤的姑娘。虽然那姑娘一进虔心宫便没再出来，但宫中已有传闻，那姑娘擅医，一手诊治皇帝的剑伤，用的方子还是御医们见所未见的，不时有人领命出宫寻些奇异的草药；那姑娘还擅曲乐，每日夜幕降临时，虔心宫便会传来悠悠埙乐声，那曲调听来陌生，但一日日听下来，便觉得柔婉动人，韵味十足。

皇帝虽然仍未恢复早朝，甚至连个折子都递不进虔心宫，众人还是从陵安愈渐加深的笑容中料到皇帝病情的好转，此前哗然的朝堂也渐渐恢复秩序，一切都有条不紊。

这日陵安守在虔心殿外，又忍不住竖起耳朵，探身听里面的动静。

“今日你想吃什么？”白穆在问。

“荷叶粥。”商少君的声音。

“都是秋日了，哪里来的荷叶？”

“那莲子粥？”

“莲子性凉，于你的伤口不利。”声音顿了顿，“算了，我去掉莲心就是。”

陵安连忙收回身子，不一会儿，白穆过来开门，朝宫内的小厨房走去。

陵安突然觉得今年这秋日的天气真真好，凉爽得一口气下肚，透心地舒畅。他已经记不得有多久不曾听过里头那两个人心平气和地对话了，但商少君这次受伤回来，白穆整个人都温和起来，不再语中带刺，更会事无巨细地关心商少君的病情，还会主动和他说些闲话，最近更是去小厨房，亲自下厨做起饭来。

他也记不清有多久不曾见过商少君这般温和的模样了，每次进去，余光都能扫见他嘴角餍足的笑容。

“陵安。”

商少君的声音。

陵安忙收起思绪，躬身进去。

“陵安，你是否也觉得阿穆再住朱雀宫不太合适？”商少君半倚在榻上，问道。

陵安没抬头，直接道：“皇上，奴才的确认为朱雀宫有太多娘娘不愿记起的往事，不宜再回故地了。”

“除了涟漪宫，宫中倒还有几处距虔心宫不远的宫殿空置……”商少君犹豫了一瞬，道，“晚膳过后，你便带着阿穆去看看，看她中意哪一处，重新布置一番。”

“皇上，娘娘这是……”陵安心下一喜，面上也跟着露出喜色，抬头看到商少君扬起的眉头，又闭了嘴，“陵安明白了。”

出了虔心殿，陵安还是喜不自胜。虽然话未说透，但都替白穆选宫殿了，不就意味着白穆要长住宫中了？

这次他未能跟着商少君出宫，不知宫外到底发生何事，但柳湄入狱，两个人之间的心结是否已经解开了？

倘若如此，倘若如此……

陵安想着，脚下的步子都轻快了不少，他需得先去将空置的宫殿筛选一遍，再让白穆好生挑选一个心仪的。

白穆其实不曾与商少君讨论过是否在宫中“长住”的问题，只是提了句他的伤势大好，再几日便可下榻，无须她再在旁值夜，因此不想再一直在虔心宫过夜，却想不到商少君动作那么快，下午才提，用完晚膳，陵安便捧着一套宫装，称带她去选一处心仪的住所。

白穆看了看若无其事的商少君，看了看面露欢喜的陵安，再看了看他手里捧着的宫女服饰，没有多说什么，接过换上，便随陵安出去了。

“娘娘，这里是翠鸣宫。”陵安每到一个宫殿便介绍一番，“此处最大的特点便是环宫而立的十数棵百年老松，许多雀鸟喜欢在树上筑巢，每日一早鸟鸣声此起彼伏，生机勃勃，缺点便是会有些吵闹。”

“这里是挽霞宫。虽略有些陈旧，但格局极好，前庭后院都可赏到朝霞暮景，没有任何遮挡，美不胜收。内部翻新之后娘娘搬过来，必会喜爱。”

“此处是浮云殿，独门单院，略有些狭小，但娘娘看殿内的木雕和墙上的图腾，都是先帝当年寻来民间高手一笔一画耗时五年方才完工，若论宫内最小巧精致的宫殿，非此处莫属了。”

“娘娘，再前方是涟漪宫，此前娘娘住过一个月，涟儿、漪儿还在宫内，娘娘若想住回去，奴才打发掉她们便可。”

陵安这话意有所指，涟儿、漪儿武功高强，当初安排在白穆身边是有意为之，如今说打发掉，也别有他意。

“娘娘请放心，无论娘娘选择哪处长住，陵安一定会打点得妥妥帖帖，让娘娘住得顺心如意。”陵安继续道，说到“长住”时，特意抬起眼皮扫了白穆一眼。

白穆却似乎并未注意到他这句试探的话，眯眼看着前方，问：“再往前就是朱雀宫了吧？”

“是的，娘娘。”陵安躬身答道。

白穆抬步，陵安有些丧气地跟上。

“陵公公，我想独自去朱雀宫看看，可以吗？”白穆停在朱雀宫门口。

陵安诧异地抬头：“娘娘，这里……”

“进去看看而已，毕竟在这里待了三年。”白穆低眉笑了笑。

陵安看了眼不远处巡逻的御林军，再次躬身：“是。那奴才先退下。”

白穆推开朱雀宫的大门。

和上次商少君带她来时一样，尽管久无人住，这里依旧打扫得干净，不似此前的宫殿，透出一股腐败的沉暮之气。殿内或许也和从前一样，保留着她的床榻，她的矮桌，她的梳妆台，她那些年收集的那些书籍。

但她走到殿门前，身侧的手抬了又抬，始终没有推开。

到底有些记忆，不愿再重新开启。

白穆退了两步，转身，一眼就瞥到那棵不该在宫中出现的连理树。

近来总有人和她忆往昔。

商少宫感慨地说起从前，说他与“大哥”自小感情极好；柳行云临死前念起少年时，鲜衣怒马，意气风发。

她也曾有过年少时候。

她年少时所有的念想和期盼，都在这座皇宫里，在这座皇宫的主人身上。

白穆在连理树底，靠着连理树粗壮的树干坐下。

夜风微微起，树影婆娑，月光下树上纠缠的同心结已经看不出原本的颜色，但闭上眼，蓝天骄阳下，它依旧红得那样耀眼。

“阿穆你看，我和你的命绑在了连理树上，再也分不开了。”

“阿不，我们成亲吧。”

她似乎有很久很久，没有细细回忆这一幕了。

人生若只如初相见。

她在连理树下坐了一会儿，不知不觉月上树梢，不知不觉夜风有了凉意，衣袖也爬上露水，她才睁眼，理了理衣袖，从发间取下那支不起眼的簪子。

取掉簪花，倒出藏在里头的细长物什，左右扭转。

“咻——”

一束毫不起眼的细小光束冲上天际，带着奇异的蓝色芒光，混入漫天星辰。

（十） 三出

“皇上，娘娘与前两日一般，去朱雀宫，在连理树底坐了一个多时辰。”

“照您的吩咐，并未在娘娘身边安排暗卫，奴才也只让御林军远远留意一眼，娘娘似乎只是在树底晒晒太阳。”

“皇上，是否需要加派暗卫？”

陵安不紧不慢地说着，偶尔抬眼打量商少君的神色。

商少君仍未下地，半躺在榻上，闭着眼，脸色比之前好看了许多，闻言也并未睁眼，只摇了摇头：“不必。”

陵安似乎有些不解，接着又有些释然，继续道：“内阁今日又送来一些折子，皇上是否要趁着娘娘不在，批阅一些？”

这次商少君倒睁了眼，只是仍旧摇头：“不必。”接着直接起身，下榻了。

陵安忙往后退了两步，给他让出道来。

其实前两日，他就见过商少君下榻了，所以今日内阁送折子来，他才多嘴问了一句。毕竟商少君向来勤政，若是从前，不等身体大好，他便直接搬去勤政殿开始批折子见大臣处理朝政了。

商少君径直去了外殿，陵安一路跟着，便见他到书桌边，执笔。

“阿穆许我下榻那日，便把这圣旨宣出去。”商少君写好，直接盖了印，递给陵安。

绫锦并未卷上，陵安一眼看到了其中的内容，难掩讶异地抬头：“皇上……”

商少君心情不错的模样，嘴角微微扬起：“怎么？你要做第一个抗旨的？”

“奴才不敢！”陵安“扑通”一声跪下，举着双手接过圣旨。

商少君也不恼，笑着摇摇头，又从书桌上的案卷里抽出一张绢纸递在陵安手上。

绢纸是折起来的，陵安看不见其中内容，不解地抬头。

“替朕去宫外找匠人照图纸做一套送进来，越快越好。”

“是。”

陵安捧着圣旨和绢纸退下，只是退出虔心宫，不由得锁紧了眉头。

事态在朝好的方向发展。这些日子，商少君和白穆日渐和睦，一个不再冷言讽刺，全心伺候，生怕对方的身子留下病根；一个不再处处防范，撤走全部暗卫和眼线，几乎所有事情都顺着她由着她。

但……总有点儿说不清道不明的不踏实。

当年的误会，都解释清楚了？白穆这次回宫，当真打算留下了？两个人之间罅隙已除，和好如初了？

如若不是，刚刚那道圣旨……陵安几乎要怀疑是自己眼花了，但他怎会看错？

皇上这是要……要……废黜后宫？

陵安明白，一旦白穆决意留下，空置多年的后位非她莫属，可这废黜后宫……

后宫的妃嫔本就不多，再一一遣散，朝中大臣哪会轻易同意？放眼五国，又有哪个皇帝，为了一个女子摒弃整个后宫？

陵安握着那道圣旨，几乎想打开再看一眼，最终还是叹口气，双手背后，将它藏在袖底。

这么些年过来，或许他早该习惯了。

从当年的太子殿下，到如今的九五之尊，从当年为了她佯装失忆，到如今为了她佯装伤未痊愈，他为她做的那些出格事情，何止一二三四件，破五国先例废黜后宫，又有何奇怪？

他摇头叹息地走了几步，又想起那张绢纸，看了看四下无人，从袖口拿出来，打开。

一套凤冠霞帔。

白穆还是选了涟漪宫作为日常起居的地方，涟儿和漪儿也没有打发掉。与之前的贴身照顾相比，她只是晚上歇息的时间回涟漪宫，其他时候还是在虔心宫，把脉开方，照料三餐。

这日她照旧早起去虔心宫，刚刚出门，涟儿和漪儿便心照不宣地对视一眼。

“你说姑娘这次回来，是不是与上次大不相同？”

“当然是。之前后宫传着说皇上带回来一个女子，我就猜到是姑娘！但是没想到姑娘这次态度这么和善，是被咱皇上感化了？”

“嘘！皇上的舌根可不能乱嚼。”

漪儿吐了吐舌头，一会儿又忍不住说道：“你说这次姑娘会不会和皇上……”她弯着眉眼对了对手指。

涟儿掩嘴偷笑，瞅了眼白穆离开的背影。

或许会吧。毕竟这次不只她不一样了，皇上也不一样了。上次给她们的任务是留意她的一举一动，这次却只有“悉心照料”四个字。

白穆这日直接去小厨房煮好粥才去虔心宫，推开殿门的时候商少君正半倚在榻上看书。

这些日子，她不让他看折子伤神，那些折子便再也没出现在虔心宫，即便如今他已经可以整日清醒，且精神越来越好。

清晨的阳光透过窗棂，正好洒了一缕在床头，落在他的脸上。

精神越来越好，神色却越来越温和，不像“商少君”那般咄咄逼人，反倒更似当年她初相识的那个少年。

白穆收回眼神，踱步过去，将早膳放在榻边矮桌上，直接搭上他左手的脉。

“明日你便可以下榻了。”白穆细白的手指搭在商少君的手腕上，缓声道，“上朝理政都无大碍，晚上注意早些休息便好。”

“这么快？”商少君扬眉放下书。

“你若想多躺两个月也没人拦着。”白穆放开他的手，端起旁边的粥，往他身前递，“药膳还需要再用一阵子，汤药今日服用最后一日，待冬日再让御医开些进补的方子，便万无一失了。”

商少君却不像往常那样接过粥碗，只眸光徐徐地望着她。

白穆原本神色坦然，但耐不住他这样不动声色的凝视，垂下眼，放下粥，打算起身，却突然被他握住手。

“阿穆。”他轻轻握住她的手，手指在她手心摩挲，“你说你这样悉心调理朕的身子，朕该如何回报你才好？”

白穆没有抬眼，只道：“你本就是为我才受的伤，我医你是情理之中，无须回报。”

“那你说朕出这虔心宫，第一件该做的事情是什么？”商少君轻笑着问。

白穆眼眸垂得更低，沉默片刻，才道：“处决叛党？”

商少君扬眉，摇头。

“我对商洛的朝事不太了解。”白穆说着，打算抽出自己的手。

商少君却又握住：“那阿穆觉得，我该如何处置商少宫和柳湄？”

白穆轻轻蹙眉：“你知道我向来不懂政事。”

“好好，不与你说这些不开心的事。”商少君坐直身子，离白穆更近，“明日朕可以下榻，那想要出宫是否可以？”

白穆抬眼：“你要出宫？”

商少君笑起来："带你去看看阿爹阿娘如何？"

白穆没有答话，微微蹙眉，望着他。

"阿穆,你说我们之间连基本的信任都没有。"商少君把白穆的手握在掌心,徐徐道，"从今往后朕都信你。"

"朕带你见想见的人,做你想做的事,解释你看不透的局,澄清你所有可能的误会。"

商少君上前，微微倾身就将白穆揽在怀里，脑袋贴着她的侧脸，鼻尖温热的气息喷薄在她耳畔，声音也变得低醇："阿穆可以不信朕，但莫要与朕再负气说那般绝情的话，好不好？"

这讨好的语调，温柔得不容任何人拒绝。

白穆靠在他肩头，没有推开他，也没有答他的话，只反手拥上他的肩膀，沉默片刻，才道："先把粥吃了吧，我去给你熬药。"

整整一日，商少君心情都很不错。不仅进食多，药也喝得爽快，傍晚时分就已经用完晚膳喝过最后一碗汤药。

"今日还早，阿穆陪朕看看书如何？"商少君放下药碗，温言笑道。

白穆扫了眼那一滴不剩的药碗，稍作迟疑，点头。

两个人一道看书时，向来安静，这日商少君的话却多了些。

一会儿问问白穆在看什么书，一会儿评评他手里正看的书，一会儿问问她要不要吃点儿夜宵，一会儿又问今夜十五，要不要提前随他出宫玩一玩。

白穆也不嫌他话多，一边看书一边应着，直到他突然问："阿穆，你有办法联系到白子洲的人吧？"

白穆正在翻书的手突然一顿。

"朕想见见你亲生母亲。"

白穆抬头，在矮榻上远远望着商少君。

"白子洲与朕之间还有些误会，朕会亲自解决，不让你在其中为难。"

许是看书的时间太久，白穆的双眼有些微发红，用力眨了眨眼，她才放下书："明日你还要早朝，早些休息吧，我吹个曲子给你听。"

她拿起矮榻上的埙，垂目吹了起来。

这夜各大官员早早接到明日恢复早朝的消息，大大舒了口气，睡了个好觉；这夜重伤痊愈的年轻帝王早早用了晚膳，随着安神曲轻缓的节奏沉沉睡去；这夜随侍在皇帝身边的陵安奉命早早出了宫，在宫外连夜寻找赶制凤冠霞帔的匠人；这夜涟漪宫的主人迟迟没有回去，涟儿和漪儿调笑着“姑娘想必歇在虔心宫了”，放心地关上了涟漪宫的大门。

这夜和从前无数个安静的夜晚别无二致，御林军照常巡逻换班，各个宫殿照常按时熄灯关门，虔心宫也照常，在熄灯后钻出一个细小的身影。

只是那细小的身影没有照常回到涟漪宫，而是中途一个折道，消失在一片暗沉的红砖绿瓦中。

早已是商洛的秋日，夜半时分凉意逼人。白穆半张脸埋在披风的帽子底下，低着头，步伐却不慢。

毕竟在这里住过三年，这皇宫的地形她再了解不过。

商少君说得没错，他的确在让她做想做的事，这次回宫，身边不再暗卫环绕，连涟儿和漪儿都不再时时盯着她的一举一动；商少君也说得没错，她有办法联系到白子洲的人。这次没有暗卫盯梢，她从入宫第一天，就在尝试联系蛰伏在宫内的白子洲族人。

她以埙奏乐，起初告诉他们她尚无大碍，少安毋躁；接着取出发簪，发出暗号，告诉他们她准备离宫；最后要求住回涟漪宫，偶尔来回的路上，或是去朱雀宫晒太阳的路上，会迎面撞上那么几个不起眼的宫人，告诉她他们在宫中的职位和权力，而她，只需要告诉他们决定离开的确切时间。

她最终定下的时间，便是今晚。

商少君的伤已痊愈，她没有继续留下的理由；陵安不知在忙碌些什么，近来每夜都出宫，今夜也不出她所料，不在宫内，不会留意到她的举动；涟儿和漪儿早对她放下防备，宫中御林军也因为近来她频繁在宫中走动对她已熟悉；最重要的……今夜商少君的最后一晚汤药，她动了点儿手脚。

一直都是她开方熬药，起初还有御医查验，商少君清醒之后，将那些人大斥一番便撤了去。因此今晚加在汤药里的一味安眠草药，没有被任何人察觉。

这一觉，他该会沉沉睡到天亮。

白穆步子虽快，但由皇宫中心走到目的地，还是花了些时间。她站在宫墙根底，抬头往上看。

此处的宫墙，少说有两三人高。

商少君三年前便清理过一次宫中白子洲人，新进宫的，都是些位不高权不重的新人，无法拿到能在深夜公然出宫的令牌。所以他们选了一个最简单粗暴的办法，找了位潜伏在御林军中的族人，趁着子时之前换班，来宫墙根这里直接翻墙将她送出去。

白子洲人人擅武，但看着这么高的宫墙，白穆心中还是有些忐忑，除了慕白，还真能有人有那么厉害的轻功，能一跃而过？

事实证明，她的担忧是多余的。

不一会儿，就过来一个穿着御林军军服的年轻将士，刚刚走近便朝她行了白子洲的礼，接着不等她反应，便揽住她的腰，低声说了句："冒犯了，少夫人。"

白穆抬眼便看到他扔出一道绳索，牢牢扣在宫墙上，接着一手抱着她，一手用力，两腿攀绳而上。

"少夫人保重！"

再一眨眼的工夫，她已经被人扔下宫墙，而墙外接应的人将她接了个正着，放她落地便拉开墙边准备好的马车车门："少夫人请上车。"

这些人，白穆一个都不认识，但她丝毫没有怀疑，揣着刚刚失重还未平息的心跳，稳稳地坐上马车，下一刻马车便飞快驶离，前面驾马车的人不忘叮嘱一句："少夫人，我们要赶在子时宵禁之前出城，马车有些快，您坐稳了！"

将近子时，皇宫安静，皇城亦安静。

马车飞快地穿城而过。早不再是搜查叛党的紧张时刻，进出城的马车管理宽松，无人搜查，一路顺利。

回白子洲，该往南。白穆知道他们出的该是南城门，向来守卫稀少，此次行动这样隐蔽，动作这么快，此时应该还没有被任何人发现。

第三次了，这是她第三次逃离这座都城，逃离那座皇宫。

就这样安安静静地离开吧。

她轻轻靠在马车壁上，轻轻闭眼，轻轻聆听离开的马蹄声，没有迟疑，没有停留，亦没有回头。因此她并没看到，就在她身后，寂静如山的城墙上，伫立着一个人。

那个她以为正在皇宫沉睡的人，那个终于开始日渐温和的人，那个两个时辰前还与她相拥相抱的人，此刻如同孤独的鹰，黑色的长发黑色的披风，犹如一道锐利的剪影，静立在城墙最高处，远远地望着离去的马车。

无星无月的夜晚，无人看得到他脸上的神情，只是随着马车的远去，浑身上下那尖锐的冰冷，如破空的长剑，利不可当。

第十四章 真假思慕

（一） 不仁

有族人相帮，白穆在出宫第二日就与白伶、白芷会合。

“你们竟还在商都？还未回白子洲？”三个人在商都外的一家小客栈碰头，白穆一见这对大眼睛兄妹就忍不住惊讶道。

从慕白带她离开商都，到她随商少君回皇宫，这其中快有三个月了，按之前的安排，白伶、白芷该早回到白子洲了才是。

白芷身上的伤早就大好，一见白穆便笑弯了眉眼：“我们刚回白子洲便接到少夫人被掳的消息，哪敢耽搁？马上又快马加鞭赶过来了！”

白伶接着道：“可不是？居然敢掳我们家少夫人！若不是少夫人已经被那狗皇帝抓走，非把那狗皇帝揪出来打一顿不可！”

白芷一听“狗皇帝”，就踹了白伶一脚。白伶抓了抓脑袋，讪讪地收声。

白穆却没听见似的，随桌坐下：“不开玩笑了，来说说这几个月发生的事情。”

白伶白芷正色，点头。

原来白穆被掳的事情，半个月后才被人发现，还是因为假扮白穆那人中途逃跑。但白子洲的消息向来传得快，七日后远在白子洲的白伶、白芷便得知此事，又马不停蹄地出岛了。只是待他们赶到商都，白穆已经再次进宫了。

“好在那狗……好在那皇帝没像上次那样严防死守，少夫人又想到用埙联系我们，否则我们都要进宫劫人了！”白伶愤愤道。

“我们得到少夫人发出来的信号，便安心多了，想办法与宫内的族人联络，研究救少夫人出来的办法。”白芷跟着道。

白穆轻轻点头，顿了顿，问：“慕白呢？”

白芷撇嘴：“说起少主，少夫人，你为何会与少主走散？少主为何只身一人去了贡月？贡月本就偏远，传递消息又不方便，恐怕他半个月前才得知你被掳的事，前几日得到消息，他正在赶来商都的路上。”

白穆微微垂眼。她倒没和慕白走散，只是商少宫为了无声无息地掳走她，当真煞费苦心。他选了个最好的时机，又适时拿走她的包袱，留下了她原本放在榻上的行李，慕白自然以为她做出选择，率先离开了。

白穆没打算回答白芷的问题，只问道：“贡月距商都，也不近吧？”

白伶点头：“我们正要和少夫人商量，照往常通信的时间推测，少主该是在十余日前从贡月出发，一路快马加鞭，到商都也还需两三日。眼下还需要少夫人定夺，我们是在此处等少主，还是自行出发，先回白子洲？”

白穆拿着茶杯，沉吟片刻。

她离开皇宫一事，商少君此刻必然已经知道了。但都城并未有什么风吹草动，更不像上次有大批御林军追捕，或许……商少君决意放过她了？但凡事都没有绝对，更何况，她向来猜不透他的心思。

“我们先回白子洲吧。”白穆放下茶杯，“给慕白留个消息，回去的路上再会合便可。”

长留此地，恐生变故。

白伶、白芷对视一眼，齐齐点头：“好。”

商洛的秋日向来少雨，这年却一反常态，刚刚正式入秋，便接连下了几场秋雨，直接导致刚刚重伤痊愈的皇帝病卧榻上，正要恢复的早朝，也在第一日秋雨欲来时突然取消了。

政事本就累积了一个多月，虽然御医说皇帝只是感染风寒休养几日便好，可一日又一日地推迟早朝，还是让大臣们心生忐忑，没几日，递折子的大臣们便纷纷站到了虔心宫外。

这日御医刚刚出去，大臣们便纷纷跪拜，请求面圣。

陵安依旧安抚了各位大臣，进去回禀。他刚刚消失在大殿门口，四下便生出低如蚊蚋的议论声。

虽然比起之前一个月，近来每日的折子都有批阅，但总有些事需得亲自与皇上商议，此前是重伤便罢了，现下如果只是小风寒，何以一连几日闭门不见？

半晌，陵安再次躬身出现，众人以为又会听见“皇上龙体欠安，要事择日再议”时，他却微微抬首，对着其中一人道：“传许天恩觐见。”

许天恩乃是慎行司的司正，主管慎行司一应大小事务，早便听闻皇上拒见任何大臣，但他手下这棘手的案子压了一月有余，必得亲自与圣上确定了刑罚才敢安心，因此决定来试一试，不想这才第一日就被召见了。

许天恩喜不自胜，连忙领旨，跟着陵安入殿。

因着雨水，虔心宫有些潮湿，又不知为何，殿内连暖炉都未点，一进来就莫名的阴冷，这殿内还安静，静得令人心下发虚，脊背生凉。

许天恩不敢多看，只眼尾扫见那人，便跪地行了大礼。

身为慎行司的司正，他面圣的机会并不少，但每次他都心惊胆战，明明这位少年帝王比他年轻了二十岁，甚至在当年他初登大位，还未来得及握紧皇权的时候，也是一样。

许天恩一直跪着，不敢抬头，良久，才听见上方传来低沉的声音："许爱卿要见朕，所为何事？"

声音里带着令人遍体生寒的笑意，比往日更让人觉得心惊，许天恩心下一颤，只磕头道："回禀皇上，微臣是为……是为……"

其实那件事，许天恩此前上过折子，前两天也拿到了回复，但他还是觉得要亲耳听到圣意才好，可此番真见着商少君了，又突然后悔自己的决定，只觉旧事重提显得他格外无能。

许天恩半晌没说出个所以然来，只觉脑袋上方的空气都沉沉压下来，陵安也在一旁咳嗽了两声以示提醒。他顾不了那么多，只道："皇上，那些叛军……"

"处死。"

许天恩话还未说完，便听那人淡淡道。

许天恩怔了怔，才道："太后也是这个意思。但二皇……但商少宫……太后称，不得她的允准……"

"许爱卿是朕的臣子，还是太后的臣子？"商少君低笑道。

许天恩默默一寒，怎的说皇上染病，可听这声音，身子好得很呢？

"那……皇上的意思是……"许天恩一颗心都快蹦了出来，但商少宫毕竟是商少君的弟弟，他曾亲眼看着二人一起玩闹，互相扶持，比普通人家的兄弟感情还要好上几分。

"处死。"

仍旧是那两个字。

许天恩不敢再问，领命退下，离去前忍不住用眼角扫了商少君一眼，只见他半躺在榻上，穿了件单衣，表面看来并无异常，只是比上次相见时消瘦许多。此前分明听闻圣心喜悦，虔心宫上下包括随侍太监陵安都跟着日日面带笑容，怎的现在看来……他一眼悄然扫过去，正好商少君抬眼，眼底那股子森冷凉得他步伐都乱了几分，几乎是慌不择路地退下。

许天恩离开后，虔心宫再次陷入沉寂。

陵安沉默地侍药，将批阅好的折子拿下去，再将新呈上的折子放在商少君手边，静立片刻，又犹豫片刻，道："皇上，此前您命奴才找匠人做的……"

"烧了。"几乎是不加考虑的两个字。

陵安一怔，忙道："皇上，或许……"

"烧了。"仍是那两个字。

陵安深吸一口气，再细声地吐出："是。"躬身退下了。

又是一阵沉寂，殿内才出现了一个跪地的黑衣人，拱手道："主子，南出的关口已全面戒严，那些人插翅难飞。"

"嗯。"商少君随意翻着手上的折子。

那人继续道："我们设置了重重障碍，他们轻易无法会合。"

"嗯。"

"只是……"那人顿了顿，道，"慕白跟丢了。"

商少君沉默。

那人顿时有些忐忑，忙道："白子洲的族人擅长易容伪装，慕白尤甚，他一路变换身份，我们实在……实在已经尽力。"

商少君仍旧不语，那人不敢再说话，殿内的空气便瞬间凝重起来，沉沉地下压。

"属下办事不力，请主子责罚！"那人磕头请罪。

商少君依然没有言语，许久，他才放下手里的折子。

"据朕所知，前朝穆丞相，祖籍亦在商都？"商少君悠悠开口，还带着些微笑意。

那人一时有些反应不过来，只答道："是。"

"近日商都阳光甚好。"商少君低笑。

阳光……甚好？那人愣住。

"那些老家伙在地下这么多年，也该出来晒晒太阳了。"商少君靠回龙椅，微微垂目，浓长的睫毛便将眼底那丝戾气掩盖，漫不经心地说道。

（二）不义

“太后！太后！皇上下令，没有他的允准，任何人不许踏入虔心宫。太后！太后娘娘！”

虔心宫门前一片混乱，太后沉着脸，一声不响地往前冲，众人想拦，却又怕伤着太后，不敢真拦。

太后眉头紧皱，毫不客气地将拦着她的宫人们踢到一边。正在混乱中，陵安从里间出来，众人一见，纷纷松了口气。

陵安没再像之前那样拦太后，而是恭顺地弯着腰，眼都不抬地躬身道：“太后娘娘，皇上有请。”

太后目不斜视地快步入殿，陵安紧随其后，关上了殿门便立在殿外，无声地叹口气。

虔心宫内潮气更重了。许是昨夜整晚大雨，商少君一夜未关窗又不让宫人打扫的缘故。太后进去便嗅到厚重的泥土气息，眉头皱得更紧，加快了脚步，到了榻前，却又怔住。

商少君穿着一身月白色的长袍，发髻半梳，半躺在榻上，慵懒地闭着眼，不像染病的模样，脸上却格外没有生气。

“少君！你……”

“母后向来知道儿臣心性，何必来此一闹？”商少君眼都未抬，将太后的话打断。

一句话，太后眼底的怒气退得一干二净，丝丝绝望缓慢地渗出，带着殷红的泪意。

“商少宫非死不可，母后多说无益。”商少君面不改色，声不改调，闭着眼懒懒道。

太后踉跄了几步，张口正欲说什么，商少君抬起眼皮，笑意森森地望着她道：“哦，错了。或者母后旧情难忘，是来为柳轼的亲生女儿柳湄求情的？”

太后的面色更加苍白，半晌，沙哑着声音开口道：“少君，你有什么怨气冲着母后来，你和少宫……你和少宫一起长大，向来情同手足。少君……”

太后已然哽咽：“少君，你怎么舍得亲手处置你从前最疼爱的弟弟？”

商少君刚刚重伤回宫时，她得知商少宫被捕，按捺不住日日来虔心宫想替商少宫求情。来了几日之后又冷静下来，若商少君真想杀，一句话的事情，无须拖延那些时日。接下来的一个月，对叛军的处罚也迟迟未下，她还心存希冀，商少君还如当年，会大事化小小事化了，至少留商少宫一条命。

可没想到他突然一道令下……

商少君面色不变，只笑道：“母后也说是从前。”

商少君眼底并没有笑意，太后眼底的光芒也渐渐暗淡，失神地坐在床榻对面的矮榻上。

那里是白穆最喜欢坐的地方，就在几日前，她还坐在那里看书吹埙，太后逆着光坐在那里，瘦弱的身骨微微颤抖，无声地擦脸上的泪。

商少君眼底蓦然掀起一片涟漪，怒意隐隐透出。“哗啦”一声，矮桌上的茶具被他一手扫下。

“出去！”商少君低斥道。

“少君，少君，你放过少宫可好？”太后终于忍不住失声大哭，“少君，你也知道的！少宫天性单纯，若非柳湄蛊惑，哪会做出那些歪门邪道的事情来！少宫自小恋慕柳湄，是我不想你兄弟不和，才一直压着不曾让你知晓！可柳湄那人的心计，她想魅惑少宫利用少宫，岂不是轻而易举的事情？”

“母后，那您觉得，父皇认为我是您和柳轼的野种而故意毒害于我，也是受柳湄蛊惑吗？”商少君猛地坐起来，落在床头的夕阳便映在他脸上，只是并未给他苍白的脸上增添多少颜色，反倒衬得他眼底的嘲笑之意更加浓厚与尖锐。

太后蓦然顿住，不可置信地看着商少君：“你……知道？”

商少君嗤笑：“母后心疼少宫痴傻，却似乎从未在意过朕也曾如他那般，不明世事，任人愚弄，还是被父皇亲手下毒？”

“说来也要感谢少宫，若非他和柳湄当时心急斩草除根，欲将朕处之而后快，致使朕流落民间误打误撞解了毒，朕今日哪能坐上这万人垂涎的庙堂高座？”

太后急道：“当初母后也只是想暂时保住少宫的安全！先皇已经怀疑到我和柳轼，怀疑少宫的出身，我只好让他以为……可你真真是他的亲生骨肉，他只需简单一查便知！母后也没料到他大怒之下查都不查就对你动手……”

“罢了。”商少君抬手，阻住太后的话势，道，“朕无意追究谁对谁错。今日母后既然来替少宫鸣不平，朕也来和母后算算账！”

商少君面色一沉，冷声道：“当年他与柳湄合谋，趁朕中毒不明世事之时设计杀害，朕回宫之后也不曾取他性命，不过让他尝尝痴傻是何滋味，这是第一次。”

“三年前母后为救他出宫竟然不顾国体，与东昭敌军合作，大闹皇宫以致……”

商少君顿住，没有说下去，只抬眼看着太后，道，“儿臣答应母后放他生路，并未追杀，这是第二次。”

“这三年来他三番五次意图进宫，朕也不曾有意加害。日前他想要劫走母后便罢了，结果却是他连母后都不顾，只心心念念柳湄，想要带着她一起远走高飞，这是第三次。”商少君沉眸看着太后，“母后，事不过三。他击战鼓于商都城门前，私募军队公然挑衅，这样的逆臣，朕……容不得！”

太后的面色苍白如纸，仍旧不肯放弃，道：“少君，是你有意让柳湄再次诱惑他对不对？否则为何他偏偏就选在这个时候要带柳湄走？还为柳湄犯下那样的滔天大罪？”

商少君理所当然道：“不错。朕留着柳湄，便是知道他迟早有一天会为她自投罗网，便是想让母后看清楚，在他心里，到底柳湄重要，还是母后重要。”

他面带嘲笑，肆无忌惮地盯着太后。太后却突然一笑，反问道：“那在少君心里，是白穆重要，还是母后重要呢？”

这一句问话，带着些许自嘲，些许心酸，些许无奈。

她承认，她为商少宫做得再多，付出再多，事到临头，商少宫还是放不下柳湄，落入商少君的陷阱。但她也明白，人最难逃的，是情劫。就像当年她的父亲母亲，为她做过再多，付出再多，她照旧为了柳轼离他们而去。

男女之情究竟是个什么东西，到现在，她也说不出个所以然来。

商少君怔了怔，却并未回答。

太后趁势道：“少君，就算母后再求你一次，看在你和少宫多年的兄弟情分上，看在我们好不容易从冷宫熬出来的分儿上，看在……你我母子情分上……”

太后泫然欲泣，商少君不为所动。

半晌，他才靠回榻上，轻轻闭眼，徐徐道：“母后，当年父皇把毒酒端到我跟前，说：‘皇儿，你的母后宁愿陷害你，也要保护她和那个人的野种。她料定了父皇不会对你动手。可是父皇想，倘若事情并不如她所想，她会怎么样呢？’”

太后惊住。

商少君也不睁眼，弯唇笑道：“母后，父皇从一开始就知道谁是真龙，谁是假凤，仍旧给我下毒。而且……父皇早就顺势查出当年害死华贵妃的真凶。母后，儿臣想问您几个问题。”

太后面色不太好看，怔怔地望看来平静，气势却仍旧逼人的商少君。

“倘若当初阿穆一进宫，你便知晓她是在宫外救我之人，你是否会以她为要挟，让我放出商少宫，还权于柳丞相？”

太后没想到商少君的话锋突然转到白穆身上，眼神蓦地一闪，却还是答了话：“会。”

那时她尚未对柳轼死心，又心心念念要将被软禁的商少宫送出去，白穆那样的软肋，她求之不得。

“三年前你与柳湄联手，救走商少宫放走柳轼，使得阿穆几乎葬身火海，是否有过一丝后悔？”

太后的唇动了动，欲要说点儿什么，商少君却紧接着道：“上次你助她出宫，是否觉得一切都是为了我好？”

“母后所做的一切，本就是为了你好！”

毕竟是她亲手养大的儿子，她在白穆初入宫不久，便察觉出商少君的异常，但没有明确证据，只是心里隐约怀疑罢了。却不想商少君对那女子，远不止“情根深种”。

用情太深乃君王大忌，他竟在她另嫁他人之后还要将她留在宫中，到底有何好处！

商少君却突然嗤笑道：“父皇做到了。”

他蓦然坐起来，徐徐笑道：“父皇恨你。母后，你害死他最心爱的女子，最心爱的皇子，他恨你，即便他去世，也依旧让你活着，但是他做到了。”

商少君抬眸，沉沉盯住太后：“朕，亦恨你。”

太后身子猛地僵住，直直望着商少君。

半晌，她眼眸一闪，眼泪便落下来，踌跚着站起身，嘶哑地笑起来：“哈哈……他恨我……他恨我，你也恨我……你恨我，也恨少宫……你不会放过少宫……不会放过少宫……”

太后呢喃着，目光空洞，一步步地慢慢向外走去。

“吱呀”一声，虔心宫的大门打开，又“吱呀”一声关上。

殿内恢复寂静，夕阳的余晖渐渐消失在床角，洒落在地上破碎的瓷器上，愈渐斑驳，最终消失不见。不曾掌灯的榻上人影渐沉，穿着月白衣裳的男子一动不动，只半倚在榻上，夜色很快将他的侧脸吞噬，他仍旧一动不动，只微微睁眼，望着对面的矮榻。

“皇上？”殿外传来陵安试探的轻唤声。

“消息传出去了吗？”商少君徐徐道。

“天下皆知。”

商少君轻轻勾起唇角，闭上双眼，仿佛就此沉沉睡了去。

（三）爱恨

自那日商量好后，白穆与白伶、白芷便一路南下。

南下之路还算顺利，但又有些说不出的不顺利。譬如第一日他们的三匹马就不知吃坏了什么东西，一起拉肚子，让他们不得不耽误半日行程换马；第三日赶上城内户籍登记，城门封闭一整日；第五日原本说好与慕白会合，却迟迟没有得到他的回复，不知是哪方信息传递出了问题还是他已经在路上。

与慕白的联系突然中断，三个人南下的步伐不自觉地慢了许多。

一是后无追兵，无须急于赶路；二是担心走得太快落掉慕白传来的消息，与他错过；三是……民间开始有些奇怪的传言。

第一次听见，白伶、白芷嗤之以鼻，认为不过是民间以讹传讹的流言；第二次听见，白伶、白芷大怒，若不是怕引人侧目，几乎要拍桌大骂；第三次听见，白伶、白芷终于和白穆一样，开始沉默，开始相信这件事不会是空穴来风。

皇帝突然下旨，掘前朝穆丞相之墓，挫骨扬灰。

尽管已经不在商都，人们议论政事的热情，并未削减。一路下来他们听到各种论调，有说前些日子的叛军是前朝穆丞相的后人与贵妃勾结起势，有说皇帝久未上朝便是被穆丞相的余党刺杀，也有人暗暗叹息，前朝旧事，莫名重提，还挫骨扬灰，未免有些……太过了。

众说纷纭，唯一可以确定的是，皇帝下旨掘墓，恐怕是事实无误。

三人已经在某个小城逗留了三日，这日一大早，白穆重新买了两匹马。

“少夫人，我们不走！”白伶、白芷语气坚定，眼中的担忧不加掩饰，“少夫人，你让我们跟你一起去！”

白穆从第一次听到那样的传言，便显得尤为冷静。三人在客栈的厢房，白穆拉二人坐下，缓声道：“来，你们坐下。”

“到今日你们还相信是与慕白的消息传递出了问题？”白穆正色问他们。

白伶、白芷低头。

白穆第一次听见掘墓的传言，便说慕白恐怕不是没收到他们的消息，而是……折道而行了。

白穆给二人各倒了一杯茶："白伶，白芷，你们跟在慕白身边的时间，比我要久得多，你们也比我更了解慕白。这次商洛皇帝扬言要掘前穆丞相的墓挫骨扬灰，你们说，他是会不管不顾独善其身，是会动用白子洲的力量与商洛皇帝抗衡，还是会不拖累任何人，只身前往？"

白伶、白芷将脑袋垂得更低。

他们再清楚不过，"身世"一直是慕白心中的一个结。自小他便想查明当年他全家遭灭门的真相，更想回商洛一报血仇，甚至三年前潜入皇宫，一方面是想确定白穆的身份，另一方面，还是对当年的血案真相无法释怀。

好不容易他和白穆成亲，二人或许能就此远离尘世纷争，那商洛的皇帝竟然要挖人祖坟出来挫骨扬灰！只想想就令人愤怒不已！

"要走一起走，要去一起去！"两人都没回答白穆的话，而是极有默契地齐声说道。

这么久都没有慕白的消息，也没等来他与他们会合，他们心里也清楚，白穆说得没错，慕白恐怕又折道回去，试图阻止商洛皇帝有意折辱的行为了。

他们更清楚，白穆一早买那两匹马，是想要撇开他二人，只身去找慕白。

"少夫人，少主向来教我们要互相信任才对得起彼此的情意，倘若你也随我们一起回白子洲，我们决不会回去找少主，但是，你想一个人去救少主，你……"白芷水灵灵的眼睛望着白穆，白穆柔柔弱弱的一个女子，不会武也不如他们擅长用毒，无论如何，他们是不会放心她一人去闯那龙潭虎穴的。

白穆似乎早就料到他们的反应，只缓缓道："你们了解慕白，知道他此刻定是前往商洛皇帝的陷阱了，却并不了解商少君。"

两人皆是一怔，白穆继续道："他要掘前穆丞相祖坟的事情已经沸沸扬扬地传了好几日，却迟迟没有任何动静，你们知道为何？"

"许是在等少主出现。"白伶道。

白穆摇头，苦笑道："他在等我。"

后无追兵，白穆还抱有一丝侥幸，商少君放下了，却想不到，他放出这样一道圣旨，逼得她不得不回去。

"我若不回去，慕白与商少君之间，难免一战，商少君有千军万马，慕白不肯求助于族人，拿什么对抗商少君那千军万马？"

"可是……"

"白伶，白芷，你们此时该做的，就是尽快回白子洲。倘若我能劝住商少君收手最好，倘若劝不住……慕白要全身而退恐怕不易，全身而退之后还想回来救我更是不易，你们回白子洲把这边的情况告诉我娘。”白穆握着二人的手，做出轻松的模样，笑道，“到时候有我娘出手，你们还怕救不出我？”

说到白浮屠，二人的表情松了松。

“你们跟我过去，也只是多两个人伤亡，让商少君多两个对付我们的人质罢了。”白穆补充道。

白伶白芷对视了一眼，有些动摇。

“去吧，商少君的耐心有限，倘若我再不出现，他恐怕就要主动出手了，那时候想要脱身更困难了。”

商少君身边那一群暗卫，不，应该说是杀手，功夫他们是见过的。慕白武功再厉害，以一敌百，不会是他们的对手。白伶、白芷再次对视一眼，一并起身，道：“那我们先回白子洲报信，少夫人一定保重！”

白穆神情一松，点头。

“那少夫人回商都，有什么法子说服商洛那皇帝放弃行动？”白芷又问。

这次轮到白穆低头。

她垂着眼，低着头，只将那抹深切的自嘲掩埋在任何人都看不见的角落。

平成六年，秋。

洛家大势已去，前任柳丞相早已逃窜，曾经的新帝政权稳固，朝廷一片欣欣向荣之气。然而，平静了三年的皇宫，竟再次有刺客闯入，且勾结贵妃，私募叛军，挑衅于商都城门外，引得皇帝只身出城，重伤而归。被捕叛军自称是前穆丞相死忠，欲替穆丞相报仇，蛰伏多年后终于寻到机会，与贵妃联手意图置皇帝于死地。

皇帝宠爱桑贵妃尽人皆知，贵妃进宫别有用心便罢，竟还不顾多年情分刀剑相向，盛怒之下皇帝下旨处斩所有叛军，并向已死的“穆丞相”问罪。

挖坟开棺，挫骨扬灰。

官文一出，震惊整个商洛。

当年穆丞相颇得人心，先皇突然下令，一夜之间满门问斩已经让人费解不已，但事情已经过去二十余年，无论当年犯了多大的罪，逝者已矣，如今竟还要开棺鞭尸？

议论纷纷必然少不了，但很快，众人议论的话题就从穆丞相当年到底是否有罪，转移到了桑贵妃的专宠，是否合适。

新帝登基六年膝下无子，桑贵妃受宠三年仍无所出，此番犯下刺杀皇帝的重罪，叛军全部处死，连过世的人都不放过，偏偏对贵妃的处决，迟迟未公布，究竟是皇帝太痴情，还是……此女子乃妖孽？

当然，也有嗅觉灵敏者，认为堂堂一国之君，不至于为了一个女子便做出掘人祖坟这种缺德事，其中定有其他阴谋。

然则，无论世人怎么议论，圣旨已下，断无收回的可能。短短七日时间，商都聚集了各界人士，有看热闹的，有想探究竟的，也有来“见世面”看看到底如何掘人祖坟的，总之是热闹非凡。

而商都的皇宫内，却格外冷清。

曾经受宠的两宫妃子只剩一个，且有许久不曾被皇帝召见。太后整日疯疯癫癫地念叨着“你们都恨我”从东宫蹒跚到西宫。新贵们整整齐齐地跪在虔心宫外求见皇上，请皇上收回掘人祖坟的成命，更有胆大者直言道“会被载入史册，遗臭万年”。陵安整日纹丝不动地守在殿外，顶着一双红肿的眼，不知是因为太久不曾安心入眠还是流过太多眼泪。而商少君，一直闭门不出。

直到这夜，陵安在门外轻声道：“皇上，娘娘已经现身，慕白在东陵附近蛰伏数日，二人都是只身前来，此前出现在商都的白子洲人亦全数退去。”

蚂蚁般的黑影眨眼将整个皇城淹没，从八扇大门分别流出，迅速分散在皇城各个街道，又悄无声息地消失不见。

陵安随着商少君一道，刚刚出了宫门便换了一辆马车，但马车才走出没两步，又停下。

“皇上，一位自称姓白的姑娘求见。”

商少君正坐在马车上把玩手里的玉佩，闻言抬眼扫了陵安一眼，陵安马上低头垂目。

商少君没有出声，马车外也没有什么动静，半晌，他才推开车门，一阵凉风吹开车帘，他轻而易举地看到马车外三尺处站着的女子，身形便又顿住。

陵安扫了商少君一眼，忙拉开门帘，商少君顺势下了马车。

白穆今日穿了藕红色的长裙，尽管外面罩了一件黑色的披风，她的脸色仍旧被长裙映得粉红。一行人没有火把，只有清凉的月光倾泻而下，显得她清漾的眸子更加水润。她静静地立在三尺之外，有风滑过，衣裳拂动，许是听到脚步声，她抬头，见到眼前的人，眸子里就滑过一抹柔意。

“商少君，”她弯眼笑着，拥住身前的人，“我们回去吧。”

她踮起双脚，拥着他的颈脖，脑袋靠在他的肩膀上。他的衣裳似乎还沾染着夜露的湿气，身上还有未散去的丝丝药香味儿，透过马车的缝隙还能看到就在身后的红砖绿瓦。

白芷问她有什么法子说服商少君。

其实她有什么法子呢?

她能做的，不过是顺从他的心意罢了。当年他想让她离宫，她便必须离宫，哪怕身在火海伤痕累累；如今他想让她回来，她便只有回来，否则等着她的只有后悔莫及，千疮百孔。

就这样吧。

他二人之间的事，只要不牵连到第三人，就这样吧。

她和他的命运，早在多年前，或是凌河边，或是连理树底，或是商都城门前，便纠缠在了一起，盘根错节，放不下，解不开，斩不断。

是爱是恨，至死方休。

（四）思慕

是夜。夜幕深沉，繁星满天。

因着在郊外，夏日的蝉鸣声此起彼伏，又因着气氛的压抑，空气中飘荡着莫名的安静。

临近墓场，这郊外又是几十年来头一次这样“热闹”，空旷的地面上扎满了行军帐篷，每顶帐篷里都点着灯，却听不见多少人声。

主军营帐中，陵安弯腰俯身，双手举着一把箭矢：“皇上，您交代的东西已经安排妥当。”

商少君正在上座，斜歪着身子，手边一摞折子，也不知他看没看，闻言抬头，看着那把箭矢。

陵安却突然跪下磕头，声音里还带有哽咽：“皇上！此事还须三思而后行啊皇上！”

商少君面色不变，仍旧盯着那把箭矢，黑色的箭头，在烛光的照耀下透着森森凉意。

“皇上，既然娘娘已经回来，便带着娘娘回宫吧！”陵安匍匐在地。

商少君不语，只施施然起身，从陵安手里拿过那支箭。

陵安再次磕头道：“皇上！您向来仁心仁德，此事更不宜赶尽杀绝，那慕公子，杀不得啊！”

今日聚集大批兵马在这商都郊外的墓地旁，说是要掘坟开棺，挫骨扬灰，实则是你知我知的一个局，引白子洲那位慕白公子现身杀伐的局。

陵安正要继续磕头，商少君低声问道：“阿穆呢？”

陵安稳了稳气息，答道：“娘娘照皇上的吩咐，喂药歇下了。身上所携的物件也一并除去。”

商少君默了默：“下去吧。”

陵安惊惶地抬头，又磕头：“皇上！娘娘向来心善，更何况那慕公子于她有几番救命之恩，明日醒来若发现……”

“陵安，一直以来，朕都在犯一个错误，你知道是什么？”商少君垂眼望着陵安。

陵安不言不语，候着后话。

“心软。”商少君撇了撇唇角，“一直以来，朕的心，都太软了。”

他背过身去，言语里带着淡淡的嘲讽：“太后求朕饶商少宫一条性命，朕看在自小的情分上，屡屡既往不咎；柳行云跪表忠诚，求朕放过他父亲一条性命，朕看在多年伴读，亲如手足的分上，久未行刑；朕早便知晓白子洲要找的人便是阿穆，却看在他们没有歹意的分上，从未伤其一兵一卒；阿穆说我们之间没有信任，才走到如今的局面，朕反思自己，给她信任，给她自由，给她承诺，可终究……他们一个接一个地，背叛了朕。”

“皇上……”

“这样的错误，朕不会再犯了。”商少君似笑非笑地扬了扬眉头，垂下眼帘，“朕不打算瞒她，朕要她亲眼看着。”

“皇上！”

商少君往前几步，眸光流转过箭矢锋利的箭头，嘴角挂着一丝莫名的笑意：“朕要她就此，永永远远地，绝了离开朕的心思！”

或是特制的箭矢分量不轻，或是握着它的人手上积蓄着一股暗力，商少君将它放上桌面，沉沉地发出一声悲鸣般的闷响。

白穆觉得自己睡了沉沉的一觉，梦里一片绚烂的白，就像慕白时常穿的一身白衣，明亮得让她睁不开眼。

但是她想睁眼啊，她不能这样昏睡下去，还有人在等着她呢。

是啊，有人在等着她。

谁呢？

她现在又在哪里呢？

白穆脑中有一瞬的混沌，她似乎是打算回宫了，然后呢？

“醒了？”

商少君的声音，粗粝的手指滑过她的脸颊。

白穆浑身一激灵，立刻清醒过来，睁眼便是刺目的阳光，身旁人替她挡了去。

脑袋昏沉，后颈酸疼，白穆这才想起来，昨夜她并未踏入宫门，才刚刚抱住商少君便被人打晕。而此刻……

白穆微微抬眼。

自己还穿着晕倒前的衣裳，夜露已散，除了后颈酸疼，再无特别的不适感。她不是睡着，而是晕到现在？

再放眼看去，山峦青翠，起伏绵延。

“商少君……我们不回宫吗？”白穆半躺在商少君怀里，埋首在他胸前，声音有点儿沙哑，带着不易察觉的颤抖。

他们在一座山头。

晨风阵阵，带着山间独有的草木气息，一轮红日破云而出，尽管有明黄色的华盖遮挡，绯红的朝阳仍旧直直映在山头的二人身上，二人身侧，绵延而下，是密密麻麻的兵士。

数以万计的士兵，充斥在每个角落的杀气，却静谧得仿佛只是一棵棵的大树。

往下望去，山谷呈椭圆形，两边的进出口都格外狭小，最多能容两人。山谷的顶端已围满弓箭手，拉弓待命，而山谷的平地，黄沙尘土中，白色衣衫的男子两袖清风，如同天际漂浮的云朵，缓步而来。

他仿佛并不曾察觉杀机四伏，从容举步，直至阳光将整座山峰纳入麾下，他才缓缓抬头，对着男子怀中的女子微微一笑。

一股酸涩之气涌上鼻尖，白穆的双眼瞬间通红。

“阿穆。”

她从他唇间看到这两个字。

“商少君，”白穆移开眼，压下情绪，低声道，“我们回去吧。”

商少君今日龙袍在身，一夜未眠却丝毫不显困倦，眼角的笑意连连，眸子里却是暗沉的冰冷。他拥着白穆，慵懒地坐在精雕细琢的长椅上，安然地缓缓抚摸白穆的长发，道：“待看完这出戏，我们回去。”

白穆的身子在微微发抖，她紧紧抱着商少君，摇头道：“不要看什么了，什么都不重要了。你带我回去，从此我们就在皇宫里，还像从前那样，你看奏折我看戏本，你作画我磨墨，你带我去温泉，我带你去打猎，不用再顾忌任何人，也没有任何人能把我们分开。”

白穆说着，商少君很认真地听着，缓缓点头，微微一眯眼，细碎的眸光涟漪般散开，夹杂着柔软的暖意，但也只是片刻，那片涟漪便恢复平静，仿佛一望无际的汪洋，安静而深邃。

他一手扶起白穆埋在她怀里的脸，让她看着他，专注地看入她眼底，声音低沉，缓缓道：“阿穆，你再说一次。”

仿佛还如在宫中时那般少见的温柔，却又有哪里不一样了。

“商少君，你说今后都信我的，对不对？我说……”白穆顿了顿，郑重道，“我们现在就回去，回到皇宫，再也不分开。”

只听第一句，商少君眼底就浮起淡淡的嘲讽，但他也不反驳什么，只单手拂过白穆的眼角，滑过她的脸颊，再次将她揽入怀中：“你若不想看，便好好睡一觉吧。”

白穆眼前瞬间被整片明黄色遮盖。龙纹绣工精致，针脚整齐，腰间的玉佩落在腰侧，随风微微晃动着。

白穆一动不动地望着它，耳边很快响起了弓箭离弦的声音，还有剑箭相击的声音。

杀气骤然暴涨，数以千计的箭矢齐齐射向山谷白衣人所在之处。白衣人虽只有一只手臂，却内力深厚，身手非凡，箭矢或被他灵巧躲过，或被他的内力逼得转了方向，即便偶尔有几支刺到他身上，也未伤到他分毫，显然是他的衣着不简单，早有准备。

与此同时，有另一队人马攀岩而下，迅速将山谷前后两个入口封住，并将白衣人包围，弓箭手也停止攻势。

这批人马显然非常了解慕白的深浅，并不贸然发动攻击，一次只出十人与他缠斗，十人明显不敌之后再出十人，如此循环打拖延战术，即便慕白是神，也总会有疲惫的时候，一旦疲惫就会露出破绽。

空气中渐渐血气弥漫，而这场以万敌一的战争显然并未结束。

白穆仿佛当真沉沉睡过去，任凭山下刀光剑影，只躺在商少君怀里一动不动。

“够了吗？”

日上中空，夏日的闷热使得山谷的血腥愈显刺鼻，白穆突然冷声道。

“够了吗，商少君？”白穆坐起身子，直直逼视商少君。

商少君微微一笑：“这才是朕熟悉的阿穆。”

“你为何一定要与我们过不去？”白穆低斥道。

商少君笑容愈甚：“你们？”

白穆垂下眼，默了默，才又道：“我从未允诺你会留在商洛皇宫，你替我挡下一剑，我竭力替你医治，已是两不相欠。你若嫌穆丞相墓穴碍着你的眼，我们……我会遣人将他们的尸骨尽快移出商洛。你若觉得你看慕白哪里不顺眼了，此刻他的伤势恐怕也不轻了，你也算解了心头之恨。”

“这样说来，阿穆也着实不易。”商少君低笑了一声，“为了让朕泄恨，掐好了时辰生生忍到现在，阿穆何不去看看，他是否当真伤到了能让朕泄恨的地步？”

白穆握住双拳，缓缓挪了几步，放眼望去，曾经白色的身影已经变作血红，不知是旁人的血，还是他的血。围攻的人仍在步步紧逼，他的动作显然已经没有平日灵活。

白穆一瞬就红了眼眶，怒道：“你到底要如何？”

“阿穆何必装傻？”商少君扬眉道，“昨夜你肯过来找朕，不就料到朕要做什么？你这么了解朕，连他不受点儿伤朕不会轻易放过都算到了，还算不到朕到底要做什么？”

白穆哽住，只瞪着他。

商少君移开眼，看着山谷中，突然苦笑道：“你竟为了一个外人这样仇视朕，你以为，当年他又是干净的？”

白穆无奈道：“商少君，你明知我不想再提及过去，更无意再追究谁对谁错，过去的事情便让它过去……”

“也包括过去在连理树下的誓言可对？”商少君面色莫名有些苍白，深邃的眸子里隐隐透出血丝，紧抿着唇盯着白穆。

白穆猛地顿住，眼圈也有些发红，哽咽道：“商少君，我们不说过去，只说今日，今日你放过他可好？”

夏日的正午，艳阳似火，许是阳光直射的缘故，商少君的眼底头一次那样清明，清明到一眼就看到其中越发凝重的殷红。

“商少君，你再信我一次好不好？”白穆伸手，拉住商少君，轻微地晃动他的手，就像从前找他撒娇一般，“你再信我一次，你放慕白走，我同你回去，好好过我们的日子，再不提过往，好不好？”

商少君带着些许柔色望着眼前轻声服软的女子，微微垂眼，再抬起，眼底再次浮起嘲意：“阿穆，是你亲手打碎我对你的信任。”

白穆一个踉跄，后退两步，却没有站稳，直接跌坐在地上。

商少君没有过去扶她，稳稳坐在原地。

一时两相沉默，只有山谷中的打斗，愈演愈烈。

“商少君，我们回去吧。”白穆失神地望着下面渐渐被鲜血染红的白衣。

商少君不语。

“商少君，我们回去吧。”

白穆自顾地复述道。

商少君却仿佛并未听到她说的话，只是沉默。

“商少君，我们回去好不好？”白穆哽咽。

商少君弯腰，捏着白穆的下巴抬起她的脸，她早已是满脸泪痕。

那围满山谷的弓箭手再次拉满弓，似乎只等一个命令，便万箭齐发。白穆只觉得心中空落到全身无力，再不压抑哭泣，拉住商少君的手道："商少君，是我错了。我不该辜负你的信任，不该给你下药，不该屡次逃跑，商少君，我错了！"

"我爱你，从前爱的是你，今后爱的也只有你，我那日说过的那些都是气话，我只是在跟你赌气，我爱你，一直爱着你！商少君，我们回去好不好？不要再留在这里了。"

她不能再看下去了，不能眼睁睁地看着那个人死在自己面前，白穆不知道自己该说些什么才能让商少君放弃这一切，只依着本能口不择言地祈求着。

"商少君，你还说要见见我的生母对不对？要亲自消除你与白子洲之间的误会对不对？"白穆一面擦着眼泪，眼泪却又汩汩不停地流下，"慕白是白子洲的少主，你若杀了他，白子洲族人势必视你为仇敌，你让我该如何自处？"

商少君眯眼看向山谷，似乎是在考虑白穆的话。

"即便是朕放过他，他可未必会甘心离开。"商少君瞥着山谷下身姿仍旧挺拔的人，轻笑道，"不若阿穆去劝劝他，他若愿意离开，从此不再纠缠于你，朕亦守诺，放他一条生路。"

白穆不知他所说是真是假，却没有流露出半点儿怀疑的神色，点头道："好。"

山谷里溢满血气，攻势已止，杀气却还未散去。大片兵士倒下，大部分面色发黑，喘着气爬不起来。慕白对他们用了毒，却并未取他们性命。

白穆擦掉眼泪，止住哭泣，独自择了一条小道下山。

刚到半山腰，山下那人就仰首望着她。

尽管浑身浴血，眼底却依旧清澈见底，仿佛天际的蓝天白云都映入其中，流光潋滟。

她有一月余没见到慕白了。

他消瘦许多，身上的衣裳早被刀剑划得零落，连穿在里面的金丝甲都被划开，浑身都是密密麻麻的伤口，净白的脸上沾染着鲜红的血，平白添了几分妖冶，见到白穆下来，便如往常那般，露出一个带着暖意的笑容。

白穆也望着他笑，一步步地走近。

不一会儿，两个人便只有咫尺之遥。白穆眼鼻酸涩，一时都说不出话来，半晌，她才哽咽道："慕白，回去吧。"

慕白没有说话，只是微笑着向她伸出左手。

白穆仍旧笑着，摇头。

“慕白，上次你让我选对不对？”她偏着脑袋微微笑道，“你都看出来了，我舍不得商少君。其实，即便没有商少宫把我掳走，我的选择也是回商都。”

“今日你来了，穆家祖上见你孝心至此，便已经够了，无须再为已逝的人送命，你走吧。”

慕白仍旧抬着左手。

白穆也仍旧是笑：“慕白，你上次不是也说，你我婚约原本就是一场阴差阳错，你更愿意看到我恣意潇洒地活着。”

“你真傻，我怎么会爱上你呢？这么多年，我都爱着商少君。”白穆轻声道，“为他做了那么多事情，那么多改变，除了他，我不会再爱上任何一个人，包括你。”

“对不起，慕白。你我的婚约就此算了吧，将来你终会碰上真正属于你的女子，我留在这里……和商少君一起，才会有真正的幸福和快乐。”

慕白望着白穆，皱了皱眉头，但也只是片刻而已，下一刻，他便笑着摇了摇头，再次对她伸出手。

昔日风度翩翩两袖清风的男子，如今浑身浴血，人不似人鬼不似鬼，只有眼里的和煦与温暖依旧，丝毫没有狼狈的模样。

他过去拉白穆的手，被白穆躲开。

他望着白穆，眼神干净得像个孩子。

白穆叹了口气，坦然地望着慕白，轻声道：“慕白，你和商少君……终究是没得比的。”

慕白面上的笑容一寸寸地淡去，眸中雾气更甚，他侧首，闭眼，不再看白穆，一手捂上心口，鲜血便从嘴角渗出。

白穆握紧了拳头，转身便走。

“你的选择既是商少君，此番又为何逃出宫中？”

白穆的步子微微一顿，不打算回答他的话，正要继续前行，身子蓦然一轻。

“慕白，你放开我，你自己走！”白穆全身的神经都紧张起来，瞬间就要哭出来。

慕白却不为所动，带着她径直前行。

御林军顾忌他怀里的白穆，并未动手，而立在远处的商少君，此时也只是静静看着，并未有进一步的动作或命令。

无人阻拦，慕白带着白穆迅速远离。白穆紧紧抱着慕白，嗅到刺鼻的血腥味，又是一阵哽咽。

“慕白，你放开我吧！你带着我根本不可能冲出重围，你先走，日后再从长计议，好不好？”白穆哭道。

慕白低笑了一声：“傻姑娘，即便放下你，你以为他大费周折，会放过我？”

白穆闭上眼。是啊，商少君的想法，她从来猜不透的。

她不再劝慕白，任由他带着她穿越人海，凭直觉默默计算着他们走到了哪里，慕白的轻功是否可以坚持得下去。

快了，就快了……就快离开这山谷了。

四周骤然安静，静到只能听到自己的心跳声，接着是诡异的阴沉，沉到白穆不得不睁眼。

一睁眼，她便看到了商少君。

他们已经离他很远，远到他的脸已经模糊，只能隐约看到他黑亮的眸子，远远地盯着她，一片平静，平静到让人心生畏惧。

她看到他张弓，箭矢瞄准了她的额头。

曾经她带他打猎时，他连弓都不会握，还是她亲手教的呢。

白穆突然笑了笑，对着箭矢尖锐的箭头。

身处时光的夹缝，总能让人暂时忘记所有伤害和疼痛，将过去的一切都幻化得美好如同梦境，如果能一直停留在这样的梦里，倒也乐得安宁。

白穆想要闭眼，等待这一刻的来临，却觑见箭矢那一头的黑眸亦是一弯，笑意缓缓淌出。

这是第一次，她如此清楚地看透商少君的算计。

“不！”

伴随她脱口而出喊叫的，是“咻”的一声。

紧接着，抱着她奔向自由的人倒地了。

“咚”，在倒地的时候，他甚至不忘将她护在身下，以免她摔到。

白穆窝在他怀里，一动都不敢动。

瞄准慕白，慕白会躲开，瞄准她，慕白会顾着保护她而算不准箭矢是否射中自己。

瞧，多么聪明的人。

白穆开始啜泣，哽咽着低唤了一声：“慕白。”

“嗯。”慕白应了一声。

白穆马上爬起来，顾不上看看他们在哪里，也顾不上看身边是不是有人，飞快地摸索身上里里外外藏的各种解药伤药，却是空空如也。

她愣了一愣，却也只是一瞬而已，马上去搜慕白身上。商少君拿走她身上的东西，慕白身上总有的。她一股脑地将他身上那些瓶瓶罐罐全都搜了出来，顾不得手上沾满的鲜血，径直往慕白嘴里喂。

慕白却紧紧咬着双唇，不肯吞，只紧紧拉着她的手。

那只手已经开始发黑。

白穆惊慌失措地想要抽开，想要再给他灌点儿什么，手却被紧紧地握住。

他摇头。

没用的。

是啊，没用的。商少君出手，那一箭是否射中要害不重要，重要的是是否射中他想射的人。他向来步步为营，怎么会输呢？怎么会容忍他想要置之死地的人在眼皮底下逃走呢？怎么会给他们机会，在箭矢上用他们可以解的毒呢？

是啊，她真傻。

白穆反握住慕白的手，让他靠在她怀里。

"阿穆……"慕白的声音很快变得沙哑，低如蚊蚋，"其实……有句话我一直未来得及与你说……"

白穆把耳朵倾过去，柔声道："嗯，我听着。"

"我告诉你……其实……我亦不爱你……"慕白缓慢地喘着气，低声道，"阿穆，其实……我亦不曾爱过你。你想，我与你相处的时间不多，说过的话也不是很多……我怎么会……爱上你呢？"

白穆茫茫然地点头："哦，你不爱我。"

"其实我和你一样，与你成亲……只是因为族人的期望……"慕白的面色已经开始发黑，喘了口气，才又道，"你……我……婚约，就此解除。阿穆，你会找到真正……属于你的男子，幸福……快乐地……生活。"

白穆点头："嗯，幸福，快乐。"

"阿穆……今日我来了这里，便没打算一个人活着回去，不要……怨任何人。"

白穆点头："嗯，不怨任何人。"

"那……就好了。"慕白的手渐渐松开，闭上双眼，嘴角还有淡淡的笑意，呢喃道，"阿穆，我……不爱你。"

四周是诡异的静谧，正值夏日，人在山间，却连一声蝉鸣都听不见。身侧的温暖渐渐消失，白穆没有低头看一眼，也没有哭，只是抬头看天上的太阳。

夏日正午的太阳，灼热到足以让一切干涸，明亮到足以掩盖这世上任何华光。白穆只是望着，直望到那白炽的光芒开始发黑，又望到那黑色的光圈里开始有飞舞的白色小光点。就像她的生命。

曾经明媚张扬，后来黑暗弥漫，后来有点点荧光，再后来……

再后来……

白穆闭上眼，抱紧怀中冰冷的身体，只喃喃自语。

“我不爱你，你亦不爱我……”

“我不爱你，你亦不爱我……”

“我不爱你，你亦不爱我。”

（五）雪清

陵安躬身从勤政殿内出来，枯黄的叶子正好落了一片在他脚底。

竟已是深秋了。

他刚一抬头，便又见到勤政殿门口密密麻麻的大臣们，个个顶着秋天的烈阳匍匐在地，许是听到殿门打开的声音，默默地抬了眼，见到是他，不无失望地垂眸。

陵安只当什么都没看到，弓着身转个方向便走了。

九月已逝，商洛和东昭持续一个月的大战接近尾声。商洛年轻的帝王首次御驾亲征，大获全胜，在朝中威望大增，民间更是一片拍手叫好。东昭就在这个月末将边境十城出让，平息战事，而大军凯旋之际，再次有大臣联名上书，皇帝英武，怎能空缺后位多年？

皇帝需要一位正妻，朝廷需要一位皇后，天下更需要一位一国之母。

如今朝廷正气蔚然，上下一心，此时再不立后，更待何时？消息不胫而走，民众奔走相告，商洛即将迎来他们的新国母，至于国母人选，众人一致认为，需得重选一次秀女。毕竟皇帝后宫空乏，嫔妃寥寥无几，更没几个出身才识都拿得出手的。

然则，皇帝接了联名的折子后，只是沉默不语，不出几日，下了一道圣旨，内容竟是遣送宫内所有妃嫔出宫，钦天监择日，他将以国之大礼迎娶一女子为后，此女姓白名穆。

圣旨的内容太简单，以至于陵安宣读完后大臣们还未反应过来，以为是自己幻听。

遣送宫内所有妃嫔，也包括唯一的德妃？将迎娶一女子为后，白穆？何许人也？遣送出宫内所有妃嫔后再立那女子为后，意思是后宫只此一人？

一时间，朝野轰动。

专宠本是帝王大忌，任凭哪位帝王多情，纵观五国，哪位皇帝后宫只有一人？即便像先皇独宠华贵妃，也不曾荒唐到要为了她荒废后宫。

因此，圣旨一下，大臣们便纷纷求谏。

于是陵安每日从勤政殿出来，就看到那一群黑压压的大臣们。

陵安擦了擦额头渗出的冷汗，继续往朱雀宫去。

那件事之后，商少君本打算为白穆重修宫殿，正巧边关事发，战事一起，修筑宫殿的事情便耽搁下来，因此白穆仍旧居住在涟漪宫。

“娘娘可还好？”陵安进门便轻声问道。

涟漪宫内的，也依然是涟儿和漪儿，两个人从前都唤白穆“姑娘”，圣旨一下，便随着陵安称一声“娘娘”。

两个人显然对这个问题有些无奈，对视了一眼后齐齐答道：“还好。”

陵安也看出二人的意思，只叹了口气便入了内殿。

白穆正在抄书。

她神情专注，看一眼手边的书，蘸蘸墨，流利下笔。

“娘娘。”陵安躬身轻唤道。

白穆未抬眼，手上的动作也未止住。

陵安也不在乎，继续道：“皇上已下旨，三日内遣散后宫所有妃嫔，再三日，将会有凤凰于涟漪宫上方盘旋，再三日，钦天监宣布算出大婚吉日为下月初八，烦请娘娘做好一应准备。”

白穆未回答，也未看他一眼。陵安只是行了个礼便退下，临走时照常叮嘱涟儿、漪儿好好照顾“娘娘”。

二人一向乖巧，此时却有些欲言又止。

陵安最擅看人脸色，便问道：“可有什么麻烦事？”

涟儿率先答道：“德妃娘娘来过好几次，一直闹着要见娘娘……公公您看，是见还是不见？”

陵安踌躇了半刻。

裴雪清说来也算白穆的旧识，虽说已经过了好多年，虽然都是些不太愉快的回忆，说不定……管用呢？

“她下次再来，你们也不用拦着了，总归不出两日她就会出宫了。”

涟儿、漪儿齐齐点头。

裴雪清再来的时候，正是傍晚。

涟漪宫内的荷花刚谢，残阳下便显得有几分破败。裴雪清过来的时候，穿了一身白色的纱裙，配上火红色的披肩，衬得她面红齿白，说不出的灵动可人。

涟儿、漪儿只行礼道：“娘娘在后院。”

她们没有阻拦，裴雪清显然很意外，随即一个了然的笑。

白穆在收草药。

她穿着一身粉红的罗裙，不施粉黛，面色虽不至于苍白，却也没有什么颜色，和裴雪清一比，高下立见。只是她仿佛没注意到裴雪清的到来，专心地收拣着，没有抬眼。

裴雪清饶有兴致地打量了她许久，才嗤笑着开口道：“当年就觉得你挺蠢的，只身一人往山里跑，想救皇上，也不管自己的命。最后人救回来了吧，你也没领到什么功劳，反倒被不明内里的人取笑了那么多年，你说你是不是蠢到家了？”

裴雪清本就是异族女子，尽管在后宫待了这么多年，说起话来还是难免有些粗俗，那股傲然的气焰也未见有所收敛。

白穆没有搭理她。

“以前还是只兔子，急了会咬人，如今怎么了？哑了不成？”裴雪清嬉笑道。

白穆将草药往屋内拿，裴雪清便跟了过去：“你不想知道那位桑贵妃怎么样了？”

见白穆仍旧没有反应，她叹道：“她可是没被判死刑哦！”

裴雪清期待她的话能让白穆至少抖抖眼皮子，但白穆仍旧什么都听不到似的，继续忙着自己的。

“前阵子说皇上重伤，带回来一个女子，就是你吧？”

白穆仍不言语，裴雪清又扯回原来的话题：“原本隆宠当头，人人艳羡的桑贵妃，你一回来，就莫名其妙成了叛党，要被贬为奴籍赶出皇宫了，你说好笑不好笑？”

她歆近白穆，只看到她白到几乎透明的皮肤。这样近的距离，就从前来看，是绝对不可能的。但现在的白穆并没有表现出反感和排斥，仿佛裴雪清就是空气，完全不存在。

裴雪清有些不耐烦了，大声地嗤笑道：“你现在也还是这么蠢！听说自从两月前你回宫，便一句话都不曾说过？”

“皇上马上要立你为后，你高兴都来不及吧？何必呢？”

白穆仍旧没有反应。

“还听说你的眼睛盲了？”裴雪清继续道，“哦，不对，是见到皇上的时候才会什么都看不见？御医嘴里的因着过度刺激，见到不想见到的人，便会短暂性的双目失明？噗……喂，你这招欲擒故纵也玩儿过火了吧？你……装的吧？”

裴雪清说着，拿五指在白穆眼前晃了晃。

白穆仍旧眼都不眨一下。

裴雪清再次凑到她耳边：“听说……你在宫外的相公，死了？”

出乎她意料地，白穆蓦然转首，看着她。

傍晚的天空，仿佛一瞬就黑了下来。

满目的黑，寂寥的空洞，一望无际的荒芜，无法呼吸的暗沉……裴雪清手里的帕子不经意就落在地上，下意识地后退几步，挪开眼。

只这一眼，心跳就漏了好几拍，莫名的恐惧感让她之前所有的玩笑心思都消失殆尽。

裴雪清慌忙地捡起地上的帕子，转身便走。

临到后院门口，却又停了下来。

“白穆，前两天才知道这个名字。”她背对着白穆，笑了笑，带着自嘲的语气，道，“初初听到那圣旨，还想凭什么啊，哪里来的达官贵女，一飞就冲上枝头做了凤凰……知道白穆是你之后，却不那么愤恨了，竟觉得是你应得的。”

“那时候你浑身都是血，一个字都说不出来，却不知道哪里来的力气，死死地抓住我的裙裾，给我指了个方向。”裴雪清顿了顿，“你肯定不知道你当时的眼神……那时我就想，你爱那个人，真是到骨子里了，我也一定能那么纯粹那么勇敢地爱一次。”

“可我爱上的，终究不过是他俊俏的皮囊罢了。这么些年，我早就怀念深山里的单纯美好，无拘无束了。”

夕阳将裴雪清的影子拉得细长，她的声音不再尖锐，带着轻柔的细软，诚恳道：“我该谢谢你，让我有机会离开这里，深山也好，道观也罢……只要不是这皇宫，我便是自由的。我也祝福你，早日拥有自己的自由。”

裴雪清说完，便悄无声息地离开了。

涟漪宫仍旧安静，安静得仿佛没有人的气息。

白穆在日落前把草药都收了回去，再将白日抄过的医书整理好，墨砚洗净，毛笔放好，再梳洗了自己，换了身轻薄的衣物，躺上床，沉沉地睡去。

（六）青梅

商少君踏入涟漪宫的时候，漪儿正在修剪院内的秋芙蓉，涟儿端着晚膳，正偷偷摸摸把脑袋往内殿里凑。

两个人本就武力在身，尽管商少君的脚步很轻，两个人还是迅速止住自己的动作，弯膝行礼。

很早商少君就吩咐过，涟漪宫内的宫人不必对他行大礼，他来了，也不必唱到。

涟儿、漪儿见他没有出声，便一直弯膝，也不敢起身，只拿眼角偷偷瞅着，待他走近了，便低低垂着眼，眼皮都不动一下。

涟儿手上一轻，托着饭菜的餐盘被人拿走，她忙看了漪儿一眼，两个人急急退下。

尽管涟漪宫的宫人不多，但个个都知道，皇上在和那位娘娘相处的时候，不喜欢有任何旁人在，即使是在外殿都不行，就连陵公公都静静地候在殿外。

殿内点着安神的香，香烟缭绕，带着初晨独有的清露气息。一缕斜阳倾入，映在桌前纯白衣裳的女子身上。

白穆睡着了。

她趴在书桌上，一手还压着医书，一手上的毛笔已经倾斜，在白色的纸张上画出斜长的一道。

商少君的脚步轻不可闻，刚一走近，便挡住了那缕阳光。

他放下餐盘，在她身侧望着她。

她的睫毛密长，扇子似的覆在下眼睑上，但仍旧看得出早起的困倦，唇瓣紧抿着，不像从前，即便在睡着的时候，也微微上扬，还有眉尖，醒着的时候，仿佛淡然出世，没有悲喜，只有睡着的时候才会微微蹙起。

商少君伸手，似乎想要抚平她眉尖的褶皱。白穆仿佛被惊到一般，立刻就睁了眼。

商少君就势蹲下身子，轻轻捋过她的刘海儿，微微笑道："吵到你了。"

白穆的眼睛初初睁开时还是清亮，一眼瞥见商少君，便似火花遇见冰雪，瞬间暗淡下去，没有了焦距。

商少君眼底闪过微不可见的一丝暗芒，笑意也淡了淡。他站起身，让白穆靠在他腰侧。

白穆没有反抗，只静静地垂着眼。

“阿穆，下月初八，便是我们的大婚之日。”商少君低声道。

白穆没有回答。

“今日御林军又抓了几个意图混进皇宫的白子洲人。”商少君继续道，“你放心，朕不会伤他们，只要你在朕身边。”

白穆仍旧没有回答。

应该说，宫中那些谣言并非空穴来风。那日之后，白穆没有再说过一句话，看着商少君的眼睛也永远只是混沌，仿佛失明的人。但她不开口，御医也不敢肯定，她到底是不是真的眼盲。

商少君吻了吻她的额头，抱着她，仿佛在安抚她一般：“阿穆，会好起来的，一切都会好起来的。”

白穆不动，也没有其他反应。只是在这天傍晚，她难得地披了件披风，出门了。

初秋，天气微凉。

涟儿和漪儿起初是震惊，接着马上出了一身冷汗，齐齐跪在她面前：“娘娘，您要去哪儿？娘娘，皇上交代过，不许您自行出宫的。”

去路被拦住，白穆未见气恼，只静静地看了她们片刻。接着，她说了回宫以来的第一句话：“我去天牢。”

乍一开口，声音还有些沙哑。

涟儿、漪儿对视一眼，皇上只叮嘱不能让白穆出宫，不许任何陌生人接近她，并未说过不许去天牢。

两个人交换完眼神，便老老实实地跟在白穆后头。

白穆不是第一次去天牢，路记得很熟，天色未暗便到了天牢门口。狱卒见是一位宫妃带着两名宫女，伸手便要拦，后头涟儿无声无息地亮出一块令牌。那狱卒扫见，马上单膝跪下，不再多言。

只是在白穆经过他时，悄然抬眼，默默打量了两眼。

这便是皇上不顾朝臣反对，执意要立为皇后的奇女子。

天牢内的布局，白穆也依然熟悉。她不疾不徐地走到关押女犯人的一边，很轻易就找到了被单独关着的柳湄。

涟儿、漪儿一看她要见的人，心下便松口气。曾经的贵妃娘娘，不是陌生人。于是一个人默默退下，一个人马上去哪里找了把椅子来请白穆坐下，接着懂事地退到门口，不去听她们讲些什么。

空气有一瞬间的凝滞。

柳湄似乎很诧异看到眼前的人，但诧异之后，很快便释然，轻笑道：“我都被关在这里快两个月了，你才想起来看我的笑话？”

天牢光线昏暗，白穆的脸却因为过于白皙而仍旧清晰可见。

柳湄却不是如此。她穿着狱服，虽然看起来人还精神，发也未乱，脸上却有些灰扑扑的。不复往日美艳的同时，左脸颊多了一个不容忽视的“奴”字刺青。

那是奴籍者，永远无法摆脱的刻印。

“我不是来看你笑话。”白穆声音嘶哑。

“哦？”柳湄扬眉，笑道，“那你是来问我和商少君的青梅竹马到底怎么回事？为何会诈死？为何要回来？又如何逼得他在摘星阁上不得不给你一刀？”

白穆垂眼：“不是。”

“可我想告诉你呢。”柳湄一抬眼，便灼灼地盯着白穆，“我与他的青梅竹马不过是外人看来一幕漂亮的戏；我诈死是因为他回到东宫却不识得我，我料定他大权要丢，宁愿逃之夭夭不愿被他连累；我要回来是因为心存侥幸不甘心后位旁落，宁愿豪赌一把，赌商少君会履行婚约立我为后；我以北部十三省的详尽地图和人防布局为要挟，倘若商少君不愿纳我入宫，东昭大军便会长驱直入，再用助商少宫为饵，诱太后交出你的身世底细，以东昭三皇子的暗卫将你出生的那小村庄重重包围，一旦他流露出对你哪怕丝毫情意，那些全是我手上的把柄！”

“说起北部十三省的地图和人防，当年北部雪灾，大名鼎鼎的桑姑娘你还记得吧？”柳湄捂嘴轻笑，“你可是一见她就跑了呢。”

白穆表情没有太多波澜，只淡淡望着她：“看来我想与柳姑娘说的话不多，柳姑娘倒是有许多话憋在心口不吐不快。”

“我为何不说？”柳湄冷然盯着她，“不说你就永远以为你是胜者，以高高在上的姿态俯瞰我，藐视我，可我的追求，我的心智计谋，哪是你这种女人可以理解的？”

“我知道，你爱权如命。阿碧对我说过。”提起阿碧，白穆眸中才有些许光芒闪动，不过一瞬便熄灭，“我亦知道你的心计智谋无人能及，白穆能得今日下场，全拜柳姑娘所赐呢。”

这话没有讽刺，没有嘲笑，仍旧淡如流水。

柳湄看她这副模样，已有怒意爬上眉间，但不消片刻便又消失在眼角，她弯起唇角：

"你就不好奇，你与商少君掩饰得那样好，我是如何发现端倪，偏偏针对你？"

"如今的确不好奇了。"白穆低声道。

柳湄却仿佛没听到她的话，自顾自道："我看你和商少君在一起这么多年，并不了解他吧？"

柳湄坐在天牢湿冷的地上，脸上刺了屈辱的"奴"字，神气间却仿佛她仍是当年那个丞相府的大小姐，是后宫呼风唤雨的贵妃娘娘，说起话来两眼闪着熠熠光芒："其实也正常，你与他相识，不过几年光景，我却是同他一起长大。"

"尽管自小被称作天生一对，尽管他也从不反对，甚至对我算得上温柔体贴，但这个男人对我没有爱，我比谁都清楚。你恐怕不知道吧，对于不甚喜欢的女人，他可以给予面具般的温柔，却吝于在你身上多浪费哪怕一分精力，哪怕是偶尔朝你发顿脾气。你放眼宫中，当年的洛秋容，如今的裴雪清，你可曾听说他与她们争吵？只有你，是不一样的。"

柳湄笑了笑："我遍寻宫中，想要找到丁点儿蛛丝马迹，佐证我的猜想，却苦寻不得。直到有一天哥哥与我抱怨。他说我杞人忧天，草木皆兵，皇上不可能喜欢你一个平民女子，说抓父亲当晚他便有意顺势除掉你，是你早有准备，送去勤政殿一幅画，才让皇上觉得你尚算聪明，还有点利用价值，暂且留下。"

柳湄盘腿坐着，单手托腮："那幅画画的什么，你不知道吧？我问过你朱雀宫的人，你并不喜作画。若我所猜没错，不过是商少君一个堂而皇之留下你的借口，是吧？"

柳湄仔细盯着白穆的反应，拍手笑道："看来我猜对了啊。你看，他为你花了多少心思啊？那幅画，画的是华贵妃，年轻时候的华贵妃，且他不知哪里找的画匠，竟与先皇的画迹一模一样。那时候，你恐怕连华贵妃到底是谁都没弄清楚吧？"

白穆一直没有打断她，此时终于皱了皱眉头："今日我来，不是想听你说这些。"

"怎么？不舒服了？"柳湄嗤笑，"我还想说说这几年在宫中过的什么日子呢。你就不好奇？那个把碧朱扔到军妓营去的恶毒女人，有了怎样悲惨的下场？"

她再次提到"碧朱"，顺利让白穆抬眼冷睨着她。

"他在摘星阁上不遗余力给你心口一刀，我真信了。"柳湄无视白穆的冷眼，继续笑道，"我信此前不过是我杞人忧天，草木皆兵。即便不是，你也已经死了，不是吗？"

"我放松了警惕，退步听信了他先封我做贵妃，再擢升皇后的谎言，又为了讨好他在他和东昭之间牵线搭桥。我以为待商洛大胜东昭，夺回二十座城池的那天，他就会真正发现，谁才是最合适的皇后人选，谁才是有资格与他比肩，站在他身边的那个人。

直到他深夜带我只身出城，为了见你。”柳湄似乎说到什么特别好笑的事，捂着肚子笑起来，“白穆，那夜我看到你第一眼便知道我活不了了，可是我活不了了，凭什么让你们好过？”

柳湄突然上前，双手扶着天牢的木栅门，瞪着白穆。

白穆却垂着眼，并未看她。

不消片刻，她的眼神又软下来，靠在木栅门上：“哦，还有一件事，这三年他都没碰我，不止我，后宫里任何一个人，他都没碰过。怎么样，开心点儿没？”

白穆敛了敛肩上的披风，仍不看柳湄，只徐徐开口道：“我若说对你说的这些都不感兴趣，柳姑娘是否会觉得丧气？不过有句话说出来，柳姑娘可能会更觉丧气吧。”

柳湄面色一白。

“柳姑娘虽长在官家，却也是出过门见过世面的，不会不知道奴籍女子，一旦出了皇宫，意味着什么吧？”白穆轻轻挑眼，望着柳湄，扯了扯唇角，“更何况是像柳姑娘这样貌美的奴。”

柳湄眼底突然一片猩红。

“柳姑娘自知对阿碧做过什么，知道我对你恨之入骨，不会是来帮你的。”白穆淡淡道，“我来，是见柳姑娘明日要出宫，来做个小小的交易。”

那边涟儿退下，便连忙赶往勤政殿。商少君正与大臣们议事，她便托了小太监传话进去，报告白穆今日这一反常的举动。

话最终由陵安传到商少君耳边。

大殿中有一瞬的安静。

商少君沉默之后：“由着她去吧。”

涟儿接了命令，再连走带跑地回到天牢的时候，白穆已经准备离开了。

漪儿已经把椅子拿走，柳湄仍旧坐在木栅门之后，见白穆要走，突然声音尖锐地嚷道：“你知道我刚刚对你讲那些是为什么吗？你以为我在这里被关了两个月，就什么事都不知道吗？”

白穆回头，却没有过多停留，看了一眼便往外走，柳湄却仍在继续：“白穆，你还爱着他的吧？”

白穆的脚步蓦然一顿。

“你还爱他的吧！你瞒不了我！”柳湄笑道，“但你又恨他是吗？即便明白他的种种苦衷，知道他曾为你做的种种，你仍旧无法原谅他在你面前杀死那位白子洲少主，无法原谅他为了留住你的无所不用其极，更无法原谅还爱着他的自己，是吗？”

“白穆！我就是要再一次告诉你他有多少苦衷！告诉你他对你到底有多好！告诉你摆在你面前的是怎样赤诚的一段感情！白穆，你以为你的下半辈子会比我好过吗？”柳湄突然大笑，“我若有命，便要亲眼看着……看着你在爱恨的烈焰里毁了自己，毁了商少君！”

涟儿赶回来时，白穆正疾步走出女囚室，尽管烛光昏暗，她仍旧能看到白穆通红的双眼。她想问问发生了什么事，动了动唇却没发出声，最终还是默默跟在白穆身后，随她回了涟漪宫。

（七）封后

平成六年九月初八，皇帝大婚。

那日整个商洛都沸腾起来。年轻有为备受尊崇的帝王，登基六年后宫无主，且膝下无子，百姓们盼这个皇后盼了太久了，尽管对皇后人选曾有过一段时间的争议，但就在一月前，皇宫内凤凰长鸣，许多宫人亲眼看见金色的凤凰齐鸣，盘旋于涟漪宫上。

那涟漪宫内所居住的，正是皇帝日前从宫外带回的女子，姓白名穆。

这样百年难得一见的祥瑞之兆，令原本备受争议的皇后人选尘埃落定。那白穆出身何处，相貌如何，是否堪做一国之母，都不重要了，连天都说她才是命定的凤凰呢!

商都更是热闹非凡，等待凤辇的百姓将都城里里外外围了三层，吉时一到，便是震天动地的“皇上万岁万岁万万岁，皇后娘娘千岁千岁千千岁”！

这是一场盛宴。

涟儿、漪儿都忍不住兴奋地拨开车上的帷幔，看到兴奋的百姓，也被他们的情绪感染，激动得满面通红。

“娘娘，娘娘，您看外面，多热闹！”涟儿忍不住高兴道。

白穆一身凤冠霞帔，妆容端庄，看起来温文静雅，只坐在辇内，垂着双目，摇摆的珠串掩住了她面上的神色。

漪儿皱着眉头冲涟儿摇了摇头，涟儿才讪讪地放回了手，默默地坐在白穆身边。

辇外欢呼声冲天，辇内静寂如同冬日的夜晚。

许久，白穆才伸出手来，缓缓拉开帷幔，望着车外。

蓝天白云，阳光灿烂，人声鼎沸，山呼万岁，宫殿巍峨，金碧辉煌。

她静静地望着，只静静地望着，片刻，放下帷幔，仿佛什么都不曾听见，不曾看见。

平成六年十二月初八，荒废许久的选秀制度终于被重新提上日程，皇帝登基来第二次征选秀女，举国瞩目。

秀女进宫当日，下了那年第一场初雪。

“娘娘，今年的初雪这样晚，该会是个暖冬呢。”漪儿推开凤鸾宫内殿的窗子，外头的宫殿顶上已经附上一层薄薄的白冰，转而想到陵公公吩咐过，皇后娘娘的身子畏寒，她连忙关上。

殿内本就点了暖炉，白穆穿得轻薄，原本正在看书，抬头看了殿外一眼，见漪儿把窗关上，又过去，推开了。

漪儿朝涟儿抱歉地吐了吐舌头，下去找暖炉准备再添几个。

“听说秀女今日进宫。”白穆轻声道。

涟儿有些意外，但马上俯身答道：“是的娘娘，一早皇上已经看过一遍，留牌子的都送去储秀宫了。”

白穆放下窗：“我们出去走走吧。”

涟儿忙拿了件裘皮，再备了把伞，跟白穆出门。她和漪儿照顾这位娘娘大半年了，眼看着她的眼疾渐渐痊愈，也不再像初入宫那样一言不发，她的性子又温顺，从不曾发过火，按理说，她和漪儿早和她熟稔才是。但两个人服侍着，还是有些心惊胆战。

关键是……她们拿不准皇后与皇帝之间的关系。

两个人不似外界传闻那般的琴瑟和谐，不像普通人家的夫妻那般相敬如宾，可若说丝毫感情都无……

皇上每日会来两次凤鸾宫，早朝后一次，晚饭后一次，偶尔得空会过来用晚膳，过夜也都是在凤鸾宫，不曾有过其他去处。

因为平时都被遣退，她和漪儿也就伺候晚膳的时候有机会窥见帝后相处。但奇怪得很，两个人交流极少，各吃各饭几乎不说一句话。

涟儿咂咂嘴，今日秀女进宫，皇后这是终于有些不放心，要过去看看了？

但白穆却不如她心中所想，没走近，只在储秀宫外远远地扫了一眼，便去向别处了。

后宫清静许久，这批秀女进宫，给皇宫添了许多热闹。正是妙龄少女，被留下的又大多有些家世背景，平日里难免闹出点儿事来。今日这个秀女与那个秀女争吵了，明日那个秀女嚷嚷被这个秀女绊了一跤，后天哪个秀女“一不小心”迷了路走到勤政殿去了……

因着皇后乃后宫之主，这些事情涟儿除了和漪儿当笑话讲，还会简单与白穆说一声，想不到平时不怎么管事的白穆对这些秀女倒很感兴趣的样子，涟儿只当这位娘娘虽然表面淡淡，心里还是在意皇上的，于是凡事必报。

这日正好说到户部尚书的女儿，涟儿带了点儿情绪说道：“李尚书好歹也是三代文臣，书香世家，却想不到生出的女儿那样好动，整日带着秀女们在皇宫里放风筝。”

“从前也听说过，有些秀女、失宠的宫妃，为了吸引皇帝注意故意在宫里放风筝，可那李嫣然风筝没放到勤政殿去，却放到后宫来了！”涟儿不满道，“算上今日，都第三次把风筝掉到我们凤鸾宫了，莫不是见娘娘脾气好，不会与她计较不成？”

白穆原本在煮茶，沉静地望着水蒸气袅袅升起，闻言抬眼：“李尚书的女儿？”

“是的，娘娘！娘娘您也不可太过随和了，那些莺莺燕燕都仗着年轻，又有些家世背景，您若架子太轻，日后她们一个个进宫，怕是……”

“你去把她传来我见见。”白穆抬手倒茶。

涟儿一怔，本来只是抱怨两句，没想到白穆竟要见她。

“怎么？”白穆抬眼望着她。

涟儿忙道：“奴婢这就去，娘娘稍等。”

李嫣然传到，白穆随即屏退了宫人，连殿门都让关上，只留了两人在内殿。涟儿见状，懊恼地拍了一把自己的额头，皇后见李尚书的女儿，算不算见陌生人？

她快步往勤政殿去，等了大半个时辰，才得来皇上一句话，又是上次那句：“由着她去吧。”

而在凤鸾宫殿内的李嫣然，大殿门将将关上，她便跪在白穆面前红了眼圈：“少夫人！”

“少夫人，夫人已经出岛，原本计划大婚那日动手，从那狗皇帝身边带你离开！可收到你让那柳湄传出来的消息，便搁置了。”白芷顶着一张陌生的脸，擦了把眼泪说道。

“虽然你让我们不要轻举妄动，也不要再试图进宫带你离开，可夫人还是不放心。这次选秀安插了十几个人，可惜最后只有我一人顺利进宫。”白芷跪着上前，拉了拉白穆的袖子，“少夫人，白芷带你离开吧。虽然前几日我深夜过来，便探知凤鸾宫附近有暗卫把守，但少夫人放心，白芷便是拼了这条性命，也会送少夫人您安全出宫的！”

白穆拉了她一把，让她站起来，低声道：“我便知道你们不会放过这么好的机会。”

“少夫人……”白芷见白穆说话的神情语气，便又想哭。

尽管已是一国之后，可白穆比此前消瘦许多，声音里没有多少生气，眸子里也没有什么光彩，哪像从前在白子洲那般有朝气？

“白芷，你等会儿就出宫，把正主换回来，让母亲也回白子洲去吧。”

白芷一怔。

白穆继续道：“我此前让柳湄传话，便是料到大婚那日你们会有动作。今日见你，也是想让你们不要再费人力接近我，也不要再耗心力琢磨怎么接我出去了。”

白芷睁大眼。

“你看我现在不也过得挺好的？”白穆笑了笑。

白芷哭得更厉害：“少夫人！你不要这样，你这样白芷害怕！你现在怎会过得好……你……”

白穆原是半坐在矮榻上，此刻微微倾身，伸手替白芷擦掉眼泪：“傻姑娘，衣食无忧，怎不算好？”

“可是……”

“白芷，即便我逃得了今天，却逃不了一辈子。”白穆叹口气，轻笑道，“他不会放过我，不会放过我们，不会放过白子洲。”

“区区一个商洛而已！我白子洲又岂会怕他？”白芷不服道，“他杀害少主，夫人几近崩溃！不过少夫人你在他手上，才不得不忍气吞声……”

“白子洲不怕他，我却怕他。”白穆突然道，“白芷，我不想再看到任何人……任何一个人，因为我死去。”

白穆仍旧笑着，笑意却不达眼底：“如今东昭式微，十二岁的小皇帝倚仗商洛，商洛大军若想讨伐白子洲，东昭不会阻拦。就算我回到白子洲，商少君早已探知白子洲所在。我白子洲上万族人，商洛却有百万大军，哪怕拼尽全力，能得什么好？”

“可是……”白芷哽住，双唇抖了抖，却说不出话来。

这道理她何尝不明白？可当初少主便是执意只身行动，才轻易叫人取了性命的啊……

茶香袅袅，两相沉默，白芷只是跪在白穆面前哭。这些年她和白伶都在后悔，倘若当时跟着白穆去了东陵，哪怕陪着少主丢了性命又如何呢？

“白芷，”白穆眼底也染上些许嫣红，“慕白……可已安葬？”

白芷的眼泪掉得更凶，抽泣着点头：“是……是夫人……亲自入的殓，只待……只待少夫人回去亲自立碑。”

白穆垂眼，掩住了眼底泫然的泪光。

“娘娘，该用午膳了。”涟儿敲了敲殿门，在殿外大声道。

白穆收敛情绪，再次扶起白芷：“你走吧。记住我刚刚的吩咐，照我刚刚说的做，如果你们还把我当作下任族长。”

白芷擦掉眼泪，红着眼点头。

“白芷，”临出门时白穆又喊住她，“让母亲放心。”

她坐在矮榻上，蜷在狐裘里，雪白的狐狸毛衬得她脸上有了些许颜色，不像初进门时那般没有生气，氤氲的水汽却模糊了她的面容。她垂着眼，低声道：“终有一日，我会让他……亲自放我回去。”

平成六年十二月底，秀女还未入宫，凤鸾宫便传出喜讯，皇后有孕。

（八）心病

皇后有孕，宫内宫外的大喜事。皇帝登基数年，除了当年洛家那档子拿不上台面的“有孕”，这是第一次，正正经经地有后妃怀孕了，还是正宫皇后。为此，皇帝将众多秀女一一赐给各个下臣，宫中除了宫女，一名女子未留，都没人提出异议。

毕竟皇后有孕，此时秀女入宫，皇后一个不开心，伤了龙胎可如何是好?

更何况，皇后本就凤体有恙。

自把出喜脉以来，凤鸾宫中的御医就不曾断过。

最初是孕早期，白穆孕吐严重，御医们想尽办法才勉强压制住，但恢复正常进食后，白穆的脸色依然没有好转，明明比平日吃得还多，各种珍贵补品也是能进就进，可白穆又开始日日昏睡，以肉眼可见的速度消瘦下去。

涟儿和漪儿每日急得不行，只要她清醒就变着法子哄白穆吃东西。她照旧安静，她们让吃，她从不拒绝，食物下肚，又是一次长眠，丝毫不见好转。

这日商少君终于在凤鸾宫大发雷霆：“一群庸医！”

御医们跪在地上，发抖的发抖，擦汗的擦汗，这位年轻的上位者，从来生气起来最多阴森森地笑着威胁几句，哪曾这样失态地发过火?

“皇后的胎保不住，你们一个都休想脱了干系！”

凤鸾宫更是乌云压顶，跪在地上的御医们，连发抖都不敢了。

良久，突然有人稍直起腰背，拱手道：“皇上，娘娘这病……恐怕是大罗神仙也难救啊！”

“大胆！”

“皇上！微臣今日冒天下之大不韪也要说一句。”说话的正是当年给洛秋容和白穆都诊过脉的张御医，磕了个头便道，“娘娘这是心病，还需心药来医啊！”

商少君蹙眉。

张御医继续道：“皇上，娘娘此前看到您便眼前发黑，双目暂时性失明，便是强烈的心理创伤所致。微臣斗胆，虽不知娘娘到底在与陛下置什么气，可气郁未消，又怀了陛下的骨肉……”

跪在他后头的御医不停拉扯他的袍子，让他不要再说下去，张御医却深吸一口气，再磕了一个头，道："娘娘的症结，在陛下！在肚子里的孩子！心结不消，药石难医啊！"

一句话，让此前压在凤鸾宫的乌云又往下压了几分。

一室静谧。

只有躺在榻上的白穆，隐约可闻均匀的呼吸声。

这日白穆醒来时，商少君还坐在她的床头。凤鸾宫的宫人被遣了个干净，涟儿和漪儿也不例外。

没有人搀扶，她稍用点儿力气便跌回床上，也不再挣扎，只轻闭着眼。

商少君看了她一眼，便挪开目光，只落在白穆平日常坐的矮榻上。涟儿出去前煮了茶，说是白穆喜欢这茶香，水汽更可缓解冬日室内的干燥。此时茶水已开，蒸蒸腾腾地往上涌着热气。

她什么时候开始学会品茶，他竟是不晓得了。

商少君扯了扯唇角，垂下眼帘："阿穆，你恨朕。"

白穆仿佛什么都没听见，苍白的脸上不见一点儿颜色。

"可无论朕的手上有多少鲜血，孩子是无辜的。"商少君轻轻握住白穆的手。

白穆眉头一蹙，将手抽了出去。

商少君也不恼，向前挪了一步，没再坐在榻边，而是坐在上榻的踏板上，随意地斜倚在床边，望着透过白色窗纸洒进来的几缕斜阳："阿穆，朕记得那年你从恶狼嘴里救下我，重伤昏迷不醒，朕也是这样靠在你的床边，守着你。"

白穆转个身背过去。

"那时候朕想，朕真是全天下最没用的男人，竟要心爱的女子以性命相救。"商少君微微笑了笑，"后来回到皇宫，我记起一切，却没想过去找你。朕知道，与其让你险象环生地困在眼皮底下，不若让你安全自由地活在远方。可你还是来了。

"朕又想，无论如何，朕要保你在后宫生活无忧，无人敢欺。"商少君复又拉住白穆的手，轻轻揉捻她的指尖，"你可知那时朕最厌恶什么？"

"最厌恶你在朕面前扮作柳湄，试图哄朕开心。"白穆再次抽手，被他紧紧握住，"你扮作柳湄，我不得不装作欢喜。你已是委曲求全，朕再不给你好脸色，岂不更是难过？可朕知道，是朕无用，有情不可诉，有妻不可认，却要你受着旁人的白眼，顶着旁人的身份，享着本该属于你的恩宠。"

斜阳一丝一缕地落在商少君身上，光亮处，锦缎制的袍子折射出珍珠般莹润的光泽，阴暗处，便像陡然横亘在身上的疤痕，缠绕在身，摆脱不得。

“你可还记得那年沥山之行？”商少君仍旧笑得温存，“朕筹谋许久，终于与柳行云达成一致，决定回宫便对柳轼动手，心下欢喜，心心念念送你一对熊掌让你也欢喜欢喜。那次制造意外让裴雪清入宫是真，朕想猎一对熊掌送你却也是真。

“后来柳轼不再，朕其实该顺势将你打入冷宫，可终究不忍，便每日背着宫人去朱雀宫与你私会。你亲自给朕下厨做晚饭，从未与朕说，朕也假装不知，其实朕吃得出来。

“那年十五夜市，朕带你出宫看戏，你记得否？那日……”

“够了！”白穆突然出声，半支起身子，猛地抽回自己的手，“你从来都知道你我的症结到底在哪里，说那些从前的事做什么？”

她抬头盯着商少君，因为突然气急用力，隐隐有些气喘：“我不关心从前，只关心将来。”

商少君一抹笑意勉强维持在嘴角，半晌，才融化开来：“阿穆，好歹你愿意开口讲话了。”

白穆躺回榻上，干涸的双眼怔怔望着头顶白色绣花的床幔，半晌静默，她闭上眼：“商少君，你知道我要的是什么。”

声音极轻的一句话，在空旷的凤鸾宫，却显得极为清晰。

床边人却似没听到一般，并未作答，也未开口再说一句话。

夜幕不知何时降临，大概没有人敢在这个时候来喊他们用晚膳，甚至没有人敢进殿来点亮一盏烛灯。夜色渐深时，只有一抹清幽月光，透过曾经洒入阳光的窗纸，再次投映在床榻前，照亮那人冷硬的侧脸。

屋子里暖炉早已烧尽，丝丝凉意之后，便是刺骨的寒，合着外头突然刮起的烈风，将室内的静谧衬托得更加淋漓。

榻上和榻下的两个人都没有说话，也没有动作，仿佛在用沉默捍卫自己的坚持。

不一会儿，月光消失，窗子上“噼噼啪啪”地响起来。

下雨了。

雨水让殿内寒意更甚，还有几股寒风不知从哪个角落灌进来，吹得幔子轻微晃动。榻下的人这才有了反应。他站起来，不太熟练地打开殿内的柜子，开了几扇门，才从中抱出一床棉被，转身给榻上的人盖上。

掖被子这件事他却是极为熟练，左右，脚下，肩膀。手指禁不住停在她脸颊，想要替她拨开散发，她脸颊微微一侧，躲了过去。

他便僵在原地。

她并未睁开眼，只侧个身子背过身去，轻声说：“商少君，若我说那日在东陵，山谷上，对你说的话都是真的，你信吗？”

她说只要他放慕白走，她同他回去，好好过日子，再不提过往。

商少君徐徐起身，负手立在榻边，光线太暗，看不出他面上的神色，只能听见他低沉的声音：“朕信，朕一直都信你，信你的承诺，信你的誓言，信你会一直等朕。”

“不肯相信的，是你。”商少君远远望着榻上女子倔强的脸，“阿穆，你从未全心全意地，信过朕。”

说罢，他转身离去。

第二天白穆醒来，凤鸾宫终于不再满地的御医，只有张御医候在旁边，一见白穆醒来，就跪在地上行了个大礼：“皇后娘娘！”

涟儿和漪儿不在，白穆只能深吸一口气，强行支起半个身子。

“皇后娘娘，皇上今早来过，留下口谕，说……说……”张御医匍匐在地，犹疑间瞥了眼白穆榻边的矮柜。

白穆顺着他的眼神看过去。

柜子上放着一碗药。

“皇上说，娘娘若不想见他，他今后不来凤鸾宫便是，若是……”张御医声音有些颤抖，“若是不想见那腹中胎儿，把这碗药喝下便是。”

白穆本就苍白的脸瞬间更显单薄，连唇瓣仅有的一点儿血色都退得干干净净。

“皇上说的许是气话，娘娘勿要伤心伤身啊。”张御医跪在地上道。

白穆又坐起来了一些，侧目盯着那碗浓黑的汤药。

张御医抬眼瞧着，磕头道：“娘娘请三思啊！”

白穆却正在此时伸手过去。

“娘娘三思啊！”张御医急忙又磕头道，“娘娘身体本就有过大创，能怀上此胎已是不易，落胎汤对身子伤害极大，您若是用了，日后恐怕……恐怕都不能……有孕啊！”

白穆端着那碗药，手还没到跟前就已经开始发抖，她却紧咬着唇角，执意地送到了嘴边。

“娘娘！无论您与皇上之间发生过什么，幼子无辜啊！幼子无辜啊！”张御医急得眼泪都要掉下来。

白穆的手开始剧烈颤抖，双眼也熬得通红。

只需深吸一口气，只需张嘴，只需将这碗药尽数倒入腹中，她便能消除这些日子难安的孽障。

只需这一碗药，只需再狠狠心，便能让那人也尝一尝，失去至亲的疼痛。

但最终，“啪——”。

她狠狠将那碗药摔在地上，指着门口：“出去！”

涟儿和漪儿或是听到声响，齐齐跑了进来，便看到地上洒了一地的汤药和四分五裂的碗，再看白穆，面色煞白地倒在榻上。两个人一愣，忙一个去扶白穆，一个去拿工具打扫地上的碎片，张御医在这个间隙匆忙走了。

涟儿本打算服侍白穆起床，不想她翻个身，又沉入被中。

涟儿并不知道商少君下了怎样的口谕，亦不知道摔在地上的是怎样一碗汤药，更不知道刚刚她经历过一番怎样剧烈的心理挣扎。

只知道这日白穆在梦中一反常态地轻泣，嘴里不停念着“对不起”，却不知到底是在对谁说“对不起”。而这日之后，白穆的身体，奇迹般的好起来。

平成七年七月初七，皇后诞下龙子，皇帝大悦，当即封为太子，大赦天下，举国免税三年。

数月来笼罩在皇宫上空的沉重阴霾仿佛都随那一声婴儿的啼哭消散殆尽，明明已是盛夏，却好似春天才刚刚来临，整个皇宫突然盎然起来。

第十五章 真假归离

（一）太子

"娘娘，娘娘您看！殿下的眼睛睁开了，乌溜溜的！"涟儿抱着孩子，忍不住去逗他，一面走到白穆榻边，"您看您看，殿下笑了！"

白穆面色还算红润，接过孩子，也跟着弯了眉眼。

涟儿忙给对面的漪儿使了个眼色。

瞧吧瞧吧，母爱是女子的天性，哪个母亲不爱自己的孩子？任凭娘娘这几个月如何的沉默寡言，如何不苟言笑，现在小太子出生了，一切都会好起来的！

漪儿忍不住掩嘴笑起来，也给涟儿使了个眼色：还不去告诉陵公公？

涟儿就势福了个身道："娘娘，奴婢去给小殿下打点儿热水来擦擦脸。"

涟儿一出凤鸾宫，便似两腿生风，飞快地到了勤政殿。陵安正巧从勤政殿出来，猝不及防地和她撞了个满怀。

"哪里来的宫娥，如此莽撞。"责备的话出口，语气里却并没有责备的意思，只有着淡淡的无奈。

"陵公公。"涟儿忙后退一步，行了个礼。

陵安见是她，皱眉道："何事如此匆忙？可是娘娘有事？"

涟儿忙摇头，摸了摸脑袋，瞟了眼四周，才低声说："有件事，也不知道……不知道该不该特地告诉陵公公。"

"何事？"

"娘娘……"涟儿笑了笑，高兴道，"娘娘今日见着殿下笑，也跟着笑了呢。"

这日勤政殿的晚膳传得尤其晚，御膳房已经端着饭菜来过几次，殿门仍旧紧闭，殿外的小公公们纷纷摇头，示意还未传膳，让他们端回去迟些再来。

陵安点亮了书桌旁的油灯，再一次轻声道："皇上，天都暗了，该用膳了。"

商少君仍旧锁着眉头，目不转睛地盯着折子。

陵安明白，最近五国关系紧张，恐怕战事会再起，商少君白日与文臣武将们议事，晚上要处理未看完的折子，近日忙得去看小太子的时间都没有，用膳这种事，便总是能拖就拖，能省就省。

"皇上，不如去看看殿下？"陵安提议道，"兴许正赶上与娘娘一并用膳。"

商少君这才看了陵安一眼，听到他的下半句，眸光蓦然暗了暗，垂下眼继续看折子。

“太子殿下当真与皇上长得像，那眉毛，那眼睛，就连鼻子都是一模一样的。”陵安仿佛没注意到商少君的神色，只絮絮道，“奴才每次看到殿下，都觉得也跟着年轻了似的……”

商少君扬眉道：“朕的儿子，自然与朕长得相像。”

陵安点了点头，漫不经心道：“殿下也如皇上幼时一般招人疼爱，今日娘娘见他笑，也跟着笑了，还抱着他逗玩了许久哪。”

商少君愣了愣，随即眸光亮起来，仿佛星光落入其中，闪闪烁烁，紧跟着眉头弯起来，嘴角亦扬起来。

陵安只当什么都没看见，垂着眼问道：“皇上，该用膳了吧？”

“传。”

平成十年七月，召庆太子三岁生辰不到，皇帝便携其上朝，抱其坐于龙椅之上听议政事，接受百官朝拜，宠爱之心溢于言表。

太子殿下生来聪慧又机灵，活生生一个人精，这是皇宫里无人不知无人不晓的事儿。

走到哪儿，哪儿笑逐颜开，跑到哪儿，哪儿人仰马翻。因着三岁便上朝听政，才五六岁的年纪，各种大道理小规矩张口就来，偏生只会教训旁人，轮到自己便全是例外。

近日宫内最为红火的段子便来自他，但凡说起来，无人不连连摇头，又捧腹大笑。

这段子的源头，来自新晋的张丞相。

这位丞相与前朝的柳丞相有些相像之处，都是平民出身，都被皇帝一手提拔，还文武双全，年纪轻轻便坐上了丞相之位。

近年五国内频繁争战，商洛在一年前刚刚在与南临的大战中大获全胜，眼下祁国又来挑衅。据说朝堂之上皇上和丞相因为这个问题起了争执。

皇上不容祁国挑衅，主战。丞相认为祁国那不算挑衅，不过是来使说了几句重话，不至于因为几句话再起战事，主和。

正当二人在朝堂上争执不下时，谁也没注意到，个子小小的太子殿下不知何时钻到了丞相身侧，不着痕迹地拉开了张丞相的腰带……

正与皇上唇枪舌剑的张丞相戛然而止，面色由红到白，由白到红，由红到黑，最后瞧见满脸无辜的太子殿下眨着乌黑的眼睛仰首望着他的时候，抖着双唇一句话都说不出来。

于是宫内传疯了当时年纪轻轻英明神武的丞相大人如何拽着腰带拎着裤子狼狈出

宫……以及鬼见鬼愁的太子殿下到底如何拉开了丞相的腰带……

对于纷纷来刺探答案的宫娥公公们，召庆太子只是拿出他的招牌无辜眼神，眨着眼睛道：“没有啊，我就是觉得丞相大人身上的玉佩挺好看的，哪知道一拉就……”

连召庆太子都羞红了脸。

丞相大人为此一连告了七日的假，未来上朝，称祁国一事皇上自行决定。于是有官员开始旁敲侧击提醒皇上，对太子殿下，是否……过于纵容了些……

太子殿下似乎没想到事情会闹得这么严重，这日没有跟着皇上上朝，而是窝在了皇后怀里。

“母后，凌儿当真不是故意的。”太子殿下出生皇上就赐了“凌云”做名字，取义于“凌云之志”，可见皇帝对他的期望。

他噘着小嘴，嘟囔道：“凌儿就是觉得丞相的玉佩好看……而且他们也传得太离谱了一些，丞相怎么可能提着裤子出宫，又不是没有偏殿给他整理……就算是把裤子扯破了，父皇也会赐他一条让他整整齐齐地出宫去。”

白穆笑着抚了抚他的脑袋，替他整理好衣物将他抱下榻。

“母后不会不相信凌儿吧？”太子张大了嘴巴，“凌儿当真不是什么捣蛋鬼，凌儿最听话，而且最听母后的话了。”

太子的身子软绵绵的，直扑到白穆怀里，黏在她身上不肯下来。

“那凌儿可喜欢这里的生活？”白穆笑着问道。

“当然喜欢了！”太子殿下突然来了劲，兴冲冲道，“父皇说整个皇宫的人都是我的小伙伴！都可以陪我玩！我若不想背书便不背，不想跟他上朝就不去，嫌无聊想整谁都可以！连丞相大人都可以哦！”

话刚说完，太子殿下便意识到说错话了，紧紧捂住嘴。

白穆不由得笑起来，却不说什么，只是睨着他，眼里的宠溺却是掩不住。

太子殿下小脸通红，咬牙道：“哼！就数母后最坏了！我这么坏也都是跟母后学的！”

说着，他便一跺脚，气呼呼地跑了出去。

涟儿和漪儿二人早在一旁笑弯了腰。

这夜太子殿下一反常态，竟一直在勤政殿流连，不肯回凤鸾宫，陵安问他为何，他理直气壮地回答：“今日我比较喜欢父皇，要和父皇睡。”

陵安拿他没有办法，只好让他一直在勤政殿待着，偏生太子殿下并不满足于老实待着，一定要在商少君身上待着。陵安知晓商少君每日的折子都看不完，太子殿下再一捣乱，不知要何时才能休息了，便时不时来问他要不要吃点儿什么，要不要喝点儿什么，要不要去玩点儿什么，最后太子殿下眉头一皱："安公公，我突然特别想喝您亲手做的香梨老鸭汤。"

陵安一愣。

商少君低笑出声，摆了摆手。陵安只好退下。

"父皇，我觉得这个人说得有道理。"太子殿下指着商少君正在看的折子。

那折子说的正是此次与祁国开战一事，称近年五国征战连年，商洛已先后与东昭、南临有过一场大战，实在不宜再战，而应休养生息，国泰民方安。

商少君扬了扬眉头，笑道："此人所说与丞相并无二致，为何你要脱丞相的裤子，却称他说得有道理？"

"哼。"年纪小小的太子殿下有模有样地说道，"丞相大人自恃立功无数，有无视父皇之嫌，活该！"

"哈哈……"商少君大笑，抚着太子的额头，"吾儿治国奇才。"

太子殿下得意扬扬地连连点头："凌儿比父皇和母后都聪明！"

但见商少君将折子压在一边，他又疑惑道："父皇，真的又要打仗了啊？"

"嗯。"

"那父皇这次又会如前面两次那样，打败他们之后签订百年不互侵的合约吗？"小小的召庆太子皱起眉头。

"嗯。"

"为何？"太子不解。

以他这个年纪，可以理解很多事情，却也有很多事情，他永远都想不透。譬如为何父皇喜欢和他吃饭，母后也喜欢和他吃饭，他们三个人却不能一起吃饭；譬如，为何他所在的皇宫并不像书上所记载的有很多位嫔妃、很多位皇子，只有母后和他；譬如，此时父皇明明知道怎么做是对的，却要选择错的。

商少君没有马上回答，只是把他往怀里搂了搂，良久，才缓缓道："内无忧，外无患，做所喜之事，娶所爱之人，享天伦之乐。凌儿，父皇会倾尽全力，保你一世逍遥。"

（二）烦恼

“内无忧，外无患，做所喜之事，娶所爱之人，享天伦之乐。”

直到第二日，小太子从虔心宫出来的时候，还在琢磨这句话到底是什么意思。前面几句他懂，可何为“所爱之人”，何为“天伦之乐”？

他琢磨了许久也没找出答案来，于是招来了身边的小太监，问：“小球子，你可知‘娶所爱之人’，‘享天伦之乐’是什么意思？”

小球子是他的贴身玩伴，从宫外送进来没两年，对这位小主子极为忠诚，太子一问，他眼珠一转小手一拍：“‘娶所爱之人’，便是像我爹爹和娘亲那样，娶喜欢的人做妻子。‘享天伦之乐’，‘享天伦之乐’……”

小球子晃了晃脑袋：“奴才也不知道。”

两个人蹲在一处花丛下面，拿着树枝子挑地上的蚂蚁玩儿，太子把他往身边拉了拉：“你说是不是像我父皇和母后那样？”

小球子刚到太子身边时，每次听他提起“父皇母后”都吓得脸色惨白，闭着嘴什么都不说，妄议帝后可是要杀头的！但时间长了，他也习惯了，连连摆手道：“怎么会？你父皇和母后，连我爹爹和娘亲都比不上。宫里人说，他们根本就不是互相喜欢，连‘所爱之人’都算不上，怎么会有什么‘天伦之乐’！”

小球子觉得他是实话实说，毕竟他听的八卦多，许多人都说，虽然这后宫只有皇后一个女子，成就了独宠一人的传奇，但其实皇帝和皇后感情不和，相处起来就像冬天的雪似的，冷冰冰的。

想不到太子殿下毫无预兆地发了火：“小球子！本太子再也不要跟你玩了！”

说完，他甩下树枝就跑了。

不足六岁的小太子不懂“所爱之人”为何意，却知道“喜欢”是什么。原本他就好奇，为何父皇母后甚少一起吃饭，更不提像书中其他人的爹娘那般，陪着他读书吃饭，带着他一起玩耍，他以为因为他们是皇帝和皇后，总归与普通人家不同。

但小球子刚刚那一说，好像正好击中他心里某个不安的角落。

这天他跑去凤鸾宫吃午饭的时候，一直闷闷不乐。

白穆看了他好几眼，揉了揉他的脑袋，问他：“怎么？今日在早朝上被大臣们批评了？”

太子殿下不太愉快，嘴噘得更高。

白穆无奈地点了点他的额头：“让你长点儿记性也好，朝廷重臣，岂能仗着自己年纪小随意欺辱？你啊，被宠得太无边际了。”

“我今日并未去早朝。”他知道今日会被骂，才不要去呢！

白穆望向他：“那凌儿这是怎么了？”她笑了笑：“谁还有胆子欺负你？”

太子放下筷子，抬头看着白穆，一脸的郑重其事：“母后，你喜欢父皇吗？”

这些年白穆的模样没什么变化，太子长大后她整个人看起来反而更温婉，笑容也比从前多得多，只是乍一听到这个问题，嘴角的笑便僵住。

“母后，你不喜欢父皇吗？”太子殿下的两条小眉毛纠结在一起。

白穆恢复笑容，掐了一把他的脸蛋：“母后最喜欢凌儿了。”

“那父皇呢？”太子追问。

“父皇也喜欢凌儿。”

“不是，我是说……”

“凌儿乖，吃饭。”白穆夹了一块肉到他碗里。

太子殿下从凤鸾宫出来，还是有些不安心。好不容易等到傍晚，看着朝臣们从勤政殿退下，一溜烟儿就钻了进去，爬到他父皇大腿上。

商少君案前正放了一幅详尽的五国地图，上面朱红点点，做满了标记。

“父皇真的打算开战了吗？”太子脆生生地问道。

商少君收起那地图：“凌儿觉得呢？”

“父皇是为了凌儿才四处征战的，对吗？”他还记得昨日商少君的话。

商少君抱着他翻了个身，让他坐在案桌上，笑道：“吾儿聪慧。”

太子却并没有因为受到夸奖笑起来，反而皱着眉头道：“父皇，凌儿想问您一件事。”

“哦？”商少君扬眉。

“父皇喜欢母后吗？”

聪慧的太子殿下敏锐地察觉到，他的父皇也和母后一样，听到这个问题后，笑容僵了一僵。他心里仿佛下起了一阵小雨，透亮的眼睛随之暗淡，失望地垂下眼帘。

下一刻，他却被父皇抱了满怀，听到他用让人安心的声音说：“当然喜欢。母后和凌儿，都是父皇最喜欢的。”

下雨的心一下子雀跃起来，果然是小球子说错了吧！

父皇是喜欢母后的，也是喜欢凌儿的；母后是喜欢凌儿的，那也是喜欢父皇的！

太子殿下这道心坎，就在五岁那年跨了过去。此后每每和小球子说起来，他便叉着腰煞有介事地辩解道："你们这些凡夫俗子！怎会懂我父皇和母后？父皇国事繁忙，母后性情内敛，哪能和普通夫妻一样生活？他们互相不喜欢的话，哪来的本太子呢？哪来的哪来的哪来的？"

无忧无虑的童年时光总是过得飞快，随着一年年长大，太子殿下又开始有了新的烦恼。比如，再也不能仗着"年幼无知"看丞相不顺眼的时候去扒他裤子了；比如，再也不能撒娇挤在母后榻上要一起睡觉，窝在父皇的怀里一起看折子了；比如……皇宫里大大小小的物什，老老少少的人，都被他玩儿腻了，他开始有那么一丁点儿，就那么一丁点儿，好奇皇宫外的世界。

原本今年父皇沥山狩猎，打算带他同行，可朝廷那帮老臣各个反对，说什么太子年幼，皇帝子嗣单薄，万不可出意外。

他都九岁了！哪里年幼了！

怎么他要和母后睡，要赖在父皇大腿上他们说"太子已经长大了"，要出去玩一玩就变成"太子年幼"了呢？

这种不快一直持续到他生辰宴前夕，瞧瞧，明明他是九岁，过的却是十岁生辰宴，真搞不懂那些人在想些什么！

气郁的太子殿下不想看书，不想习武，连平日最喜的对弈，看着那黑黑白白的棋子，都觉得烦躁得很，干脆就在皇宫里晃悠。

皇宫虽大，但他从出生玩儿到现在，每个角落都已经熟悉得几乎没有新鲜感。他又想起头几年，外祖父外祖母还在的时候，父皇母后每年好歹会带他出宫去看看他们，去年他们过世了，今年就一次皇宫没出过了。

这么想着，他走的角落越来越偏，方向也随心而动，越来越接近宫墙。

他还在琢磨这地方怎么一个御林军都没有，又想到正是傍晚换班时间的时候，口鼻呼吸突然一滞，竟是被人捂住了！

他心下一慌，想要喊，却哪里喊得出口，想要打，抓他那人也是会武的，没两下就把他制得服服帖帖。

完蛋了！本太子该不会要被绑架了吧？

他开始害怕，人已经被松开了。

"哎呀！我的乖孙子哟！你长得也太可爱了！"那人抱着他的脸就用力亲了两口。

“大胆！”本太子的脸蛋，那是只能被父皇母后亲的！

他皱着眉头睨着眼前陌生的妇人。未曾蒙面，居然如此大胆！没带武器，居然藐视皇宫！一身黑衣，大概是刚刚翻过宫墙过来的，再瞟一眼那宫墙……哇，好厉害。比教他功夫的师父还厉害呢！

“小乖孙，奶奶可想死你了，快再来给奶奶好好看看。”眨眼的工夫他们就换了个更偏僻的角落，黑衣妇人抓着他又“吧唧”亲了两口。

“放肆！”太子殿下怒，“本太子的皇奶奶早年就过世了！你是何人？”

“哟，还挺有气势的嘛，不错不错。”白浮屠恨不得再过去亲两口，被眼前人嫌弃地躲过了，“你躲什么躲？老娘是你娘的娘！”

“胡说！本太子的外祖母去年刚刚过世！就算是外祖母，也从不自称奶奶，你休想欺骗本太子！”

白子洲向来招婿上门，所产子嗣姓白，自然喊她一声“奶奶”。

白浮屠懒得跟他解释，从怀里变戏法似的源源不断掏出来各种小玩意儿：“乖孙子，你那个狗屁爹把皇宫围得跟水桶似的，老娘千里迢迢来了两次，总算见到你了，这都是给你的见面礼，都收着慢慢玩儿哈！”

各种小玩具，都是白浮屠特地命人精心打造。太子连宫外的许多小东西都觉得稀奇，见到这些玩意儿更是看直了眼。但他还是保持着应有的清醒，呵斥道：“大胆狂徒！辱骂皇帝可是杀头之罪！”

白浮屠白他一眼：“狗屁爹就是狗屁爹，老娘又不是你商洛人！”接着她把腰一叉：“你到底要不要？不要老娘全拿走了。”

太子殿下看着那些小玩意儿，咽了咽口水，再看了看刺客模样的女人，其实眉目怪亲切的，身上的味道……也和母后相似。

“那……那本太子就……姑且……姑且玩一玩。”反正御林军等会儿就来了。

这一玩，太子殿下玩得特别开心，那些小玩意儿太过特别，简直叫人爱不释手。待他反应过来，御林军没有过来，天色也早已晚了。

“好了，乖孙子，奶奶要走了，再晚你们的狗屁御林军真要来了。”白浮屠同样看了看天色，面上流露出不舍，摸了摸他的脑袋，“今日的事情你帮奶奶保密，再帮奶奶带句话给你娘如何？”

或许是她一口一个“娘”，听起来比“母后”亲切多了，又或许是她看起来熟悉的眉眼让他早已放下防备心，小太子想了想，点头。

此后很长一段时间里，太子殿下都在后悔，若他能知道后事，便不点这个头了。

父皇说过，为君者，一诺千金。他答应了这位“奶奶”要保密，可他给母后传过话后，却把秘密分享给了小球子。所以老天爷惩罚他，从那之后他便生病了。

平成十六年七月，太子殿下十岁生辰当日，宫中大宴，突降大雨，太子感染风寒，一病不起。十一月，初雪，召庆太子病逝。

（三）大病

召庆太子初初病下时，并未掀起多大波澜。

毕竟皇后怀着他时曾有段时间身体羸弱，好不容易顺利产下他，他自小身体便不似普通孩子那般好，极容易生病。好在宫内御医个个医术高明，平日的调理也从来不断，他又自小习武强身，身子渐渐好起来，已经有多年不曾染病。只是风寒的话，早早调理好生养着是不会有什么问题的。

然则，一个月过去，他的病情丝毫未有好转，反而有愈来愈严重之势。

宫里的御医们束手无策，开始人心惶惶；多年来唯一的皇子，大臣们同样焦虑，对病情一日三问；但对太子殿下最为担心的，当然是自小将他捧在手心的皇帝。

皇帝登基十数年，勤政爱民，从不曾罢过早朝，但太子生病以来，一月里竟有七八日不曾早朝了。

半月后，太子病况依旧，皇宫传出圣旨，放榜五国找寻名医，得救太子者，重赏。

随着一个又一个外廷大夫入宫，宫中气氛更加剑拔弩张。每每一个大夫诊断完，整个皇宫上下都眼巴巴等着结果，可惜一次次失望而归。

再一个月，外廷进宫的大夫已经不是什么新鲜事了。

这日又来了个据说从东昭千里迢迢赶来的“名医”，原本众人对他也没有多少期待，不想他煞有介事地把了半个时辰的脉，又是看太子殿下的耳鼻喉，又是问太子殿下平日的饮食，连平时服侍太子殿下的宫人都问了问，看了看。之后便不发一言，只说要见皇帝。

见皇帝便罢了，竟还要求屏退所有宫人侍卫。

陵安候在殿外，心中略有些忐忑。无论多大的事，皇上何曾连他都屏退过？这次恐怕是太过在意太子殿下，旁人怎么说他便怎么来。

东昭来的……万一是个刺客呢？

这么想着，陵安忍不住把脑袋贴在勤政殿的大门上，努力想听清里面的动静。

听了半晌，没有丝毫声音，直到突然一道拍案声，接着是商少君大怒的声音：“放肆！”

陵安吓得赶紧要推门进去，又听商少君大斥：“给朕把这庸医拖下去！押入天牢！”

亲卫兵很快有动作，大殿门一开，陵安便见那名医不服气地大喊：“陛下！草民句句属实，绝无妄言啊！您若不听草民一劝，不出半个月，太子殿下……”

不等话说完，人已经被拖了下去。

好不容易等到四下无人，陵安安安静静地候在商少君身边。

往常若是有什么烦恼或是什么决定，商少君总会跟他说一声。但今日他一直不发一言，虽然一直在批折子，但面色阴沉，唇角紧抿，显然藏怒于心。

到了下半夜，他突然甩掉手里的朱笔：“摆驾凤鸾宫。”

早在太子生病的第一个月，就将寝殿搬去凤鸾宫了，由皇后亲自照料。

将近子时，凤鸾宫上下早已照平时的作息，灭了烛灯，休息了。但这次商少君没有像往日那样，悄声进宫，连唱到都没免。

“皇上驾到”的声音一响，凤鸾宫瞬时人仰马翻，不消片刻，宫灯大亮，跪了一地宫人。

白穆倒没有那样惊慌，披了件外衣坐在榻上，见商少君进来，也未下榻行礼。

或者说她入宫这十年，再未向商少君行过君臣之礼。

太子睡在白穆身边，大概是被突如其来的声音吵到了，有些不安地动了动。白穆轻声哄了两句，他便再次沉沉睡去。

商少君进来也不说话，就在床榻对面的矮榻上坐着，眼眸沉沉地望着白穆。

白穆却不看他，安抚好太子，便垂眼敛目。

半晌，两个人皆无言语，白穆才抬目道：“皇上若无事，我要休息了。”

这十年来，她也再未自称“臣妾”。

商少君仍沉眼望着她，不知眸底涌动的暗流是在想些什么。

“更衣。”他“砰”地放下茶盏。

候在一旁的涟儿忙上前，陵安默默退下。

凤鸾宫的宫灯再次熄灭。仍旧整宫静谧，商少君上了榻便把白穆往怀里拉，白穆挡了挡，但自知力气远不如他，被他蛮横地扣住手腕后便不再挣扎，由着他。

他也没有过分的动作，只从背后搂着她，让她整个人贴在他怀里，她稍一离开便收紧手臂将她拉回来。

陵安回去休息的路上还在琢磨，今日那“名医”真是庸医也说不准，对皇上说了什么犯上的话，才让他勃然大怒？该不是有什么大事？

第二日，商少君免了早朝。涟儿找他求助，说皇上不起床，凤鸾宫没一个敢去打扰的。

陵安还有些许欣喜，流连凤榻，多少年都不曾有过了？

不想当天下午商少君突然一道圣旨，禁止御医再踏入凤鸾宫，收回宫外征召大夫的皇榜，连太子殿下正在服用的药都停了。

“师父，你快去求求皇上吧！皇上这是怎么了？太子殿下不用药，不看诊，会……会死的啊！”小球子扯着陵安的袍子哭得一把鼻涕一把泪。

陵安恨不能也像这样哭出来。

他看着太子殿下长大，对他何尝不是喜爱有加？可皇上自中午出了凤鸾宫，便将自己一人关在勤政殿，只下了那道圣旨，其余人等谁都不见。

凤鸾宫上上下下同样跪了一屋子，涟儿着急地拉白穆的裙裾：“皇后娘娘，您去向皇上求求情吧！是不是昨夜涟儿服侍不周，是茶水未准备好，还是……还是更衣时让皇上不满，惹恼了皇上？”

白穆脸色有些苍白，却不似宫人们那般惊慌，让他们都散了，便上榻，抱着太子和他一并睡去。

秋意越来越浓，随着第一次寒潮来袭，商都已经准备入冬。

嘈杂的皇宫已经安静下来，再没有五国各地的大夫入宫，再没有御医们在后宫里焦急地蹙眉奔走，再没有宫人们对太子的病情议论纷纷，连谏言劝皇上至少恢复太子殿下问诊的文臣们，在皇上一而再、再而三的沉默之后，都选择了旧事不提。

只有凤鸾宫一日又一日地往勤政殿送消息。

当然，皇帝是见不到的，只能拜托陵安转达。

太子殿下脸色越来越难看了；太子殿下吐得越来越频繁了；太子殿下越来越清瘦了；太子殿下清醒的时间越来越短了；太子殿下连印堂都开始发黑了！

陵安每日都见缝插针地想把这些情况禀告给商少君，但他每每刚说完“太子”两个字，商少君已经挥手，让他出去。

转眼已过半月，自从那日，商少君未再踏入凤鸾宫一步，未再看过太子一眼。

这日涟儿又来，一见他就跪下哭道：“烦请陵公公禀报皇上，让御医去看看太子殿下吧！”

漪儿早些年便出宫嫁人，涟儿一直留在宫内，这些年都忠心耿耿。但凡有点儿情况，就报来勤政殿。

陵安心下一跳，忙问：“可是太子殿下有恙？”

涟儿点头：“太子殿下今日刚刚服过粥，便尽数吐了出来，昏厥不醒，额头还反常的滚烫。其实这样便罢了，最近殿下常有状况，主要是娘娘……”

“娘娘怎么了？”陵安忙问道。

涟儿擦了把眼泪：“娘娘的性子，陵公公也是知道的。”

白穆自入宫，便是不骄不躁也不苟言笑，双目失明了不急，皇上百般讨好不笑，就连太子出生时，她只是掀起眼皮淡淡看了一眼，只是随着太子渐渐长大，脸上慢慢有了笑容，却也没见她肆意大笑过，更不曾……

“娘娘那般寡淡的性子，今日见殿下的症状，却是连手里的碗都拿不住了。只抱着殿下哭，说……说让我们去给殿下准备丧服，过了今夜，殿下便……药石无医。”

“公公，这么些年了，我们何曾见过娘娘哭啊？更何况娘娘也是懂医的，她说的恐怕是真，倘若……倘若……”

陵安本也听得焦躁，但最后一句，突然让他眼皮一跳，打断道：“等等，涟儿，你……刚刚说什么？”

涟儿泪眼蒙眬地望着陵安，陵安又道：“你刚刚说什么？再说一次。”

涟儿不解道：“奴婢说，娘娘也懂医的，倘若娘娘说太子……”

未等涟儿说完，陵安猛地一拍脑袋。

他怎么忘了！

他竟然把这么关键的一点忘了！

“涟儿，你去凤鸾宫看着皇后娘娘，我去趟天牢。”说罢，他也不管涟儿身后的叫喊，急匆匆离开。

陵安从天牢出来的时候，天色已经黑了。

天气格外阴冷，他摸了把帽檐，摊开手指一看，竟是下雪了。

平成十六年的第一场雪，竟然来得这样早。

不知是否因为冷，他只在商少君面前弯下的背此时有些佝偻。迎着风雪走了几步，他便显得有些疲惫，随手找了个栏杆扶住，身子顺着滑下去，坐在地上。

脚下无力，脑中空空。

他仿佛又回到十几年前，商少君遇刺的那一年。宫中知情人都说山高水急，他身受重伤从那么高的地方摔下去，定然已经命丧黄泉。他一个人回到空荡荡的皇宫，再没有服侍的主子，心气没有，心力也没有，在青空白日下一坐就是一日。

此刻他也一样。想就这样坐着，一坐就是一日。但耳里不停有各种声音响起，督促他快点儿起来，去做该做的事情。

“公公，在下那日并未对皇上说什么大逆不道的话，一切不过实话实说罢了！”

“在下说贵国太子殿下并不是生病，而是中毒！那毒虽温和，可时间久了，也会要人性命的。”

“在下如何诊断出？在下虽不是什么绝世名医，可我东昭地大物博，最重要的是离白子洲近。对白子洲惯用的下毒手法略有耳闻。贵国殿下好巧不巧，中的正是来自白子洲的毒！”

“在下不过好心提醒，此毒性温，夺人性命不是一日就成，要下毒，也不是一日即可。必是经年累月积蓄至今。而贵国皇后正是姓白，让贵国陛下费心一查。”

“早知他会勃然大怒还将我押入天牢，我何必千里迢迢赶来冒死一言！”

中毒，白子洲，皇后，经年累月，要人性命……

陵安一咬牙，扶着石栏起身，快步往勤政殿走去。

（四）病逝

勤政殿点着香炉。

暖意夹杂着馥郁的香，容易让人迷离，仿佛置身的，并非一个真实的世界。

陵安笔直地跪在御前，一动不动。

商少君面不改色地批着折子，良久，才抬头道："陵安，朕并未宣你。"

"皇上！"一开口，陵安的声音就有些哽咽，用力地磕了个头道："皇上！一切都是陵安的错，是陵安才导致了今日的局面，皇上要罚，就罚陵安吧！"

商少君的面色很快不悦地沉下来。

"皇上，当年是陵安日日夜夜守着您，不让您出东宫去找娘娘；后来又是陵安告知娘娘您在沉香阁，让娘娘听到了您和柳湄的对话；最后陵安又没能竭力劝下皇上放过慕公子，让娘娘怀恨至今……"

"皇上！一切的错都在陵安，奴才求皇上，莫要再惩罚皇后娘娘，惩罚太子殿下，惩罚您自己了！"

商少君蹙眉，冷声道："出去。"

陵安继续哭道："皇上！您和奴才都知道皇后娘娘这些年要的是什么，皇上……您便给她吧。您便放过她，放过太子殿下，放过您自己吧！"

"出去！"

"皇上！"陵安充耳不闻，只道，"太子殿下何其无辜啊！殿下不到十岁而已，却已聪慧过人，懂得治国之道，更性情温和，是皇上唯一的皇长子！是皇上和娘娘唯一的血脉啊！皇上……皇上何其忍心啊！"

"你不若去问问皇后娘娘，她又何其忍心！"商少君猛地搁下手里的朱笔。

"皇上，到底还是陵安的错……"陵安匍匐在地，不曾起身，眼泪直直砸在光可鉴人的大理石地面，"是陵安未能阻止皇上，是陵安替皇上准备了那支毒箭……若慕公子没有死，若那支箭上没有毒，若陵安稍动点儿心思……陵安明知一旦慕公子死在皇上手中，皇上和娘娘再回不到当初，是陵安的错！都是陵安的错！皇上，要死，便让陵安去死吧！"

勤政殿中安静一瞬。

外头风雪交加，北风刮得勤政殿的窗子哐当作响，却没有第三个人上前去关牢，只有灯烛被不时吹进来的风鼓动得明明暗暗，使得英俊帝王的脸，也跟着明明暗暗。

“陵安，你真以为慕白不死，便万事大吉？”商少君突然嗤笑一声。

“他的死，朕从未后悔。”他居高临下，垂着眼帘望着跪伏在地上的心腹，眼底流动着淡淡的自嘲，“陵安，慕白若不死，朕连过去这十年都不会有。”

陵安身子猛地一震：“皇上……”

“下去吧。”商少君复又低头看着眼前的折子，“朕的脾性你是知道的。”

陵安这才抬起头来，看这位高高在上的帝王。

是的，他了解商少君。

年少时热情善良刚正不阿的商少君，登基后小心谨慎步步为营的商少君，那些年卧薪尝胆沉默隐忍的商少君，为人父后意气风发帝王威仪的商少君，似乎是当然，又似乎是必然，这位年轻帝王年少时的影子越来越淡，不是随便说几句好话就可以搪塞过去，不是苦苦哀求就可以令他侧目心软，他决意除掉的，没有人可以留下，譬如当年他执意设计杀死的慕白，他决意留下的，没有人可以抢走，譬如三出皇宫又三进皇宫的白穆，他决定要做的事情，没有人可以阻止，譬如对三国的连年征战。

陵安闭了闭眼，站起身，像从前无数次那样，弯腰俯身：“皇上，傍晚时分涟儿来过，称娘娘说今夜之后，太子殿下便药石无医。奴才告退。”

说罢，他没有再看商少君的反应，也没有再哀声求情，只弓着身子默默退下。

不知哪里吹来一阵疾风，窗子“噼啪”一声巨响，勤政殿的灯，也随之灭了。

比起勤政殿的暖和，凤鸾宫阴冷。

暖炉未点，门窗未关。刺骨的寒风夹杂着雪花横贯而入，落在地上，化作冰凌。殿内空空如也，只有榻上的女子，抱着怀里的孩子，轻声哼着歌谣。

天色暗沉，殿外的宫灯也未点全，宫人们都迎着风雪跪着，个个瑟瑟发抖，没有人敢出声，也没有人敢进去，殿内的歌谣萦萦传来，被风雪吹散，好似女子的低泣。

猝然一声巨响，宫门被人用蛮力打开。来人沉着脸，阴暗的光线下，虽看不清真切表情，却能感觉到浑身的气息，比冰雪尤甚。

宫人们一时失了神，怔怔望着来人，直到他一脚踹倒了当前的一名小太监：“都给朕滚下去！”

宫人们瞬间作鸟兽散，宫灯下的宫人消失得干干净净，只剩下涟儿一个，跪在门口，声音里带了丝不易察觉的欣喜："奴婢恭迎皇上！皇上万岁！"

殿门大开着，寒风直入，商少君就在门口站着，没有马上进去。

内殿门同样没关，只在门口，就能将里面的情形看得一清二楚。

榻上的女子发都未绾，察觉不到寒冷一般，只穿了一层单衣，面色雪白，嘴唇殷红。而她怀里的孩子脸颊却通红，呼吸急促，尽管是在昏睡中，也显然不够安稳，可以看到眼珠左右转动，仿佛下一刻就会睁开双眼。

许是察觉到有人进来，她抬头看了一眼，极为随意的一眼，便垂下眼帘，随后，似是反应过来，重新抬眼，看着来人。

他也望着她，或者不能说是"望着"，而是凝视，要看入骨血般深深地凝视。

白穆的眼泪早已风干在眼角，双眼渐渐泛起血红的细丝，寒风迎面而来，她仍旧一眨不眨地迎上他的目光。

这是这些年来二人第一次这样长时间地对视，这样让自己的感情毫无保留的坦然对视。窗外的雪有愈下愈大之势，棉絮般层层落下，时光仿佛就在纷飞的雪花中徜徉，曾经的欢笑，曾经的眼泪，曾经的誓言，曾经的等待，都随之绵延消散。

商少君披着大氅，肩上落满了白雪，一步步地进去，又停在了内殿门口。仿佛在思酌什么，仿佛在考虑些什么，良久，他才重新抬步，走到了床榻对面的矮榻。

一如半月前的那个夜晚，一人坐在矮榻上，一人坐在床上，相顾无言。

这次却是商少君先开的口。他低笑了一声："阿穆，十年了，朕以为，你早就放弃了。"

白穆移开眼，没有再看他，轻轻拍打着怀里的孩子。

"朕当真没想到，十年了，你仍旧如此固执。"

殿内只有床榻边点了盏暗灯，商少君徐徐望着白穆，眼里的笑意便如灯烛的火光般，闪闪烁烁："看着朕如傻子一般惊慌失措，训斥御医，张贴皇榜。看着这一切，你很开心，是吗？"

白穆别过头，仍不作声。

商少君站起身，负手立在她身前："怎么？你不就在等朕来？等着朕来与你谈判？"

白穆抬头，轻轻一笑，声音略有些嘶哑："没错，我在等，等了整整十年。没有这十年，我拿什么做筹码来与你谈判？"

"那你觉得，这一局你是输是赢？"商少君没有看她怀里的孩子一眼，漆黑的眼底尽是冷傲的寒光，熠熠盯着白穆。

输，或是赢？

不知从何时起，曾经执手许誓的两人，默契地开始了一场没有硝烟的战役。十年前，以自由为赌注，以性命为筹码，十年后，仍旧以自由为赌注，以性命为筹码。只是自由，一直是白穆的，性命，却从十年前的慕白，变成十年后的太子。

十年前白穆输了，十年后呢？

白穆笑着摇头：“无所谓。”

“若赢了，我便带着凌儿隐居尘世，远离争斗，你我各自珍重。”白穆坦然地望着商少君，“若是输了……”

她掀了掀嘴角：“我便与凌儿一道喝一碗孟婆汤，忘尽凡尘俗世，你我若有缘，来世再见。”

“虎毒尚且不食子，阿穆，你何其狠心？对自己的亲生儿子下手。”商少君一手微微用力，便擒起白穆的下巴，倾身看入她眼底，“你笃定了会赢，是吧？”

从前商少君最喜欢看她的双眼。

那双眼曾经干净清澈，简单到一眼就能看到她心里并不曲折的弯弯转转；那双眼里曾经满满只有他一个人的影子，充溢着炙热的爱恋，让人不敢直视，生怕一眼便被那样的热度融化。那双眼里也曾饱含隐忍的埋怨和委屈，每每发现被他欺骗利用时就会出现在她假意坚强的笑容里，他也从来不敢多看，唯恐一看便会心软，会露出破绽，但有时又忍不住去看，担心真的伤到她的心，忍不住想要从那些委屈里找到爱恋的影子。

她从来不会让他失望。

无论多么伤心，难过，甚至几度生死边缘徘徊，仍旧执着倔强地爱着他，守着他，对他说着相信。

在她离开的那三年里，他无数次说服自己不要轻易去找她的理由，便是她那双无论何时，都透露着爱恋的眼睛。那双眼睛让他相信，即便时隔多年，她也会如从前那么多次一样，坚定地站在他身边。

直到她嘴里说着“爱你”，眼睛里却充斥了那许多他看不透谈不明的东西。

那是一种覆灭。

“你看着朕如何把凌儿捧在手心，如何小心翼翼地把他带大，如何满怀希望地替他设计未来。十年，人非草木，孰能无情？更何况是自己唯一的亲生儿子？”商少君低声嗤笑，滚热的气息扑在白穆面上，淡淡的怒气从周身溢出，“任谁都无法眼睁睁地看着他死去对吗？”

许是骤冷之下受了热，白穆的双眼水雾弥漫，暗波涌动间，她几度动了双唇，最终却只说了一句："你让我们走吧。"

"你们？"

"是，我和凌儿。"

商少君猛地甩开她的脸，低低笑了几声："阿穆，他还未出生时，你便要挟朕要朕放你走，十年前朕未允，你以为十年后朕便会同意了？"

白穆抬眼盯着他，水润的眼底泛起暗红。

"今夜我们就比一比谁更狠心，如何？"商少君伸手抚了抚孩子的脸颊。

白穆将他更紧地抱入怀里，不再看商少君，商少君却转而抚上她的眼角："他们说你今日哭了。"

白穆闭眼，只贴着孩子的脸颊，泪水毫无预兆地沁出。

"阿穆，交出解药来，你若想带凌儿出去走走，朕应允你。"商少君突然温柔下来，轻轻地安抚白穆，仿佛重病的人是她，"你想回白子洲看看朕也应允你，一年、两年，朕都应允，只要你还回来，可好？"

这似乎是一个极大的让步，可以随意出宫，甚至可以回白子洲，时间也由她说了算。

白穆嘴角带笑地望着他："商少君，当年我也求你，让你放过慕白，我随你回宫，不计往事好好地在一起。"

商少君的温柔冻在眼角，冷然地盯着白穆。

"商少君，你为何偏偏不肯放过我？"白穆哽咽，道，"你如何还不明白？过去的已经是过去，你我再也回不到当年的连理树下，即便你将那树强行挪回皇宫，你可曾看它如同当年那般茂盛？你我就此分开，你做你的皇帝，我做我的农家妇，各自重新开始新的生活，何尝不是一件好事？"

"那你为何就不肯与朕重新开始？"商少君蓦然起身，一个转身，便掀翻了榻边的圆桌，"噼里啪啦"一阵巨响在这安静的凤鸾宫尤为清晰。

"你到底还有何不满意？"商少君的声音不似平日那般低沉，气息也不甚稳定，身体里仿佛有些藏匿太久的东西，破土而出，"这些年，你到底还有何不满意？偌大后宫，只供你一人容身，偌大商洛，只有凌儿一个太子。你姓白名穆，不用再顶着他人的脸他人的身份，天下皆知你白穆才是我商少君唯一的皇后唯一的挚爱！你若愿意，朕这江山也只与你一人共享！阿穆，你到底还有何不满意？"

白穆的泪水充盈在眼角，听到他的质问嗓子一哽，竟发不出声来。

"你见朕疼凌儿便以为朕一定会为了他放你走？"商少君似乎要将压抑许久的情

绪尽数释放出来，此前的温柔不复存在，面色雪白，双目通红，如同罗刹一般，笑得诡异，“你为何不想想朕为何这般疼爱凌儿？若他不是你所出的孩子，朕还会这般在乎？”

“可是有个人他没有孩子！没有正式过门的妻子！甚至到今天，还没有一座完整的坟墓！”白穆嘶哑着嗓子嚷道，眼泪也随之顺着眼角滑下，“有个人……他还等着我回去给他立碑……”

商少君一怔，望着白穆苍白的脸，又笑了笑：“到底，你还是忘不了他。”

白穆唇角动了动，却没发出声来。

“白穆，十六年。”商少君眼底像是充了鲜血一般，猩红，泪光隐现，“十六年，朕苦心筹谋，步步凶险，就换来这个结果。”

大雪仍旧纷飞落下，昏黄的内殿不断有雪花飘入，落在地上渐渐积成一道道冰凌，不时一阵风刮过，大开的窗棂嘎吱作响，如生涩的曲调般飘浮在空中。

“你若想与朕赌上一局，朕陪你！且看今夜谁胜谁负！”商少君袖尾一甩，转身便走。

白穆的身子仿佛这时才察觉到寒冷，开始剧烈地颤抖，双唇的颜色也急速褪去，抱着孩子的双手几乎都不知该放在哪里，僵在空中，双眼的泪水滚滚而下。

黑色的身影大步走到外殿，轰然拉开大门，寒气再次直逼而入，他迎着风雪而立，没有再抬步，良久，回头。

白穆与他四目相对。

那一瞬，寡淡多年的眼底闪过一丝欣喜，一丝期待，一丝温暖，一丝久违的异样。

商少君倏然转身，不过一个眨眼到她身前，倾身将她拥入怀中，紧紧地，几乎要将她嵌入身体。

“朕有多么爱你，阿穆，朕一直以为你知道，朕是多么爱你。”商少君埋首在她颈窝，贪婪地将他爱恋的味道吸入鼻内，“却原来，你从来都不知道。从来。”

商少君吻上白穆的脖颈，用尽全力的一个吻，恨不能饮尽她的鲜血般，又在下一个瞬间，飞快抽身，离开，不再有任何迟疑，不再回头。

涟儿仍旧跪在地上，见刚刚被她关上的殿门重新打开，面上一喜，想要起身，却只觉得一阵冷风呼啸而过，黑色的人影飞快地消失在眼前。她惊慌地往殿内去，却因为长时间的跪地，腿一软便跌在门槛处：“娘娘，殿下……”

不等她的声音落地，猝不及防地，静谧的凤鸾宫中传来一声大哭，撕心裂肺，响彻天际。

平成十六年十一月，百年未见的大雪突袭商都，同日，年幼太子病逝。

同年十二月，皇后娘娘抑郁而终，就此结束了一人独占后宫的传奇。

然则，这位传奇皇后史书上并无过多记载，甚至在野史册子上也难寻其踪迹，昭成帝的“情史”，有意者寻遍上下，也不过如下两条：

昭成帝少君，年少有成，治国有道，收疆拓土，大显国威。后宫佳丽无数，独念青梅柳湄一人，视贤妃为其替代者，百般纵容千般宠爱。注曰：痴帝。

贤妃柳如湄，弃祖求宠，弃夫求荣，凭帝王对已故至爱柳湄之情，承宠半年，后恃宠生骄，跋扈不可一世，失宠半年。再凭一曲《凤求凰》，邀宠复位。终因骄纵，自焚于摘星阁。注曰：赝妃。

番外 连理（一）

“陵安。”

许久，皇上才唤了我一声。

我哽在喉中的酸楚之气终于再压抑不住，直冲入眼底，习惯性地垂首不让任何人看见，只听皇上继续道：“朕亦曾有父母慈祥疼爱，有兄弟亲如手足，有爱妻死生不离。只是朕的母亲为了弟弟捏造朕的身世，朕的父亲为了泄恨亲自给朕下毒，朕的弟弟为了皇位置朕于死地，朕心爱的妻子——”

“就要另嫁他人了。”

我跪在地上，泣不成声。

五岁进宫，六岁开始服侍三岁的皇上，二十几年下来，有人说我是皇上的狗腿，有人说我是皇上的心腹，我却觉得，我是皇上的亲人。

在太后生下商少宫之前，我一直都是皇上的玩伴。那时候太后并不受宠，可能是来自民间的关系，她并不像宫中其他人那样视规矩如命，甚至有些怜悯我，第一次见我低着头畏畏缩缩的模样，就摸着我的脑袋说：“真是个可怜的孩子。”

所以我一直觉得太后应该有颗善良的心。

那时候还小，并不太懂事，只知道整日和皇上一起玩，不再受人欺负，每天都过得很开心。商少宫出生之后，皇上对这个弟弟尤为喜爱，和我一起玩的时间不像从前那样多，而我也渐渐懂事，知道我唤他的一声“殿下”意味着什么。

先皇专宠华贵妃，整个皇宫无人不知无人不晓。但先皇也疼爱大殿下，所以隔三岔五会过来看看，虽然并不过夜。那时候的太后还温婉，又很低调，因此尽管生育了先皇仅有的两个儿子，也未引来多少侧目。所有人都认定，太子非华贵妃所出不可。

那时候我还想，只要华贵妃诞下龙子，受封太子之后，大殿下和二殿下必然会被封王，待成年便可出宫，那我跟着大殿下，岂不是还能过过宫外的逍遥日子？在我的鼓动下，大殿下连宫外的府邸建在什么地方都想好了。

华贵妃果真诞下一子，不过，竟非龙子。

那段时间，整个皇宫都笼罩在一片阴云之下。

据说宫外的传言是华贵妃诞下死胎，贵妃伤心病逝。我只知道我亲眼看着华贵妃一袭红衣奔上摘星阁。

“容华对天起誓，腹中胎儿真真确确龙子皇脉，若有妄言，死后不得超生！谁人陷害于我，心知肚明！容华只咒你子子孙孙众叛亲离，求而不得，得而不惜，永生孤苦！情为何物？哈哈……容华来世若投生为人，宁为道姑，毕生不碰‘情爱’二字！”

语罢，华贵妃纵身跃下。

我和大殿下正巧在摘星阁附近玩耍，目睹这一幕。那时候我比大殿下高出一个头来，捂着他的眼睛不让他看见华贵妃血肉模糊的样子，但他仍旧抱着我，浑身颤抖。

华贵妃死后太后才开始真正受宠。大殿下理所当然被封为太子，开始有一批权臣贵族奉承拉拢，那名为柳湄的女子也是在这个时候出现的。

年纪小小，模样长得俊俏极了，一双眼睛水灵又有神，每次入宫，都是一片欢声笑语。我从来不敢直视她，总觉得她模样亲和，骨子里却藏着一股我看不清明的东西，或许是她看我时眼角闪过的不屑泄露了什么。

很快，我和大殿下之间加入了柳湄，随着二殿下长大，三个人的队伍又变成四个人。大殿下疼爱弟弟，喜欢柳湄，也喜欢我。我和大殿下亲近，大殿下和二殿下亲近，和柳湄亲近，我却和他们两个都很疏远，大殿下因此总是数落我不合群。

和大殿下的活泼开朗不同，二殿下从小就沉默寡言。他知道大殿下待他好，也知道宫人都喜欢大殿下，所以干什么都喜欢躲在他身后，包括见柳湄。大殿下十来岁的时候就笑嘻嘻地对我说：“少宫见到湄儿居然会脸红。”

那是两小无猜的童真岁月。

世人都说大殿下和柳湄青梅竹马，那是因为他们忽略了二殿下的存在。大殿下和柳湄同年，二人十二岁定亲时，他不过九岁。

“父皇赐的婚，我能有什么办法？”大殿下并不太高兴，私下和我说道，“湄儿比少宫大三岁，即便她愿意等少宫十五岁再嫁他，柳丞相也不会同意的。”

那时候柳轼已经势大，女子十八方才出嫁，这在商洛该是多大的笑话！

“况且湄儿好似并不欢喜少宫。倘若他俩情投意合倒还有些法子可想。”

“那大殿下，您对柳姑娘呢？”

“我？”大殿下扬了扬眉，“这世间女子，娶谁又有何区别？”

“今后少宫会碰上更适合他的女子，湄儿不适合。”大殿下如是说。

其实大殿下很聪明，比旁人想象得都要聪明。太后一直担心他与二殿下感情不和，想办法压制二殿下对柳湄的感情，大殿下其实比她还知道得早。柳湄的一些心思隐藏得极为小心，这些年的相处，大殿下也看得透彻。

但他说，一国之母的位置，不是普通女子能坐的。

然而，柳湄十五岁那年，终究还是没嫁出去。

大殿下“生病”了。

只一夜时间，变得痴痴傻傻，不认识任何人。我在他榻边哭了整整一宿，他也只是傻傻地看着我。

没有人知道发生了什么，御医说是“病了”，太后整日神思恍惚。

大殿下这一病，一个月，两个月，一年，两年……

朝中的风向开始转变，二殿下不再默默无闻，开始接手一些军机要事，也有了自己的支持者。但皇上始终没有下旨废黜大殿下的太子之位。

第三个年头，太后和商少宫大吵一架。我在大殿下的寝殿里听得清清楚楚。商少宫要娶柳湄，太后不准。

那场架吵得可以说是惊天动地，我不知道皇上是否知晓，但第二日整个皇宫都议论纷纷。那时我服侍着大殿下，还在腹诽太后装模作样。我一直觉得太后更偏爱商少宫，如今大殿下已经患病痴傻，商少宫一直痴恋柳湄，柳湄又愿意改嫁，她何乐而不为呢？

多年后，我才知道，商少宫是太后和柳轼的私生子，柳湄其实是商少宫同父异母的姐姐，太后怎会容许他二人成婚？

可笑商少宫从头到尾都不知情，一直都以为大殿下只因为比他早出生几年，就更得宠，更得柳湄的喜爱，轻而易举拿到太子之位，所以心生嫉恨。

这场大闹没多久，大殿下就出了事。去沥山避暑的路上，我们遇到刺客。

我拦在身受重伤的大殿下身前，死死盯着持剑走来的黑衣人，盯着他那双眼睛，突然就想到幼时商少宫见我和大殿下亲近，不高兴时就会背地里找我，推搡我，厌恶地说："我是他弟弟！我们是兄弟！你是谁？"

大殿下站立不稳，跌落山头掉入河水中。

不知道出于什么原因，他没有杀我灭口。

大殿下遇刺的消息被封锁住，皇上仍旧未下令改立商少宫为太子，商少宫也仍旧一次次要求娶柳湄，未果。

我坚信大殿下没有死，他一定在哪里等着我去找他。

我入宫近二十年，一直在大殿下身边服侍，大殿下不在了，也没有人安排我别的去处。我整日清闲，就寻着各种借口出宫。

近一年的时间，我终于再次见到大殿下。

他就在商都，面目清瘦，一身布衣地站在布坊前。

没有任何犹豫地，我拉着他就跑，生怕慢一点儿就被商少宫的人发现了。

当年我和大殿下一并习的武，他比我学得好，但显然这么些年没练很是生疏，而且大伤之后应该元气受损，很容易就被我制服了。

"殿下，奴才找您许久，您随我回去吧！"

"你是谁？"

大殿下仍旧不认得我，我几乎是押着他到宫门。

宫门口的侍卫看到我们，嘴巴张得都能塞下鸡蛋了。

我决定让所有人都知道，大殿下回来了。只有这样，商少宫才不敢贸然再次行动。

大殿下回来，太后抱着他又是哭又是笑，大殿下却很反感，坚持要出宫。我守在他身边，连睡觉都不敢合眼。约莫一个月，大殿下虽然不像从前那样痴痴傻傻，却依旧不认得任何人，而且不和任何人说话。许是我整日胆战心惊地守在他身边让他觉得我不会害他，一天夜里，他推醒守在榻边的我，说："你放我出去吧，阿穆在等我。"

我问阿穆是谁。他却戒备地扫了我一眼，从此不提。

后来我想，倘若那时候我放走大殿下，应该是再好不过的。

柳湄来看过几次大殿下，大殿下不认识她，也不与她讲话，她只好离开。二殿下与太后的争执更多，我已经不愿再仔细听他们争执的内容。皇上自华贵妃过世后几乎不问朝政，连大殿下的意外都没有过多言论，据传身体已是一日不如一日。

不过大殿下回来了，他和柳湄的婚事再次被提上日程。商少宫几乎不顾颜面地和太后争吵，大殿下似乎和我一样，对他们的争吵不太感兴趣，整日只在后花园里的躺椅上望着天空不言不语，对宫中送过来的大婚物品视而不见。

谁也没有料到的是，就在婚礼前夕，柳湄上山酬神，竟出了意外。

商少宫近乎崩溃，皇宫乱成一片，皇上也终于露面，召见了大殿下。

那日阳光普照，晴空万里。大殿下从虔心宫出来那一瞬，阳光照入他眼底，锐利的锋芒刺得人几乎睁不开眼。我心头仿佛涌入一股热流，驱散所有的黑暗与冰冷。

我不知道皇上用了什么法子，但是我知道，大殿下回来了。

他仍旧没有说话，只是踱步到了摘星阁。

华贵妃那件事后，摘星阁已经成了禁地。

我随着大殿下，踩着厚重的尘灰，拾级而上。顶层的露台上，可以看到宫外的熙攘繁茂。他负手站在那里，遥遥望去，从天明，至迟暮，从迟暮，至破晓。

“陵安。”

整整四年，终于听到他再次唤我的名字，我几乎喜极而泣。

我上前一步，看到他被朝阳照亮的侧脸，如雕如琢，坚毅深刻，心中万般情绪最终只化作一句哽咽：“殿下，您这一年都去了哪里？”

他安静得仿佛就要没入云朵，望着被朝阳照得绯红的宫外，徐声道：“陵安，我爱上了一个姑娘，她叫阿穆。”

番外 连理（二）

先皇病危，两位殿下更是呈水火不容之势。二殿下不遗余力地又组织了几次暗杀，大殿下不再对这个弟弟心慈手软，雷霆之势迅速制服二殿下手下的爪牙，不顾太后反对给他灌了毒。

二殿下失势，朝廷势力柳洛两分。大殿下允诺洛家会娶长女洛秋容入宫，并极力拉拢柳轼，几番博弈险险坐上皇位。其中曲折我并不太清楚，只知他时常与柳、洛两家彻夜长谈，不眠不休之后还要面对太后激烈的争吵，短短几个月的时间，迅速消瘦。

登基伊始，朝廷局势一片混乱。大殿下可以说有四年时间不在朝廷，大势早去，他登基，只是迅速除掉商少宫之后别无选择。

大殿下承诺洛家娶洛秋容时，我曾提醒他，柳家只有柳湄一女，柳丞相又无近亲，若娶洛秋容进宫恐怕会引起他的不满。他笑着摇头，柳湄虽死，但柳轼自有法子再送一个女子进宫。

大殿下说得没错，就在他登基不久，民间疯传，商都有一名女子酷似柳湄，柳轼相见之下落泪大哭，认了她做干女儿，称呼她为柳如湄。

消息传到虔心宫的时候，大殿下，不，应该是皇上了，似笑非笑地勾了勾唇角。

我再明白不过，不可怠慢洛家，也不可得罪柳家，如今的局势就是这样前狼后虎，举步维艰。

当夜皇上就带着人马出宫，要“深情款款”地接那女子进宫。

我并未跟着前去，所以不知道发生了些什么。只是皇上回来之后，时而弯唇浅笑，时而紧蹙眉头，时而拿起奏折，时而又甩开负手踱步，我实在看不下去，便问了声："皇上，事情如何了？"

皇上像突然想到什么，道："宣裴瑜觐见。"

裴瑜是皇上早年就安排在洛家的一颗棋子，对皇上极为忠诚，但在听过皇上的吩咐后，长跪不起。

我也很好奇，皇上并不如先帝少年得志时那般手段狠辣，为何突然下令要将那日随他出宫的御林军分别处死?

"手段隐蔽些。"皇上对裴瑜的反对置若罔闻，只补充道。

那日随皇上出宫的御林军，少说有三十名，都是裴瑜一手调教出来。我看到裴瑜出去的时候双拳紧握，面色惨白，而皇上在他出门前又补充了一句："裴总领，朕相信你，有些该忘的事情，一定会忘掉。"

我想，定是出宫那夜发生了一些不能让旁人知晓的事情，皇上才下如此狠手。

但我也明白皇上已经是皇上，有了他自己的计较，不该问的，便不能问。皇上却始终把我当自己人，裴瑜离开后不久，突然道："陵安，阿穆来了，朕要保护她。"

阿穆。

这是我第三次听到这个女子的名字。

即便我与皇上这样彼此信任，也只是在很多年后才知道"阿穆"的全名是白穆。或许打从重遇她的那一刻，皇上就下定决心不计后果竭尽所能地保护她，连她的名字都生怕旁人知道了去。

这女子并不如我想象中的那样是位温婉的大家闺秀，刚刚入宫那日，宫人就对她连字都不识几个大肆议论，还有她脸上过于浓艳的妆，看到皇上时狂热得肆无忌惮的眼神，都让宫人鄙笑不已。

美貌不如柳湄，学识不如柳湄，性子不如柳湄，是哪里让皇上动了心?

而后许多年，我都百思不得其解。我只知道每次要去朱雀宫，皇上的眼底便悄然燃起一束跳跃的光亮，兴奋得像孩子似的，尽管几乎每次过去，都会以争吵结束；只知道白穆离开皇宫的那几年，他每每小心翼翼地打开宫外传来的消息，在勤政殿内长久地看着她那幅画像。

白穆进宫之后，名为柳如湄。

其实我不知道她和皇上之间相处的细节，每次他们单独相处时都会把身边的人都遣散，只留我在殿外守着。但是我在殿外，还是能听到些许里面的动静。他们好好待不了多久，很快就会有争吵，我最常听到的都是那女子哭着问“你为何不肯认我”。

说实话，那哭声听得人挺心疼，经常她在里面哭，我在外面抹眼泪，接着皇上怒气冲冲地出来，回到虔心宫后，整日整日地没有言语，过不了几天又回去找她。

外人都以为她跋扈，而皇上顾忌柳丞相才一忍再忍，每次怒气冲冲地出来，又和颜悦色地回去。其中内情，能猜到的可能也只有我一个罢了。

皇上与她争执，无非是不愿她再提她与他的过往，被有心人听了去。而争执之后，他又会叹息：“她又何尝有错？”重新回去找她。

本来只是这样的话，那女子再怎么闹也没关系，但洛秋容及笄，进宫了。

或许也只有在民间才能长出白穆那般没有心思的女子，放眼宫廷，不说后宫妃嫔，只一个个的宫女们，大臣儿女们，哪个多多少少没有点儿算计？洛氏的长女更是不容小觑。

皇上刚刚登基，在他们看来，不过是洛氏和柳家争权夺势的傀儡罢了，要更好地控制傀儡，当然要死死捏住他的把柄。

皇上的把柄是什么？

洛家想找到，以便用来要挟皇上对付柳家；柳家想找到，用来压制洛家；太后也想找到，用来要挟皇上给商少宫解药，还能帮柳轼拿稳大权。

皇上和太后早在登基之前就已经为了商少宫撕破脸，而太后并不知道先皇早就对皇上道破了她与柳轼的奸情，一直在皇上面前演戏，假装帮洛家对付柳家，皇上冷眼看着。

倘若白穆不曾出现，这场仗打起来，皇上会轻松很多，但白穆出现了，还是顶着柳轼干女儿的身份。对洛家压制过甚，白穆很快会成为无用的棋子被柳轼抛弃，对柳家压制过甚，白穆在后宫的日子不会好过。这场博弈，皇上要收回大权的同时，小心翼翼地维持三方的平衡，随时顾虑到白穆的生死，又不能让任何一个人发现他真正在意的是什么。

但这些道理，从未接触过宫廷争斗的白穆显然不懂。她一直活在自己的世界里，以为皇上只是失忆，只要她让他记起一切，两个人就能幸福开心地过日子。

每次皇上心力交瘁，扶着额头整夜不眠的时候，我就会想到他对我说，陵安，阿穆来了，朕要保护她。

是的，皇上为了保护她，无所不用其极。

那应该是一个雪夜吧，洛秋容的进宫让皇上和白穆的关系一度降至冰点，很长一段时间里，白穆都不和皇上说话，那个雪夜她终于再压抑不住，再一次哭着求皇上。

从前她的哭闹从皇上离开就终止，但这次她追了出来，跌坐在雪地里拉着皇上的龙袍，哭着喊他“阿不”。

她说：“阿不，我是阿穆啊！你记得我对不对？你为何不承认？我们在连理树下说好了的……”

白穆哭得撕心裂肺，朱雀宫所有的宫人都跑出来看着，皇上整张脸都是煞白的，眸子里布满了猩红的血丝。

他没有回答白穆，也没有回头看她一眼，只是在她哭完之后冷冷地下令：“贤妃柳如湄，骄纵跋扈，不可一世，今日起不得朕的允准，不可踏出朱雀宫一步！朱雀宫宫人侍主不力，就地正法！”

我赶在御林军动手之前将白穆打晕，没让她看到那血腥的一幕。但是从那以后，她果真没有踏出朱雀宫一步。

我明白皇上的用心，他小心翼翼地保护着白穆的身份，保护他们的关系，任何一个可能会泄密的人，都必死无疑。

约莫一年时间，后宫暂时清静下来，洛秋容一人得宠，但皇上在朝廷给足了柳轼颜面，让他不至于因为白穆的失宠翻脸。然而，知子莫若母。皇上从前仁心仁德，莫名其妙就处死了朱雀宫一宫的宫人，还是引起了太后的注意。随着局势的白热化，太后引她出面。

她才踏出朱雀宫去见了太后，皇上就忍不住去见她了。

白穆这次出现，让人欣慰了许多。至少不再哭闹，不再任人摆布。只是一旦入世，便有是非，有了是非，便有伤害。

这是一个局，谁先露出破绽，谁就先死。谁心慈手软，谁就落于人后，结局一样，是死。

白穆坚定不移地站在皇上这边，这让皇上很高兴。皇上说他们彼此相爱，彼此信任，需要的只是时间，只要再给他多一点点时间，他必能兑现连理树下的诺言。

但他忘了，时间可以让咫尺天涯的两个人生死不离，也能让生死不离的两个人就此陌路不相逢。

哦，不对，我不能把这些都简单地归罪在“时间”身上，一切罪源，是我。

好不容易削弱了柳、洛两家的势力，皇上暂得喘息的机会，尽管极尽所能地宠着白穆，他也没向她坦白一切。一来太后仍在，柳、洛两家的势力也不是一朝一夕就可以全盘清洗的。二来……皇上虽然没亲口说过，但我想，商少君与白穆嘴里的阿不，始终不完全是同一个人。他回不到白穆期待的样子，白穆也不可能再像从前那样生活。

太过长久的风平浪静，迎来的总是狂风暴雨。

柳湄突然出现，带着身后强大的东昭势力。

没有人知道她怎么和东昭的人勾结上，包括她的哥哥柳行云，也不知道她当年是诈死，可见此女心机之深。

皇上的皇位才刚刚坐稳，自然不想再招惹东昭以致内忧未平，外患再起，便敷衍着柳湄。

但白穆那个傻姑娘，当初顶着柳如湄的身份入宫，可能在她心底留下太过浓厚的阴影，柳湄一出现，她就乱了阵脚，皇上不想惹柳湄怀疑，只有对她不闻不问。

柳湄并不如外界传闻的那般才学无双，她最擅长的是攻心。

我相信，若非她鼓动太后，太后不一定会狠下心来为了商少宫对付皇上。

皇宫说大不大，说小不小，皇上与太后又是血亲，但凡有点儿风吹草动，总是难逃太后的眼。太后不知什么时候不仅查出白穆的身份，找到白穆的父母，甚至白穆曾经长大的村庄都查出来，拿来跟柳湄做了交换，让柳湄助商少宫出宫。

柳湄旁敲侧击，皇上假意迎合，当下派人去疏散村子里所有的人，并打算送白穆出宫。

原本一切顺利，只要白穆出宫，只要安置好白穆的父母，只要抓紧时间疏散村子里的人，皇上再无后顾之忧，除去柳湄稳定皇权只是早晚而已。

却因为我的一句话，功亏一篑。

不记得是哪个年头开始，我开始和碧朱熟稔。阿碧和白穆一样，是个没什么心眼儿的姑娘，和她聊天玩耍，总能让人忘却身在深宫的绝望，仿佛每天都是阳光灿烂，万里无云。

那日我奉命出宫，接到代白穆父母执行死刑的囚犯，将一切安置妥当方才回去。哪知却因此错过碧朱。

第二日白穆来找我，说碧朱整夜未归朱雀宫时，我的心就开始打战。

阿碧懂事又机灵，对皇宫又再熟悉不过，倘若人还在宫中，不可能莫名其妙消失。皇上为今夜一事筹谋已久，定不会因为一个婢女的消失改变行程。

那是这辈子唯一一次，也是最后一次，我存了小小的私心。

我希望白穆能找到阿碧，带她走。

阿碧和她那样要好，待她一走，柳湄必不会放过。

所以我忘记了皇上的叮嘱，上前一步，对白穆恭恭敬敬地说道：“皇上此刻应该在沉香阁。”

就这一句话，让我在接下来的数年中夜夜辗转难眠，让皇上的一切努力付诸东流。

白穆看到了不该看到的，听到了不该听到的，所有情意，都在那把熊熊烈火中烟消云散。

番外 朱颜辞镜

因着家贫，我六岁便进宫跟了师父。

师父极好，好生待我，尽心教我，这让许多宫人都艳羡不已。比起宫外那个酒鬼亲爹，我觉得师父简直是上天给我的恩赐。

师父是皇上跟前的红人，不说宫里的人，便是朝廷里高高在上的大臣们，也有许多来巴结他的，所以我虽然年纪小，在宫里也没几个人敢得罪。况且，并非我自夸，师父的确是见着我聪明，又好学，还懂事，打算培养我给太子殿下做贴身宫人的，就像他曾经随着皇上那样。

而我也不负师父所望，上百名宫人，太子殿下独独挑中了我。我猜是因为上次他往尚书家公子的茶水里下泻药，我没有害怕得马上跪下阻止，反而掩嘴偷笑被他发现了。

我当真觉得挺有趣的，以前我就常捉弄隔壁家的小妞子。

从那以后，我就常跟着太子“为非作歹”。

当然，都是在师父默许的前提下。我还是很听师父教诲的，把太子殿下照顾得好好的。

可殿下还是生病了。

太子殿下一病，身边便尽是御医进出，我比殿下还小半岁，帮不上什么忙，便没我什么事儿了。

我觉得殿下一定会好起来的。他就像十五的月亮那样，浑身都是光芒，却不像太阳那样刺眼，还照亮了夜空，他也会像月亮那样，会有缺的时候，但总会渐渐圆满起来。更何况他是皇上的孩子，天命所归，怎么可能那样轻易地逝去？

直到皇上下令停止所有御医的问诊之前，我丝毫没有怀疑这件事情。

尽管有一次我跑去看殿下，他清瘦许多的手拉着我，懊悔地说："小球子，我不会再好了。我没有保守秘密，老天爷在惩罚我。"

我知道殿下说的秘密。

虽然我比殿下小，但许多事情殿下都喜欢与我商量。譬如他问过我何为"所爱之人"，何为"天伦之乐"。

就在他生病之前，他又来问我："小球子，何为'血脉'？"

我摸着脑袋想了想："应该就是皇上生下你，你长大再生个孩子，就叫血脉？"

殿下也摸摸脑袋："奇怪，有个奶奶让我传话给母后，说什么'白氏血脉'不可断，这是何意？"

见我答不上来，殿下便又说："今日我与你说的话，你谁都不许说！这是我的秘密，我答应别人的！"

我抓着殿下消瘦许多的手，肯定地说："殿下，你的秘密小球子谁都没有说，老天爷不会惩罚你的，你一定会好起来的！"

可惜，皇上竟真如师父所说的那样，君心难测，突然对自己唯一的儿子不闻不问。

皇后将殿下挪去了凤鸾宫，但殿下仍然丝毫不见好转，从前我还能趁着他榻边无人的时候跑过去和他说几句话，我们俩还策划过等他病好了，带他溜出宫去扯我家隔壁小妞子的辫子。为了这个，我甚至下定决心违逆师父一次，背着他带殿下偷偷出一次宫。

可我知道，殿下已经许久没有睁眼了。

我想到阿娘临死前的样子，也是静静地闭着眼睛，嘴唇都没有了血色。我又悄悄地跑去凤鸾宫摸殿下的手，吓得马上缩了回来，冰冰凉，和那时候阿娘的一样。

突然有什么东西在心里坍塌一般，眼泪一个劲儿地往下掉，嘴里也忍不住"呜呜"出声。我知道这在宫里是禁止的，是可能丢小命的，可我还是忍不住。

我想到第一天跟在殿下身边，他神气地说："今后，本太子就是你的主子了，你就叫小球子吧。"我当即成了苦瓜脸，听过有人叫小桌子，有人叫小凳子的，还没谁叫小球子的……

我想到替他抄写诗书被少傅发现，师父罚我跪三天不许吃饭，他夜深人静时兜了满满一包袱的吃食翻窗来看我，说：“小球子，有主子我吃的，就有你吃的，你因本太子受罚，你不吃，本太子也不吃！”我们俩狼吞虎咽，将那一包袱食物吃得干干净净，渣都不剩。

我想到他对我讲书里的奇闻逸事，我对他讲宫外的小伙伴们，他让我出主意哄皇上皇后带他出宫玩玩，我狐假虎威假借他的名义捉弄小宫女；我还想到他如今就躺在榻上，就要像阿娘那样去了天上，再也见不着了。

我坐在地上大哭起来，一边哭一边喊着：“殿下，殿下，你不能丢下小球子不管啊……”

没想到这一哭，把皇后娘娘引来了，皇后娘娘竟也哭了起来。见皇后娘娘哭，我更觉得太子殿下马上就要死去，更哭得不能自已，最后还是涟儿姐姐一声大喝：“小球子，你在这里做什么？”

我自知犯了禁忌，瞬时收了声，却还是忍不住瘪嘴，眼泪也一直往下掉，漪儿姐姐很严肃地给了我一个眼神警告，示意我退下。

从来都是跟在太子殿下身后，我不知道该去向哪里，便在殿外找了个离殿下最近的角落，躲在角落里仍是止不住地哭，却不敢再出声。也不知过了多久，才迷迷糊糊地睡去，梦中似乎有人争吵，但也听不清吵些什么，待我再醒来的时候，仿佛整个皇宫都在哭泣。

凤鸾宫的宫人们都跪着，无一不在哭泣，而殿内传来的皇后娘娘的哭声，更是让人不寒而栗。我想也没想，便大喊着跑过去推开了殿门：“殿下，殿下！”

我从未见过皇后娘娘那样失态地大哭过。太子殿下在她怀里，如凋零的花朵般没有半点儿生气，我的心几乎要跳出心口，不相信眼前看到的，转身飞奔而去。

我要去找师父。

只要师父禀明皇上，皇上一定会派御医来看殿下的！这样殿下便不会死了！

我几乎用尽全身的力气，穿梭在各个宫殿之间，却没有找到师父的踪影，我骗勤政殿外的禁卫军，说师父有要事让我转达皇上。

皇上独自在勤政殿内饮酒。

我不敢看他，只觉得殿内酒气呛鼻，呛得我的眼泪几乎又要流出来，我跪在地上求皇上：“皇上，您快去瞧瞧太子殿下吧，殿下……殿下就快……”

我不敢把那个“死”字说出口，皇上却突然笑了起来，笑着念起了我听不太懂的诗。

什么“今朝有酒今朝醉”，什么“在天愿作比翼鸟”，什么“两情若是久长时”……

他念一句，便摔一个酒杯，最终将整个书桌上的折子扫了一地。

我第一次知道，原来一个人发怒可以这么可怕，可怕到我浑然忘记刚刚的眼泪，只跪在地上瑟瑟发抖。

然后我看到一幅画。

一幅看起来年代久远的画，被甩在地上，散了开来。

画上是一个女子。她悬空坐着，手是捧书状，却并没有书，看那女子的模样，分明就是刚刚哭得泣不成声的皇后娘娘。画旁边还题了诗，刚好都是我认识的字。

“两情若是久长时，又岂在朝朝暮暮。”

再旁边，添了新墨的痕迹，可能是醉酒的皇上刚刚写上的，字迹有些潦草，与刚刚那句并排而列。

“最是人间留不住，朱颜辞镜花辞树。”

我不明白这两句诗什么意思，但我想，皇上醉酒还在看皇后娘娘的画像，还是念着娘娘的，便再次求道：“皇上，太子殿下……”

却不等我说完，皇上吩咐道：“你，去给朕拿酒来。”

我不想去拿酒。

我不知道太子殿下能不能等到我拿完酒，再等皇上醒过酒。我甚至有些生气，酒到底有什么好的？我的酒鬼亲爹为了酒可以不顾阿娘的病，不给阿娘买药也要买酒，把我卖到宫里来也要买酒，而英明神武的皇帝陛下，竟然也为了酒不顾太子殿下的生死。

我出了勤政殿，继续去找师父。

师父也疼太子殿下，肯定不会见死不救。

不知道已经是几更，应该是很晚很晚了，皇宫却不像从前那样宁静，宫人们来来往往，甚至有大臣在宫外求见的消息。

所有人都在传言，说太子殿下病薨了。

我才不信呢！

我又折回凤鸾宫。再没有皇后娘娘的哭声，大部分闻讯而来的宫人都跪在了宫外，内殿的门还是我离开时的半开模样，皇上没有来，皇后也没有命令，没有人敢进去。

我向身边的宫女打听，却没有人见过师父。

那可怎么办？

不敢再去看殿下一眼，我拔腿跑向宫门。

殿下说他也要出宫去扯我家隔壁小妞子的辫子玩，我答应等他病好就带他溜出去，为此连路线都策划好了，早早瞧好西北一处偏僻的小门。既然找不到师父，我便从那小门溜出去，去找御医来救殿下！

跑了整个晚上，我却丝毫不觉得累，心中还在默默盘算着，今夜宫内守卫似乎也不太森严，不知是不是被殿下的病情分散了注意力，我若想溜出去，应该也不是难事。

远远瞧着那小门，似乎无人看守，我正偷偷高兴，近了一看，门竟是开着的！

师父曾经教过我，身在宫中，必须懂得审时度势，而身在太子，甚至皇上身边，必须比宫内，甚至朝廷内任何一个人都懂得看人看势，懂得识别什么是该看的该听的该说的，什么是永远都不知道的。

看着平日至少四名御林军把手的宫门此刻虚掩着，尽管我只有八岁，也敏锐地察觉到了不对劲，还有宫门外……透出来的危险气息。

但我显然做不到像师父那样，退而避之。

好奇心驱使我贴近那扇门，从门缝里看到了外面的世界。

扫见师父那一刻，我几乎脱口喊出，但我随即看到他跪下，对着宫门口那辆马车。

"娘娘，奴才只说三句，娘娘若还执意……"师父的声音是我从未听过的哽咽，"奴才再不相劝。"

不知道那马车里坐的什么人，要知道皇宫里敢受师父一跪的没有几个人了，车内厚重的帷幔将马车遮盖得严严实实，只见到细碎的雪花柳絮似的落下。

车里也没人出声，师父继续说道："当年，皇上的确打算送娘娘出宫，刺客会造成娘娘被刺杀的假象，让柳湄放松警惕，若非奴才那一句多嘴，娘娘会毫不知情。"

"那日摘星阁上皇上刺娘娘一刀，是不得已而为之。娘娘从前所在的白家村，不仅娘娘的双亲，其中村民几乎全是从前的穆家逃犯。柳湄借东昭势力将村子包围，皇上若不拖延时间，一旦挑出前朝旧案，死伤将以数十人计，且全是娘娘亲眷。"

"皇上也早已安排暗卫从旁接应，救娘娘出去，才会下令一场大火灭迹，却不想那位慕公子先行一步……"

师父语速极快，提的事情太复杂，我听不懂，但我从没见过师父这么急切。他从来都是冷静稳重，不出半点儿差错的。

但马车里的人显然并不太想听他后面的话，我看不到人，却听到车轮移动的声音。

"娘娘，娘娘……"我听到师父的声音已然哽咽，瞥到他仍旧跪在地上，双手抱住了即将前行的马车车轮，近乎哭着说道，"娘娘便是要走，奴才求您，您将殿下留下吧……皇上视您如命，视殿下如命根，就算从前的一切都是皇上的错，这些年皇上苦心筹划，都是为了娘娘和殿下……即便您要走，您让殿下留下吧！”

倘若我听到师父喊那人“娘娘”还要思酌一下到底是谁，但听到师父提到“殿下”，我的心马上狂跳起来。

只见那马车内的人仍旧没有丝毫反应，反倒是马匹嘶鸣，师父被迫放开车轮，我心下一惊，连忙推开门，想跟上马车，大喊：“殿下！”

我想喊，殿下，要走带小球子一起走！但连个“殿”字都没完全喊出来，就被师父捂住了嘴巴。

我不停地挣扎，踢打师父，咬师父的手，我想跟上去，想和殿下一起走，我不知道殿下走了我还能伺候谁，还有哪个主子会像殿下那样待我好，我本来就应该像师父跟在皇上身边那样，一起长大，一起玩耍，一起生，一起死，不是吗？

但师父带着我迅速地离开了那里，重新回到皇宫，将我关在他的房间里，我不停地责问他：“你为什么放走殿下？你为什么让人带走太子殿下？你不是说他是我们商洛国唯一的太子殿下？你不是说他将来会是我们商洛国最英明最厉害的皇帝？你不是说我生下来就是为了服侍他？”

我又哭了起来。

虽然我只是半个小小男子汉，但我也知道流血不流泪，除了阿娘死的时候，我还从来没有像今天哭得这么多。但我想到太子殿下走了，我还不知道他是不是活着，然后，师父也……

师父放走了皇后和太子，皇上知道了，他也没得活了。

想到这里，我就又停不住了，只知道重复那句话：“你为什么放走他们？为什么放走他们？”

师父没有再捂住我的嘴巴，任由我吵闹，恢复了从前那个冷静沉着的他。

我看着他从容地换了身衣物，还换了顶新的帽子，洗净双手，给自己倒了杯茶。

他从容地看着我。

“是我无用。”他淡淡地说，“我总试图缓解他们的矛盾，减少她对他的怨恨。十年了，我以为铁打的心都会焐软，冰制的心也会焐热，原来什么都没有改变。我总是把事情弄得越来越糟，却还幻想着有一天一切变成我希望的那样。原来破了的镜子再也拼合不成原样，原来泼出去的水再也不会回到原来的地方，原来哀莫大于……心死。”

我似懂非懂地听着。

“我太了解皇上，太了解娘娘，我无法眼睁睁地看着殿下死，却也无颜再见皇上。”

师父摸了摸我的脑袋，“今后，你要替我好好照顾皇上。”

我不明白师父为什么要我照顾皇上，但我想，无论师父做了什么，皇上都会原谅他的，所以我摇了摇头，但又想到我也没办法看着殿下死，所以又点了点头。

师父笑了笑，跟我初初进宫，第一次见到他的时候一样。

他仰面，将一整杯茶水喝下。

“师父休息休息，出去吧。”师父拍了拍我的脑袋。

天已近破晓，哭过一场，我心中反而没有那样难受了，我想师父也想睡觉了，便乖巧地点了点头，转身离去，关上门之前我还是迟疑地问道：“师父，太子殿下……没死对不对？”

师父肯定地点头。

我便笑了，笑得极为开心。

可能是看到我笑，师父也跟着我笑了，笑得释怀。

我一直记得那笑，那是我见师父的最后一面。

想到殿下没事了，我连走路都生风，一路哼着小曲儿，也不管他是不是离开皇宫了，反正他还活着就好了。

我本想回去大睡一觉，路上却碰到皇上。

我不敢看他的脸，只跪下行礼，看到他身后大批大臣和御林军紧随其后，却又不敢过分靠近。

我不由自主地跟上。

虽然不敢看他，我还是觉得他应该以为太子殿下死了，应该也很伤心，我应该找个机会偷偷告诉他，殿下其实没死，只要没死，总有一天还能见到的。

皇上去了摘星阁，那座被火烧得七零八落，早被封为禁地的地方。

没有人敢再跟上，我个子小，脚步又轻，心里还有个巨大的秘密想要与人分享，便不管不顾跟着上去了。

但皇上停下来的时候，我突然觉得，我的那个秘密，他应该是知道的。

他站立在摘星阁的露台上，双手一寸寸地抚摸过已被烧黑的横栏，缓步而行，随即抬头，看往的方向，正是那辆马车离开的方向。

“最是人间留不住，朱颜辞镜花辞树。”皇上低喃着，又是那句诗，最是人间留不住，朱颜辞镜花辞树。

念着念着，他突然低低笑了起来，笑得说不出的悲怆与凄凉。

半晌，他才停下，不再言语。

我默默跪在暗处，轻轻抬头。

那是我第一次敢抬头看皇上，朝阳正破云而出，一夜大雪，整个世界一片晶莹的雪白，此刻阳光映照，便焕发出耀眼的光芒，皇上穿着一袭黑衣，烫金的飞龙迎着朝阳和冰凉的晨风熠熠生辉，我见到他的脸就和那天上的雪一个颜色，墨黑的眼微微眯起，远远地望着看不见的天际。

“陵安，”他竟以为我是师父，许是我刚刚从师父房里出来，身上沾了他的味道，“众叛亲离，求而不得，得而不惜，永生孤苦。”

皇上又笑了笑，他问：“你可还记得这句话？”

我有些不知所措。

“如今朕身边，终究只剩你一个了。”

皇上满身的酒气不知何时消散，迎风飞舞的，只有那一头墨黑的长发，还有猎猎作响的长袍，漫天的冰雪中，如同遗世独立般孤寂。

许久，他一直站在那里。

许久许久，他一直看着那个方向，仿佛整个灵魂都随之而去。

许久许久许久，我没有说话。我不知道该怎么告诉他，我不是师父。

师父喝了茶，睡下了。

——本季完——